당신의

비밀

당신의 비밀

초판 1쇄 발행 · 2017년 12월 11일
초판 2쇄 발행 · 2018년 12월 10일

지은이 · 홍명진
펴낸이 · 황규관

펴낸곳 · 도서출판 삶창
출판등록 · 2010년 11월 30일 제2010-000168호
주소 · 04149 서울시 마포구 대흥로 84-6, 302호
전화 · 02-848-3097
팩스 · 02-848-3094
홈페이지 · www.samchang.or.kr

종이 · 대현지류
인쇄제책 · 스크린그래픽

ⓒ 홍명진, 2017
ISBN 978-89-6655-090-6 03810

＊이 책은 서울문화재단 '2014년 문학창작발간지원사업'의 지원을 받아 발간되었습니다.
＊이 책 내용의 전부 또는 일부를 재사용하려면 반드시 지은이와 삶창 양측의
  동의를 받아야 합니다.
＊책값은 뒤표지에 표시되어 있습니다.

홍명진 소설집

당신의 비밀

삶창

가끔은, 나를 둘러싸고 있는 시간이 나를 제외한 채 흘러가고 있
는 건 아닐까 두려워진다. 내가 없다고 시간이 제 멋대로 멈추거나
기다려주는 건 아니니까.

종종 관계의 불안에 대해 생각한다. 「사소한 밤들」을 발표할 때는
사회적인 존재와 근원적인 자아의 불안에 대해 생각했다. 존재의 형
식과 질서, 그 속에서 살고 있는 수많은 자아들은 과연 행복한가.

지나간 시간을 우리는 과거라고 부르지만 우리가 살아 있는 동안
은, 살아가는 동안은 과거가 현재이고 미래이지 않을까. 그것이 세 개
의 분절로 정확하게 나뉘어져 있다고 누가 확신할 수 있을까. 과연 오
래된 미래와 도래하지 않을 시간이란 어떤 의미인지… 불현듯 생각
하게 된다. 결국 삶과 죽음의 연장선에서 보면 경계가 없는 것일지도

모른다. 그물코를 기위가듯 인류는 그렇게 코와 코가 맞물려 흘러왔다. 태양도 언젠가는 그 생명을 다해 소멸한다는 가설을 생각해보면 인류의 역사는 더욱 오묘한 이야기가 되려나? 집착과 망상을 벗어난 우주적 삶과 죽음 가운데 흐르는 것이 무엇인지 나는 알지 못한다.

8월의 어느 날에 만난 폭우를 떠올린다. 낮이 밤과 같이 어두웠던 11월의 어느 날 오후, 센서등 하나 없는 낡은 건물 속으로 들어서며 떠올렸던 8월의 폭우. 폭우가 쏟아지던 8월의 어느 날 한낮도 밤과 같이 어두웠음을 기억한다.

여기에 실린 단편 작업을 하고 발표하는 동안 몇 해가 지났다.

망설이며 먼저 보냈거나 과감하게 던져버리지 못한 관계들의 여정이다.

돌아보면 문득 내 안에 쌓인 나도 모르는 시간들이 두려워진다.

책을 엮어준 삶창에 감사드린다.

2017년 11월
홍명진

차례

사소한 밤들

사 소 한 밤 들

상담부스는 두 개였다. 지정석이 있는 건 아니지만, 그녀는 늘 전화번호 끝자리가 2번인 부스에 앉았다.

"사랑과 정성으로 모시는 희망의 전화입니다."

입에 붙은 첫 마디를 뱉을 때면 고객센터의 서비스 상담원 같다는 생각이 들었다.

자정이 지난 사무실은 썰물이 지는 해변처럼 고요하게 가라앉았다. 도로의 자동차 소리에 문득, 그녀도 어디론가 쓸려가는 듯했다. 그럴 땐 무릎을 꼭 붙이고 허리를 꼿꼿하게 세운 채 상담자의 이야기를 들었다. 고작해야 "네"라거나, "그렇죠, 제 생각엔 이러면 어떨까 싶은데요"라고밖엔 맞장구를 칠 수 없을지라도 상대의 긴 푸념을 듣다 보면 그녀의 몸에서 진이 다 빠져나가는 것 같았다. 상담이 시작되면 짧은 통화는 드물었고 보통은 삼십 분, 한 시간까지 가는 경우도 있었다. 적당한 선에서 전화를 끊게 하는 요령도 상담 기술 중의 하나였다. 다짜고짜 시비조로 말문을 트는 사람이 있는가 하면, 불규칙한 호흡이 야릇한 신음소리로 변하기도 했다. 몸과 마음이 외로운데 자기와 사귀어보지 않겠냐는 남자의 말에 진땀을 뺀 적도 있었다. 112나 119에 해야 할 긴박한 용무가 이쪽으로 걸려오기도 했다.

"대체 이놈의 전화는 수천 번을 걸어도 통화 중이야. 당신들 뭐 하는 것들이야. 정말 제대로 하는 거야? 눈 가리고 아웅이지, 이것들이 어디…."

대뜸 욕지거리를 퍼붓고 거칠게 전화를 끊어버릴 땐 대기 중으로 돌려놓은 옆자리의 전화기를 물끄러미 바라보았다.

한때 그녀도 밤마다 상담센터의 전화번호를 열심히 누른 적이 있었다. 지금 나에게 가장 절실한 게 뭔지 한번 물어봐줄래요? 하는 말이 목젖을 간질였다. 상담사가 그녀의 요청에 장단을 붙여주면 그녀가 살아왔던 시간들을, 살고 싶은 시간들을 하나하나 열거할 수 있을 것도 같았다.

번번이 통화는 이루어지지 않았다. 다시 걸어 달라는 기계음 뒤에 뚜뚜뚜 새된 신호음이 귀를 찔렀다. 지금 이 시각, 잠 못 드는 이들이 동시다발적으로 상담센터 전화에 매달리고 있는 건 아닐까, 의심스러울 정도였다. 그녀는 베란다로 나가 난간에 몸을 붙인 채 어둠에 잠긴 집들을 바라보았다. 깊은 밤이었지만 드문드문 불빛이 보였고, 보안등 아래 방범카메라가 달린 좁은 골목길이 물속처럼 잠잠했다.

전화번호 끝자리가 1번인 부스는 늘 비어 있었다. 그녀가 자리를 지키고 앉아 있는 야간에 1번 전화는 통화대기 상태에 놓여 있었다. 그녀가 한때 밤마다 눌렀던 전화번호는 1번 부스처럼 비어 있는 곳을 향한 두드림이 아니었을까. 상담 중에 문득 빈 부스를 바라볼 때면 그녀는 순간적인 감정에 휩싸이곤 했는데, 상담자에게 자신의 심경을 털어놓고 싶다는 충동이 그 하나였다. 열심히 일한 만큼 주어지지 않은 보상, 갈수록 뚜렷해지는 경제적인 빈곤, 그에 따른 단절, 창으로 들어오는 햇빛마저도 내가 차지할 수 있는 양이 남들보다 적을지도 모른다는 피해의식, 지금 앉아 있는 이 자리가 그녀에겐 터무니없다는 자책까지…. 상담봉사를 시작한 석 달 전만 하더라도 그런 유혹은 꽤 강했다. 그녀는 자신의 불우한, 혹은 고통스런 현실을 가감 없이 까발림으로써 상담자가 상대적인 위안과 만족을 얻으리라 생각했다. 하지만 그녀는 얼마 지나지 않아 깨달았다. 상대의 말에 진심 어린 공감의 추임새만 넣어주면 된다는 것. 상담자들은 자신의 고통을 얘기하기 바쁘지 남의 고통에 귀를 기울일 마음의 여유가 없다는 것. 가장 단순하면서도 전폭적인 추임새야말로 위로가 될 수 있다는 상담교육 내용이 적절했다는 것을.

새벽이 다가올 즈음이면 그녀는 세상의 모든 것을 믿지 못할 것 같은 의심에 사로잡혔다. 전화벨이 울릴 때 가슴이 조마조마해지기도 했다. 어쩌면 밤을 지새운 이 긴 시간이 온통 거짓말이거나 농담, 장난 같은 것이 아닐까 생각될 때도 있었다. 하지만 일을 끝내고 자리에서 일어나는 순간 그녀는 뿌연 동살이 묻은 창을 향해 "고마워!" 혼잣말을 하며 빙긋 웃었다. 아무 의미 없는 인사였으나 적어도 또 다른 날이 시작된 건 농담도, 거짓말도 아니었다.

센터에서 집까지는 걸어서 이십 분 남짓한 거리였다.

그녀는 일주일에 사흘씩 같은 길로 센터와 집을 오갔지만, 종종 낯선 거리를 걷는 듯한 혼란에 빠지기도 했다. 깊은 밤까지 불을 훤하게 밝혔던 술집들이 모여 있는 골목의 새벽 풍경은 철거 직전 같은 스산함이 느껴졌다. 코너를 도는 길목에 눈도장을 찍어둔 돼지머리 국밥집을 찾지 못해 샛길을 잘못 타고 들어갔다가 되짚어 나온 적도 있었다. 눈에 안 띄던 입간판이나, 오종종 붙은 가게 문 앞에 쌓인 연탄재를 보고 멍한 채 걸음을 멈춘 적도 있었다. 그런 날은 뭔가에 홀린 듯 길들이 뒤엉켰고, 새벽이 밤의 입구처럼 느껴져 몸이 떨렸다.

등 뒤에서 달려온 마을버스가 과속방지턱을 넘어서며 꽁무니를 흔들었다. 센터 근처에 있는 종점에서 나오는 버스였다. 다섯 정류장 아래가 4호선 지하철역이었다. 출입문 앞좌석의 차창에 기대 눈을 감고 있던 대머리 남자가 쿵, 머리를 찧었다.

그녀는 길을 건너 언덕길을 따라 십여 분쯤을 더 걸어야 했다. 비니를 쓰고 목도리를 둘둘 감았는데도 밤을 꼬박 새운 그녀의 몸은 오그라들 듯 추웠다. 지난여름의 혹독했던 더위에 진저리를 쳤던 그녀에겐 겨울 역시 혹독했다.

건널목 앞에 섰을 때 맞은편에서 달려온 마을버스 한 대가 방향을 꺾어 언덕길 쪽으로 올라갔다. 그녀가 살고 있는 임대아파트를 경유하는 버스였다. 들어가는 버스는 거의 텅 빈 채였다. 불이 환하게 켜진 텅 빈 버스를 보자 직장에서 해고된 무렵의 어느 날이 떠올랐다.

장대비가 종일 퍼붓고 간 유월의 저녁이었다. 약속 장소인 카페에서 두 시간을 한 자리에 앉아 있던 그녀는 기다림에 지쳐 카페 밖으로 나왔다. 직장 동료였던 P가 오지 않는 게 그렇게 원망스럽진 않았다. 살면서, 빤히 쳐다보고 웃으면서 거짓말하는 사람들을 겪은 게 한두 번이 아니었으니까. 그녀는 카페를 끼고 좁은 골목으로 들어갔다. 뒷건물의 옹벽이 담쟁이넝쿨로 퍼렇게 뒤덮인 뜻밖의 공간이 있었다. 카페에서 일하는 사람들의 전용 주차장인 듯했다. 그녀는 승용차들 사이 빈 공간에 쪼그려 앉아 턱을 괴고 불빛이 환한 카페 안을 들여다보았다. 가방을 안고, 검은 통유리창이 벽인 줄 알고 아무런 의심 없이 이쪽을 바라보고 앉아 있는 자신의 실루엣이 환영처럼 떠 있었다. 낯선 카페에서 만나자고 약속해놓고 오지 않은 P는 그녀란 존재가 그다지 중요하지 않거나 사소하다고 생각했는지도 몰랐다. 아니면 갑자기 휴대폰을 분실했거나 앰뷸런스를 타고 응급실에 갈 일이 있었거나. 하루아침에 휴대폰 문자메시지로 해고 통보를 받았을 때처럼 그녀는 멍했을 뿐이었다.

"어쩌겠어. 계약직이 파리 목숨인 걸. 어디 진정할 데 있으면 해봐."

책상을 정리하고 있는 그녀에게 위로랍시고 동료들이 해준 말도 그게 전부였다. 유리창을 사이에 두고 밖에 실재하는 그녀 자신이 마치 유령 같았다.

그날 카페에서 집까지 그녀는 두어 시간을 걸어왔다. 유령처럼 빈 몸을 흔들흔들 흔들며. 스쳐가는 사람들, 사물들도, 발끝에 떨어지는 불빛도 그녀의 눈엔 맺히지 않았다. 걷는 동안은 어떤 분노도 원망도 없었다. 해고된 사실마저도 별것 아닌 것처럼 느껴졌다. 수없이 많은 건널목을 건너고, 골목을 지나왔지만 그녀는 그 어디에도 없었다. 발바닥이 딱딱해지고 저절로 무릎이 접히는 물리적인 통증은 아무것도 아니었다. 이보다 더 험하고 무거운 짐을 어깨에 턱 하니 올려놓는다고 해도 그 따위 고통쯤은 견뎌낼 수 있을 것 같았다. 가장 힘들고 어려운 순간에 그녀를 가장 힘들게 했던 건 언제나 함께했던 사람들이었다.

분노나 원망은 천천히, 생각지 못한 일상의 고요한 순간에 찾아왔다. 그녀는 밤마다 별것 아닌 것으로 남은 자신을 어찌할 수 없어 잠을 이루지 못했다. 세상은 점점 그녀를 헤어날 수 없는 막다른 곳까지 내동댕이치는 것 같았다. "그건 네 탓이 아니야"라고 위로하는 사람의 말도 '다 네 탓'이라고 말하는 것처럼 들렸다. 하루하루가 평범한 듯 흘러갔지만 어느 순간엔가 목이 콱 졸리듯 비참한 심경에 사로잡히곤 했다. 그럴 때면 그녀를 떠난 사람들이, 그녀의 얘기를 들어주려 하지 않는 사람들이, 그들을 향해 입을 벌리고자 하는 그녀 자신마저도 두렵게 느껴졌다.

그녀는 누군가에게 매달리고 싶었다.

지금 내게 가장 절실한 게 무엇인지 물어봐줄 수 없느냐고. 그러면 거기에 맞춰 하나하나 설명해낼 수 있을 것 같다고. 그래야 숨을 좀 쉴 수 있을 것 같다고.

집까지 걸어오는 동안 속이 닳은 레자 부츠는 냉기에 빳빳해졌다. 신발을 벗자 찌르르 전류가 흐르듯 발가락이 간지러웠다. 비니와 목도리, 외투를 벗어두고 그녀는 얼른 이부자리 속으로 몸을 밀어 넣었다.

이부자리에 들면 그제야 지난밤의 이야기들이 그녀의 혼몽한 의식 속으로 느릿느릿 걸어 들어왔다. 김인순 할머니가 노래를 불렀다. 잊어버리자고, 잊어버리자고…. 조병화의 시에 곡을 붙인 〈추억〉이 할머니의 십팔번이라고 했다. 잠에서 깬 지 얼마 안 된 할머니는 큼큼 목청을 가다듬었다. 그녀는 상담부스 안에서 송수화기를 그러잡은 채 할머니의 노래를 들었다. 잊어버리자고, 잊어버리자고, 바다 기슭을 걸어보던 날이 하루 이틀 사흘…. 새벽 네 시에 하루를 시작하는 할머니의 노래는 중간 부분에서 누에 꽁지에서 나오는 실처럼 가느다랗게 늘어졌다. 흐릿해지는 의식 속에서 김인순 할머니의 노랫소리가 멀어지고 나무 도마에 마늘을 올려놓고 찧는지 콩콩 소리가 들렸다. 이른 아침에 깨어 잠투정하는 아이 울음소리가 들려오기도 했다.

"처녀 적에 사모하던 님이 있었더랬어. 우리 큰오빠가 연애하는 걸 알고는 다리몽뎅이를 분질러 놓는다고 길길이 날뛰었지. 그저 좋아하는 사람끼리 묶어 놓아도 될 것을, 그땐 왜 그렇게 떼놓지 못해서 안달이었는가 몰라. 아래윗집 살면서 연애질하는 게 무슨 죽을죄라고. 결국엔 부모님 뜻에 따라 얼굴 한 번 본 적 없는 남자한테로 시집을 갔어. 그리고 자식새끼들 낳아 기르면서 젊은 시절 지나왔지. 어느 해 가을인가 고등학교에 다니던 딸년이 거울 앞에서 머리를 빗으면서 청승맞게 부르던 노래를 나도 모르게 배웠네. 지금 생각해보니 그 애도 혼자서만 마음에 품은 사람이 있었던 건 아닌지…. 그거야 부모인 나한텐 얘기 안 하고 지나갔으니 모르지만 이제 생각해보니 그러네. 그 가을이 다 지나도록 불러댔으니."

김인순 할머니가 말했다.

"그 사람이야 남편 죽고 한 번 얼굴을 보긴 봤는데, 보면 뭐하나. 하나 쓸데없는 인연이지. 마음에나 두고 꺼내지 말걸 그랬나 싶어. 그래도 옛일은 그리워. 젊었던 날은 가고 없지만, 생각은 늙는 게 아니니 추억이 병인 거지."

김인순 할머니는 새침한 소녀처럼 말끝을 오므렸다.

새벽녘에 전화를 걸어오는 이들은 김인순 할머니처럼 외롭게 사는 독거노인이 대부분이었다. 그들은 고독을 호소했다. 손톱을 세워 살갗을 긁어도 시원하지 않다고 했다. 입안에 좀이 슬어, 하고 말문을 여는 어른도 있었다. 틀어진 문짝 하나 손봐줄 사람이 없다고 하기도 하고, 돈 많은 영감이나 하나 구해달라는 농담을 진담처럼 하기도 했다. 없는 사람을 위해서 생긴 전화라면서, 왜 수신자 부담이 안 되느냐고 따지는 이도 있었다. 전화기를 붙들고 있는 그 시간 안에 당신이 살아온 전 생애를 쫙 펼쳐 보이는 사람도 있었다.

상담부스를 혼자 지키는 건 외로운 일이었다. 도우미봉사를 하는 것보다 전화상담봉사가 힘들다고 자원봉사자들은 토로했다. 전화선을 통해 들려오는 목소리만으로 소통해야 하는 얼굴 없는 대화…. 의심 많은 상담자들 중엔 신변이 노출될 걸 몹시 꺼려하는 이들도 있었다. 사소한 일로 사무친 원한 때문에 그 사람을 죽이고 싶다는 상담자는 혹시 지금 통화 내용이 몰래 녹음되고 있는 건 아닌지, 몇 번씩 확인하기도 했다. 당신이 세상에 드러나는 게 두렵습니까? 물어볼 수는 없다. 그건 상담자에게 시비를 거는 거나 마찬가지니까. 아주 작은 화법의 차이지만, 말 한마디에 상담자의 내면을 완전히 닫히게 할 수도 있었다. 전적으로, 전폭적으로 나는 당신에게 우호적이라는 믿음과 확신을 줘야 상담대화가 가능했다.

잠든 그녀의 머리맡으로 수많은 목소리들이 둥둥 떠다녔다. 긴 밤의 연속처럼, 잠자리에 누워서도 상담부스에 앉아 있는 것 같았다. 확성기에서 들려오는 단조로운 호객 소리, 옆집인지 위층인지, 그녀의 집인지 초인종 울리는 소리도 들렸다. 냉기 서린 복도에 무거운 것이 끌리는 둔탁한 소리에 실려 그녀는 한낮의 깊은 잠 속으로 빨려 들어갔다.

*

센터에 도착하면 그녀는 자원봉사 주간일지부터 기록했다. 이름과 시간을 기록하는 간단한 일지였는데 일지를 살펴보면 누가, 언제, 몇 번 부스에 앉았는지 알 수 있었다. 각자 여건에 맞춰 일주일에 다섯 시간, 혹은 오후 한나절, 한 달에 한 번 봉사하는 이들도 있었다. 연중무휴로 이십사 시간 열려 있는 상담전화는 센터에 등록된 자원봉사자만 이백여 명에 가까웠지만 자리가 빌 때가 많았다.

그녀는 센터에서 일정기간 실시하는 전화상담 교육을 수료하고 자원봉사를 시작했다. 실업급여를 받아가며 새로운 일자리를 찾고 있을 때였는데, 직장은 쉽게 구해지지 않았다. 그때부터 밤낮이 바뀐 생활도 바로잡히지 않았다. 통장의 잔고는 많지 않지만 계약직으로 칠 년을 돌아다닌 이력에 신물이 나기도 했다. 삶을 놓을 수 없다면 손아귀가 아프도록 꼭 쥐어야 하지만, 이도 저도 어쩔 수 없을 땐 잠시 멈춰 서서 호흡을 고르는 것도 괜찮을 것이다. 남들이 보면 우스울지 모르지만 그녀는 자신에게 말해주고 싶었다. 이젠 좀 쉬어가도 돼.

주간일지에 기록된 야간 상담 기록은 이번 주에도 드문드문 빠져 있었다. 원활하게 돌아가지 않는다는 얘기였다. 상근자들이 사무실을 지키고 있는 주간과는 달리 이후 시간은 순전히 자원봉사자들이 이끌어가고 있었다. 전화상담봉사자들 중에서 그녀가 인사를 나누며 지내는 이들은 몇 되지 않았다. 봉사 시간이 제각각 다른데다 자정부터는 그녀 혼자 상담부스를 지켰다. 센터에서 마련한 조촐한 간담회나 다과회에서 그들과 어울릴 기회가 있었는데, 그녀는 두 번 참석하고는 나가지 않았다. 언제든 직장이 생기면 그만둘 생각이었고, 잠시 머물 뿐이라는 생각이었다.

그녀는 얼마 전 신문에 실린 사무국장의 인터뷰 기사를 떠올렸다.

'디지털 시대에도 여전히 존재 이유가 있는 희망의 전화'라는 제목 밑에 사무국장의 사진이 큼지막하게 실려 있었다. 사십 대 후반인 그는 대학 졸업 후 곧바로 민간단체인 이곳에서 간사 일을 시작했다. 국가나 사회가 개인에게 해줄 수 있는 것에는 한계가 있다는 게 인터뷰 내용이었다. 상대적인 빈곤과 소외를 언급하면서 결국 그 문제는 자살로 이어진다고 경고했다. OECD 국가 중 자살률이 최고라는 오명을 씻기 위해선 가족과 이웃의 관심이 중요하지만, 개인적인 차원을 넘어선 문제라고 그는 강조했다.

그녀는 사무국장의 사진을 새삼스럽게 들여다보았다. 고불거리는 파마머리가 반백인 그는 녹록하지 않은 관록이 붙은 관리 같았다. 인터뷰 기사 말미에는 매년 삼월이면 시민들을 상대로 열리는 공개강좌와 후원금 조직을 위한 바자회 소식도 곁들여 있었다. 모두가 행복한 그날까지, 세상이 LTE 속도로 변해도 낡은 아날로그 방식의 상담전화는 사라지지 않을 거라는 광고 문안 같은 마지막 말이 퍽이나 인상적이었다.

그녀도 시민 공개강좌를 통해 센터와 인연을 맺었다. 강좌는 매주 수요일 저녁마다 두 시간씩 십이 주간 이어졌다. 사회적 문제와 개인, 인간관계론에 관한 커리큘럼들이 다양하게 준비되어 있었지만, 가장 인상 깊었던 건 '봉사왕'이라는 여자의 특강이었다. 봉사 활동만 이십 년째 해오고 있다는 여자는 국가와 지역 단체에서 받은 표창장만 십여 개나 되는 이력을 갖고 있었다.

미색 재킷에 프릴 칼라가 달린 원피스를 받쳐 입은 봉사왕은 볼 살이 투덕투덕 붙은 오십 중반의 아줌마였다. 어눌한 말투였지만 자신이 하고자 하는 말을 강조해가며 봉사란 어떤 것인가를 경험을 바탕으로 차분하게 풀어냈다.

"쓰고 남은 시간을 남을 위해 쓴다는 생각은 아닌 것 같습니다. 남아도는 시간이란 없거든요."

봉사왕이 말했다. 어린것을 달고도 독거노인들 목욕봉사를 다녔고, 남편 사업이 망해 어려울 때도 먹는 반찬에 한 가지를 더해 끼니 거르는 어른들 식사를 챙겼고, 허리디스크 치료를 받으면서도 꼬박꼬박 간병 봉사를 다녔노라고 했다. 봉사왕은 자신이 힘들고 어려울 때 오히려 봉사를 통해 평안과 위안을 얻었다고 했다.

"내가 먼저 잘되고 난 다음에 남을 돕겠다는 생각도 그래요. 그건 아무것도 하지 않겠다는 것과 마찬가지거든요. 배부른 사람은 배고픈 사람의 심정을 몰라요. 진정한 나눔이란⋯."

봉사왕의 볼이 발갛게 상기되었다.

특강이 있던 날 뒤풀이 자리에서 함께 강의를 들었던 A가 그녀에게 나지막한 목소리로 물었다.

"혹시 봉사병이라고 들어봤어요?"

그게 무슨 뜻이냐는 듯 쳐다보자 A는 그녀의 귓불 가까이 입술을 대고 말했다.

"봉사왕 아줌마 말이에요. 물론 나야 죽었다 깨어나도 할 수 없지만, 난 그렇게는 진짜 못 살아요."

소주 두 병은 거뜬하다던 A는 고작 소주 한 병에 혀가 꼬부라들고 있었다.

"난 아까 강의 들으면서 진짜 궁금했던 게 있었거든요."

그녀는 이번에도 아무 말 없이 A를 쳐다보았다.

"대체 저 아줌만 언제 장을 보고, 식구들과 함께 밥을 먹고, 미장원에 갈까. 애들이랑 남편이랑 가족 소풍은 한 번이나 가 봤을까? 자기 집 청소할 시간이나 있을까. 음악 들으면서 차 한잔 마실 여유는 있기나 한가?"

A는 캬, 소리를 내며 소주잔을 비웠다. 그러곤 그녀 곁으로 엉덩이를 바싹 붙이며 얼굴을 들이밀고 그녀를 빤히 바라보았다.

"내가 하는 말이 이상한가요?"

조르듯이 묻는 A에게 그녀는 웃어주었다. 나도 그게 궁금하긴 했어, 하고 맞장구를 쳐주면 A의 입에서 어떤 식으로 이야기가 비약될지 알 수 없었다.

"난 말예요. 봉사라는 것도 자기 피로도가 높으면 그건 아니라고 보거든요. 봉사병이라는 게 남을 돌보느라 자기 자신은 돌보지 않는 사람한테 하는 말이거든요. 자기 자신은 물론이고 식구들도 뒷전에 둔 채 봉사에만 집중하는 거, 그렇게 사는 게 정말 행복할까요?"

A는 적당히 이기적일 필요가 있다고 했다. 남한테 피해를 주는 것보다 알아서 자기 관리를 잘하는 게 여러 사람을 편하게 하는 것이라고 말했다. 꾸준히 자기 계발을 하고 관계를 맺는 것도 따지고 보면 다 그런 맥락이라고 했다. 시민강좌를 통해서 자신의 상처와 갈등을 해결할 수 있는 능력을 키우고 싶었다고 덧붙였다.

"그래도 누군가는 대신해줘야 하는 일이 필연적으로 발생하지 않을까? 인간은 완벽하게 혼자 살 수 없는 존재니까. 누구나 자기 자신을 완벽하게 케어하면서 살 수는 없는 거니까."

그녀의 말에 A는 흐응, 소리를 내며 웃었다.

"그렇죠. 언니도 말 참 잘하네. 틀린 말은 아니죠."

그러곤 아무렇지도 않게 그녀의 옆구리에 두 손을 찌른 채 가볍게 몸을 흔들며 친밀감을 과시했다.

수강생들은 대부분 오륙십 대였고, 삼십 대 후반인 그녀와 A가 가장 젊었다. 공직에서 이른 퇴직을 한 이들 중엔 남은 시간을 나눔 봉사를 하며 살겠다는 포부를 밝힌 이들도 더러 있었지만 그녀는 확실한 목적의식을 갖고 수강 신청을 한 건 아니었다. 그건 A도 마찬가지라고 했다.

　고작 한 살밖엔 차이가 나지 않지만, 인사를 텄을 때부터 A는 거침없이 그녀를 언니라고 불렀다. 누가 봐도 A는 사교성과 붙임성이 뛰어나고 애교도 많았다. A는 스스럼없이 그녀의 팔짱을 끼고, 아무렇지도 않게 일주일간 자신에게 일어났던 일을 조잘댔다. 강좌가 진행되는 동안 수요일 저녁 시간은 A와 함께 밥을 먹고 차를 마셨다. 그러지 못한 날이면 A는 마치 그녀가 약속을 어기기라도 한 듯 몹시 서운한 감정을 드러냈다.

　그녀는 A의 지나친 친밀감이 한편 두렵기도 했다. 아무 거리낌 없이 다가왔다가 어느 순간 이유도 없이 싫증을 내고 떠나버리는 사람들. 제멋대로 자기 감정을 표현해놓고 거기에 맞춰 상대가 움직여주기를 바라는 사람들은 터무니없이 쉽게 떠나곤 했다. 그건 짧지 않았던 학창 시절과 직장 생활 내내 경험했던 바였다.

　강좌가 끝나고 A와는 드문드문 만났다. A가 먼저 연락을 해오기도 했고, 그녀가 A를 찾을 때도 있었다. 그러다 시간이 지나면서 자연스럽게 관계가 소멸되었다. 어떤 관계든 서로가 노력하지 않는 관계는 지속되기 어려웠다. 늘 거리감을 갖고 있었던 그녀는 A가 한 발짝 멀어질 때마다 두 발짝은 비껴나 있었다. 그리고 보면 그녀는 관계의 이면에 서서 자신을 알아주기를 바랐는지도 몰랐다. 결국 떠난 이들은 그녀가 떠나보낸 사람들일지도 몰랐다. 어느 날엔가는 불쑥 그녀가 앉아 있는 상담부스로 A가 전화를 걸어올 것 같아 전화벨이 울릴 때마다 움찔하기도 했다. 하지만 그런 일은 없었다.

*

　오후 서너 시쯤 눈을 뜰 때면 그녀는 간혹, 시간 감각을 잃어버리
곤 했다. 밤이 거세된 긴 백야를 지나 어제로 돌아간 듯한 기시감. 그
럴 때면 빈주먹을 꽉 쥐고 힘을 주어야 현실감이 살아났다. 벽에 걸
린 옷이나 책장에 꽂힌 책처럼, 혹은 현관에 서 있는 신발장처럼 사
물의 일부로 고요해지고 싶다는 생각이 들기도 했다.
　흐린 저녁, 큰길 건너 슈퍼에서 참치 통조림과 달걀, 캔맥주를 사
들고 오던 그녀는 상가 꽃집 앞에서 걸음을 멈췄다. 환한 불빛을 쏘
는 유리창 너머로 가지런히 진열된 포인세티아 화분들이 보였다. '당
신을 축복합니다'라는 꽃말이 적힌 엄지손가락만 한 팻말이 꽂혀 있
지 않았다면 그녀는 꽃집 문을 열지 않았을 것이다. 온실 같은 실내
에 들어서자 긴장감이 풀어졌다. 포인세티아를 가리키는 그녀에게
꽃집 주인은 선물할 거냐고 물었다. "나를 축복해주고 싶어서요"라는
말은 차마 입 밖으로 나오지 않았다. 그녀는 포인세티아 화분 하나를
포장해줄 것을 부탁하며 물었다.
　"이건 키우기가 어렵나요?"
　"대상에 대해서 잘 모를 때는 그렇겠지만 알고 나면 어렵지 않죠.
뭐든 마찬가집니다. 여기 있는 수많은 종류의 꽃들도 제각각의 개성
이 다 있잖습니까. 적당한 햇빛과 온도, 수분도 맞아야 하지만, 이 녀
석은 단일식물이라 낮이 너무 길면 꽃눈이 맺히지 않아요. 꽃눈이 맺
혀야 포엽의 붉은색이 제대로 들고, 그러려면 열네 시간 이상 빛을
차단해줘야 합니다. 그래야 관상용으로 가치가 높아지죠."

늙수그레한 주인남자는 조심스럽고 꼼꼼한 손놀림으로 화분을 포장하며 말했다.

"특이하게도 꽃보다는 포엽이 꽃처럼 대접받는 놈이 이 녀석이랍니다."

그녀에게 화분을 건네주는 꽃집 남자의 눈이 깊었다.

그녀는 화분이 든 비닐봉지를 가슴에 안고 꽃집을 나섰다. 불현듯 강좌를 듣고 돌아가던 길에 A가 한 말이 떠올랐다.

"언닌, 언니 자신이 독특하다는 생각, 한 번도 안 해봤죠? 자기를 적당히 남한테 드러낼 줄도 알아야 관계를 맺는데도 불편하지 않아요. 난 언니 옆에 있을 때도 도무지 언니 생각을 읽을 수가 없어요. 우리가 친한 것 같긴 한데, 아닌 것 같기도 하고. 사람 관계에도 기술이 있다잖아요. 사교술이니 영업술이니 하는 것처럼. 그게 꼭 나쁜 건 아니에요. 좋게 얘기하면 포장술이라기보단 배려라고 볼 수도 있거든요. 암튼 너무 자기를 꽁꽁 싸매고 있는 건 손해야. 사회생활에선 그럼 쉽게 밀려나죠. 내 식으로 아주 거칠게 말하면 사회생활에선 두 부류의 인간이 존재한다고 보는데, 남이 불편하지 않게 적당히 자기를 내보일 줄 아는 사람과 그렇지 못한 사람. 언닌 어느 쪽이라고 생각해요?"

A가 말한 두 부류의 인간 중에 그녀는 단연 후자에 속할 것이다. A의 말뜻은 그녀가 이 세상을 살아가는데 미숙하다는 얘기였다. 그녀는 똑 부러지게 자기 생각을 말하는 A를 물끄러미 쳐다보았다. 그런 식으로 말하고, 그런 식으로 생각하는 사람들 속에서 그녀는 일했다. 알량한 월급 때문에 때려치우지도 못하고, 관계가 불편해질까 봐 싫어도 싫다는 말도 제대로 못한 채. 어딜 가나 다르지 않았다. 어딜 가

나 그녀는 그녀가 아닐 수 없었던 것처럼 어딜 가나 A처럼 말하는 사람들은 늘 있기 마련이었다.

그녀는 화분을 사서 돌아오던 길에 상점 유리문에 반사된 자신의 모습을 골똘히 들여다보았다. 꽃집 주인이 말하던 '대상'은 꽃이 아니라 사람이라고 해도 무방할 거였다. 제각각의 존재 가치와 존재 이유가 사라진다면 꽃은 꽃이 아닐 거고, 사람은 사람이 아닐 거였다. 그녀의 상담자들도 그러했다. 그녀도, A 역시도.

센터에 도착한 그녀는 상담부스 책상 위에 포인세티아 화분을 내려놓았다.

밤은 비로소 그녀와 함께 깨어나고 있었다. 조용히 숨죽이고 있던 것들, 그림자조차 새기지 못하는 무엇. 간절하게 원하는 것을 얻지 못한 사람들의 밤이란 깊을수록 고독한 법이었다. 바람에 창문이 덜컹거릴 때면 수백만 개의 손과 발이 펄럭거리는 소리를 듣는 듯도 했다. 잠든 모든 것들을 해찰하는 소리 같기도 했고, 진정하라고, 어서 잠을 자라고, 그래야 아침이 온다고 온힘을 다해 지르는 소리 같기도 했다.

"사랑과 정성으로 모시는 희망의 전화⋯."

포인세티아의 불그레한 포엽을 유심히 보고 있을 때였다. 첫 전화벨은 언제나 그렇듯 그녀가 마음의 준비를 끝내고 대기 버튼을 정상으로 돌리자마자 울렸다.

한동안 아무 소리도 들리지 않았다. "여보세요"라든가, 거기가 희망의 전화냐고 물을 법도 하건만 저쪽은 고요하기만 했다.

"여보세요. 말씀하세요."

그녀는 호흡을 가다듬고 말했다.

"한번 묻고 싶소."

불쑥 튀어나온 첫마디였다. 망설이는 듯하면서도 진중한 중저음으로 차분하게 가라앉은 목소리. 그래놓고 남자는 또 말이 없었다.

"네. 무얼 도와드릴까요. 방금 전에 뭐라고 말씀하신…."

"살아야 할 이유가 백 가지면, 그 백 가지가 죽음의 이유도 될 수 있잖습니까."

대부분의 상담자가 그러했지만 이 사람도 자신의 이름을 밝히지 않았다. 교감할 수 있는 것이라곤 목소리뿐인데 말문을 트는 품새가 사뭇 도전적이었다.

"그렇지 않습니까?"

남자가 다시 물었다.

"살아야 할 이유가 한 가지도 없다면 죽어야 할 이유도 없는 것 아닌가요."

맞불을 놓는 듯이 들릴까 싶어 그녀는 조심스럽게 말꼬리를 내렸다. 하지만 그 순간 그녀는 아차, 싶었다. 상담자는 잠깐 뜸을 들인 뒤에 허허롭게 웃었다.

"내가 말이오. 오십 년이 넘게 살아봤는데, 이걸 물을 데가 없더란 말입니다. 아무리 물어도 대답이 돌아올 데가 없더란 말입니다. 대체 나란 인간이 왜 살아야 하는지, 살 만한 가치가 있는지…."

붉은 포엽을 받치고 있는 암녹색의 이파리를 손가락 끝으로 맞비비자 옅은 풀물이 배어 나왔다. 불빛의 각도 때문인지, 건조한 주변

탓인지 꽃집에서 볼 때와는 달리 포인세티아는 이파리 색깔이 흐려 보였다. 당신을 축복합니다, 당신에게 축복을⋯. 혀끝에 맺히는 말들이 기포처럼 그녀의 입속에서 굴러다녔다.

도전적으로 물음을 던진 이들은 대개, 스스로 먼저 말문을 닫았다. 그들은 이미 알고 있었다. 자기 내부에 답이 있다는 것을. 그들은 그렇다거나 아니라는 단도직입적인 말을 원하는 게 아니라 그 말의 언저리에 널려 있는 자잘한 감정을 드러내고 싶은 건지도 몰랐다. 흔들리는 자신들의 내부를 깊게 들여다봐주기를. 그것이 아무리 쓸데없는 이유와 변명밖엔 안 될지라도 그 말을 들어주고 동조해줄 누군가가 필요한 것이리라.

상담자는 스스로 말끝을 삼키더니 그녀가 뭐라고 말을 붙이기도 전에 갑자기 전화를 끊어 버렸다. 술이 취한 목소리는 아니었다. 그렇담 말의 물꼬를 잘못 튼 게 아닐까, 그녀는 잠시 자책했다. 살아야 할 이유가 한 가지도 없다면 죽어야 할 이유도 없는 게 아니라, 이유 없이도 살아가야 하는 게 삶이 아니냐고 말해야 옳았을까? 아니면, 오늘 좋지 않은 일이 있었나요? 말을 돌려서라도 대화를 유도해내야 했던 게 아닐까. 우울증을 호소하는 이에게 창문을 활짝 열어 환기도 시키고 가까운 곳으로 소풍이라도 다녀오라거나 종교를 권유할 수 있는 상대라면, 먹고살 길이 막막해 죽고만 싶다는 이에게 구직 방법이라도 알려줄 수 있다면 차라리 자책은 덜했을지도 몰랐다. 이런 경우 사무국장처럼 노련한 상담 기술을 가진 이라면 상담자의 잠재된 이야기를 속 시원하게 끌어낼 수 있지 않았을까?

사무국장은 상담자들의 하소연을 받아주는 것도 '희망의 전화'가

하는 큰 일 중의 하나라고 했다. 견딜 수 없이 외롭고, 앞날이 막막하고, 꽉 막힌 벽 속에 갇힌 사람들. 아무도 자기 말을 들어줄 사람이 없는 이들이 통방하듯 문을 두드리는 게 아니겠냐고. 전화를 하자마자 죽겠다고 말하는 사람은 정말 죽고 싶은 게 아니라 나를 좀 봐 달라는 얘기, 무서운 건 자기 안으로 오그라들어 세상으로 향해 있는 문을 닫는 거라고 했다.

그녀는 상담 전화를 대기 중으로 돌려 놓고 느릿느릿 사무실을 거닐었다. 차곡차곡 어둠을 채워 가는 정밀한 밤의 숨소리가 가슴께를 지그시 눌렀다. 불현듯, 백골 한 구가 부옇게 떠올랐다. 며칠 전 텔레비전 뉴스에서 본 장면에서 연상된 거였다. 죽은 지 오 년이 넘은 시체를 품고 있던 방이 화면을 가득 채웠다. 다닥다닥 붙은 집들 사이를 파고드는 좁은 골목길이 보이고, 동그란 손잡이가 달린 철제 대문이 젖혀지고, 알루미늄 새시 문이 열리며 드러난 방 안. 이웃들은 그가 이사를 가지 않고 여태도 이 골목 안에 살고 있는 줄은 몰랐다고 했다. 숱한 밤이 흘러가는 동안, 그의 존재는 자연스럽게 지워졌다. 그의 방문을 두드리는 한두 번의 노크와 어쩌면 문 앞에서 그의 이름을 부르다 돌아간 이들이 있었을지도 모른다. 그가 절멸에 드는 순간까지 잊혀지고, 지워지는 건 아주 자연스러웠다는 얘기였다.

그녀는 서늘한 팔뚝을 문지르며 상담부스로 돌아와 자리에 앉았다. 아직 뚜렷한 밤, 동이 트려면 시간을 견뎌야 했다.

"오늘은 무슨 노래를 부르시겠어요?"

요 며칠 반복 전화를 걸어오는 김인순 할머니의 전화를 받고 그녀가 물었다.

"노래는 무슨, 허전해서 전화 걸었지. 나야 이렇게 살다 죽어갈 사람인데…."

잊어버리자고, 잊어버리자고, 바다 기슭을 걸어보던 날이 하루 이틀 사흘, 여름 가고 가을 가고 조개 줍는 해녀들의 무리 사라진 겨울이 바다에…. 김인순 할머니가 부르던 노랫말이 할머니와 그녀 사이에 가로놓인 새벽을 흔들고 있었다.

"자식새끼 낳고 살 땐 남편이 그렇게 모질고 힘들게 느껴지더니만, 가고 나니까 그 사람만 나쁜 사람은 아니었다는 생각이 드네. 그 모진 날들을 어떻게 살았나 했더니 가긴 가더구만. 그날이 그날 같아도 다 다른 날들이었어. 암만 죽어라 죽어라 해도 삥긋 웃는 날도 있었을 것이고. 그러니 여태까지 살아왔을 테고. 이봐, 상담 선생, 내 말이 틀렸수?"

김인순 할머니가 작은 소리로 웃으며 물었다. 그녀도 웃음으로 답했다.

'그러게요, 할머니. 그날이 그날 같아도 분명히 다른 날이겠죠. 이 어둠이 저것과는 다른 어둠이듯이, 이 밤이 지난 것들과는 다른 밤이듯이.'

결국은 자기 치유라고 했다. 남의 아픔을 들어주는 일은 자기의 아픔도 함께 덜어내는 일이라고 말하던 봉사왕의 말이 문득 이해되기도 했다. 아픔은, 비비면 엷게 풀물이 배어 나오는 꽃 이파리처럼 묽어지기도 할 것이다.

*

　꿈속까지 노래가 따라와 흐르는 날들이 있었다. 김인순 할머니처럼 그녀도 새벽녘에 잠이 깨어 문득 오래전에 불렀던 노래를 기억해낼지도 몰랐다. 특별할 것도 없는 나날이었지만, 어느 하루도 그녀를 관통해가지 않은 밤은 없었다. 겉은 멀쩡해 보이지만 속이 닳은 레자 부츠 속에 갇힌 발가락처럼 꼼지락거리며 삶은 계속될 거였다. 밤은 누구에게나 공평한 것 같지만 수만 가지의 속살과 제 빛깔을 품고 있듯이.

　눈이 폭폭 내리는 날, 그녀는 어둠을 꼭꼭 밟으며 상담센터를 향해 집을 나섰다. 언제나 그렇듯이, 오늘도 어제처럼.

아무도 기억하지 않는 시간

아 무 도 기 억 하 지 않 는 시 간

한때 우리에게도 선명한 무엇인가가 있었다.

뚜렷한 필체로 적어두었던 긴요한 약속처럼 곧 닥쳐올 단순한 것부터 장래희망이나 꿈이라고 불러도 좋고, 혹은 남몰래 간직한 그리움이라고 불러도 좋을 것까지. 우리에게 결핍된 것들은 어떤 식으로든 그 결핍을 채우기 위한 몸짓으로 나아가고, 그것이 우리를 살게하는 힘이라고 생각했다. 비록 손에 잡히지 않는 것이라고 할지라도 끝내는 우리 앞에 도착할 무언가가 있을 거라고 믿고 싶었다.

그런데 과연 그런 것이 있었을까.

어쩌면 처음부터 아무것도 없었을지도 모른다는 생각이 들 때가 있다. 건널목 앞에서 보행 신호에 막 불이 들어오는 순간 나를 치고 지나가는 어떤 감정과 맞닥뜨릴 때, 떠오를 듯하면서도 끝내 떠오르지 않는 그 무엇 앞에서 나는 지나온 모든 순간들을 의심하곤 했다.

　언젠가 불 꺼진 사무실 건물을 바라보고 있었다. 회식을 하고 집으로 돌아가는 길이었고, 술에 취한 나는 다시 사무실 앞의 건널목에 서 있었다. 일층 로비에 어둠을 가시게 하는 푸르스름한 불빛이 밝혀져 있었는데, 휴게실 전면 유리창으로 등을 보이고 앉은 한 사내의 실루엣이 보였다. 휴게실엔 사내 혼자뿐이었다. 마침 내가 건널목에 당도했을 때 적색으로 바뀐 신호등은 고장이라도 난 듯 꽤 오래 바뀌지 않았다. 나는 건널목 이쪽에서 맞은편 휴게실 안의 사내를 뚫어질 듯 쳐다보았다. 마치 사내가 뒤를 돌아보기를 간절히 원하는 듯이.
　하지만 보행 신호에 불이 들어오고 내가 건널목에 발을 들이면서 발밑을 내려다보고 고개를 든 순간 사내는 보이지 않았다. 허상을 본 것인가? 그 찰나의 순간에 사내가 홀연히 사라진 게 믿기지 않았다. 손등으로 눈을 비비며 건물 쪽으로 가까이 다가갔다. 창은 검었고, 푸르스름한 빛이라고 생각했던 건 유리창에 반사된 거리의 불빛이라는 걸 깨달았다.
　가끔, 그날 보았던 사내의 모습이 떠오를 때가 있었다. 자정이 가까운 시간에 휴게실에 홀로 앉아 있던 환영 같은 사내의 모습이. 중요한 건 그 일을 떠올릴 때마다 내가 아주 보잘것없이 느껴진다는 것이다. 그건 아마도 시간을 거스를 수 없다는 어떤 통렬함에서 오는 자각일지도 몰랐다. 한편으로는 내가 매일 반복해 다니는 이 길의 시간은 어쩌면 교묘한 속임수의 반복일 뿐이지 않을까 하는 생각이었다. 태어나고 죽는 일들이 반복되듯, 우리의 시간도 어쩌면 그와 같지 않을까.

슬픔은 거기에 있었다.

아무도 기억하지 않을, 이미 지나가버린 것일지라도 아무것도 없었다고 하면 그건 너무 쓸쓸하지 않은가. 내가 기억하지 못하는 것을 누군가는 기억하고 있지 않을까.

우리가 놓쳐버린 무언가가 있다는 걸 깨닫고도 그것이 무엇인지 알 수 없는 것들 속에 재섭의 일생도 있었다.

*

그해 시월, 우리는 종오의 승용차로 움직였다.

종오의 문자메시지를 받은 건 출근해서 막 책상 앞에 앉았을 때였다. 나는 메시지 창을 물끄러미 쳐다보다 안경을 고쳐 쓰고 점자를 해독하듯 한 자 한 자 뜯어 읽었다. 이상하게도 전혀 납득할 수 없는 감정이긴 한데, 그 순간 아, 이럴 수도 있겠구나, 하는 엉뚱한 생각이 들었다. 이럴 수도 있다니. 한 번도 생각해본 적이 없었던 부고인데.

머릿속이 텅 빈 것처럼 어이없는 시간이 몇 분 지나간 뒤에야 등 뒤가 서늘해지는 느낌에 사로잡혔다. 종오에게 전화를 걸어 어찌된 일이냐고 물었다. 종오는 아침 일찍 걸려온 전화에 잠에서 깼다고 했다. 전화번호는 재섭의 것이었지만 전화를 건 사람은 재섭의 누이였다. 종오도 처음엔 전화를 건 여자의 목소리를 듣고 무슨 일이야, 하고 중얼거리다가 재섭의 부고라는 걸 안 순간 잠이 완전히 달아났다고 했다.

"오전 근무 끝나고 출발할 수 있지?"

종오가 물었다.

"그래야지."

"시간 맞춰 갈 만한 애들 연락해볼 테니 준비하고 있어."

종오는 서둘러 전화를 끊었다.

종오가 회사 앞에 도착한 건 오후 두 시가 되어갈 무렵이었다.

월차 신청을 하고 돌아와 그날의 오전 업무는 어떻게 해냈는지, 무슨 일을 했는지도 기억나지 않는다. 종오의 차가 회사 주차장으로 들어서는 걸 보고 삼층 사무실에서 내려올 때 경비원이 내 손에 들린 가방을 보고 외근 나가십니까? 하고 건네는 인사에도 멀뚱하게 쳐다보기만 했다. 오후의 건물 복도는 고요했다. 계단을 올라가는 경비원의 구둣발 소리가 또렷했고, 문득 뒤를 돌아봤을 땐 눈이 마주쳤다. 경비원은 얼른 눈길을 돌렸지만 사람을 뭐로 보고 인사도 안 받나, 불쾌해 하는 빛이 역력했다.

한낮의 볕이 따가웠다. 아침저녁의 일교차가 심해 낮과 밤의 간극이 깊었다. 얇은 외투를 걸쳐 입고 나왔던 사람들은 외투를 팔뚝에 걸고 이마에 땀을 훔치며 다녔다. 평일 오후인데도 구간구간 교차로마다 정체가 이어졌다. 이 많은 차들과 사람들과 건물들이 한데 뒤엉켜 흘러가는 중압감이 새삼스럽게 느껴졌다. 양화대교에 들어선 차가 정체되어 있을 때 무심한 듯 고여 있는 강물을 바라보았다. 흐름이 정체된 강의 몸은 둔탁해 보였고, 어떤 사물도 담아내지 못하게 죽은 듯이 보였다.

경인고속도로로 들어선 종오는 차창을 열고 달렸다. 후텁지근한 바람이 불어왔다. 우리는 서로 말을 아꼈다. 고속도로 중간 지점쯤에서는 커피콩 볶는 냄새가 났다. 방호벽 너머로 불쑥불쑥 솟아 있는 건물들 지붕에 매달린 대형 옥외광고판 중엔 메이저급 커피 회사의 간판도 섞여 있었다. 나는 슬며시 눈을 감고 커피 향을 들이마셨다. 감은 눈 속으로 파고든 희미한 빛의 잔영이 빚어내는 이미지 속엔 향이 피어오르는 것처럼 냄새가 떠다녔다. 심장과 머릿속이 조금씩 뜨거워지는 것 같았는데 지금 당장에 필요한 것이 아닌 것들, 산술적으로 환산할 수 없는 어떤 의미를 띤 것들이 한순간 나를 치고 조용히 빠져나가는 게 느껴졌다. 그게 무엇인지 알 수는 없지만 돌이킬 수 없는 어떤 것이 나를 찾아왔다 떠나는 느낌이었다. 부평톨게이트를 빠져나간 차가 부평 외곽에 있는 영규의 집 근처에 멈춰 설 때에야 나는 눈을 떴고, 비로소 깊이 갇혔던 한숨을 내뱉었다.

영규를 싣고 다시 고속도로로 진입해 군자톨게이트를 통과할 때까지도 우리는 별말이 없었다. 따분함을 못 견디겠는지 조수석에 앉은 영규가 콘솔 박스를 뒤져 시디를 찾아냈다.

"고장 났다."

시디롬을 여는 영규에게 종오가 심드렁하게 말했다. 여름엔 에어컨이 시원치 않아 고생했다더니 제대로 된 게 없었다. 10만 킬로미터 가까이 뛴 중고를 샀다던가? 끌고 온 다음 날부터 이상 증세를 보이기 시작했다는 차는 종오의 추측에 의하면 주행거리가 조작되었을 가능성이 아주 농후하다고 했다. 컴퓨터 대리점 영업사원인 종오는 차만 고물이 아니라 자기 신세도 고물차 못지않다고 툴툴거렸다. 이번엔 라디오 주파수를 잡기 위해 영규가 운전석 쪽으로 몸을 기울였다. 지지직거리는 잡음이 커지자 영규는 괜히 성질을 내며 라디오를 꺼버렸다. 순간 정적이 감돌았다.

"이놈의 더위는 뒤끝이 장난 아니네, 갈수록 질겨져."

팔짱을 낀 채 창밖으로 눈을 돌린 영규가 혼잣말하듯 중얼거렸다.

짧은 터널 하나를 통과했다.

멀리서 터널이 나타났을 때 터널 입구에 일렁이는 빛의 입자들이 마치 얇은 가름막을 쳐놓은 것처럼 보였다. 막을 찢듯이 터널을 빠져나오자 눈을 찌르는 오후의 햇살에 동공이 흔들렸다. 언젠가 경험한, 같은 시간 속을 돌고 있는 기분이랄까. 창을 열자 후두둑 지나가는 여우비에 일어나는 비린 흙내가 되살아났다. 하지만 한낮의 태양이 바수어놓은 흐릿한 초록의 풍경들이 주행속도를 따라 다가오고 멀어질 뿐, 머릿속으로 떠오르는 건 아무것도 없었다.

"햇볕 한번 더럽게 따갑네."

종오가 햇빛 가리개를 내리며 짜증스럽게 말했다.

우리는 삼백 킬로미터 가까운 거리를 달려가야 했다. 애초에 함께 가기로 한 태경은 갑자기 저녁에 중요한 약속이 잡혀 같이 움직일 수 없다고 내게 연락을 해왔다. 야간작업을 하고 새벽에 집에 들어가 잠깐 눈을 붙였다는 영규는 어느새 꾸벅꾸벅 졸고 있었다.

우리는 오래된 친구이자 동창생들이었다.

중학교까지 같이 다닌 태경을 빼면 영규와 종오는 고등학교까지 붙어 다닌 친구였다.

태경은 초등학교 시절, 우리들 사이에서 단연 돋보였다. 산판과 제재소를 소유한데다 마을에 단 하나뿐이던 정미소와 방앗간까지 운영했던 태경의 아버지는 마을 유지로 학교의 긴한 행사가 있을 때마다 단상 우측에 마련된 귀빈석에 자리를 차지하고 있었다. 운동회나 소풍 때마다 등장하는 대형 차일에는 학교 로고와 함께 기증자인 태경의 아버지 이름이 적혀 있었다. 누나 셋에 막내인 태경은 그의 부모에게는 끔찍이 귀한 자식이었다. 어머니회 회장을 삼 년씩이나 한 태경의 어머니도 유세가 대단했다. 늘 아이들을 몰고 다녔던 태경은 누구보다 자신이 베풀 수 있는 것과 누릴 수 있는 것의 적정량과 한계를 알 만큼 영리했고, 주제에 맞게 허세도 부릴 줄 알았다. 나는 태경이 가진 것을 부러워하지도, 나 자신을 초라하다고 생각하지도 않았다. 단순히 철이 없어서가 아니라 그것이 내게 주어진 것이 아니란 걸 일찍부터 알았기 때문이었다.

남녀공학이었던 중학교는 면 소재지의 국도변에 위치해 있었다. 산을 깎아 세운 학교는 높은 언덕 위에 서 있었고 울창한 숲에 둘러싸여 숲을 뚫고 솟은 것처럼 도드라져 보였다. 1회 졸업생을 배출한 해 입학했으니 우리는 3회 졸업생이 되는 셈이었다. 여학생들은 흰색 페인트를 칠해 놓은 교사를 빗대어 '언덕 위의 하얀 집'이라고 불렀다. 도로에서 교문으로 진입하는 길은 경사가 급했다. 교문 한쪽 옆에 문방구가 하나 있을 뿐 외로이 홀로 우뚝하던 건물이었다.

급경사인 학교 진입로 때문에 크고 작은 사고들이 가끔 일어났다.

교문까지 달려온 자전거가 내리막에서 갑작스레 브레이크를 잡을 때 끼긱거리는 파열음을 일으키며 그대로 굴러 내려갔다. 가끔은 두 다리를 번쩍 쳐들고 묘기를 부리는 아이들도 있었는데 브레이크를 놓쳤다가는 큰 사고로 이어지기 쉬웠다. 정문은 버스정류장으로 가는 직선로이기도 했다. 학교에서는 자전거 통학생들에게 마을 안길로 난 좁은 후문을 사용할 것을 권했지만 선생이 몽둥이를 들고 지키고 서 있지 않는 한은 어쩔 수 없는 일이기도 했다. 벅찬 숨을 헐떡거리며 오르내리던 교문 입구에는 '찻길조심'이라고 쓰인 입간판이 서 있었는데 학생들은 '개조심'이라고 읽으며 낄낄거렸다.

남녀 각각 세 학급씩, 전교생이 칠백 명에 달하던 중학교는 어촌과 내륙의 네 군데 초등학교 출신들이 골고루 섞여 있었다. 기질적으로 조금씩 표가 났지만, 사춘기가 시작되고 막 여물기 시작하는 그 나이 또래들은 그 변별점을 정확하게 가려 읽을 능력까지는 없었다. 어촌과 내륙 마을은 중학교가 있던 지점에서 방사형으로 흩어져 있었지만 통학버스로 이삼십 분 안팎의 거리였다. 걸어서 삼사십 분 정도의 거리에 있는 아이들이 주로 자전거 통학을 했다.

우리는 어촌 출신이었다. 항에서 출발한 버스는 중간에 두 개의 내륙 마을을 지나면서 통학생들을 태웠다. 초등학교 규모를 봐서도 그렇고 우리 학교 출신의 아이들이 가장 많았다. 그 속에서도 관계의 구성은 재편되기 마련이었는데, 기존의 관계를 흔들며 가벼운 흥분과 설렘을 주는 역동적인 시기가 중학교 일학년 때였던 것 같다. 종오나 태경, 영규와 어울려 다니던 관계에는 큰 변화가 없었다. 그렇다고 우리끼리만 똘똘 뭉쳐 다닌 것도 아니었다. 바다와 내륙의 아이들은 서로 '촌놈'이라고 손가락질하며 낄낄댔고, 가장 일반적으로 쓰면서도 때로는 가장 모욕적인 말이 '촌놈'이기도 했다.

재섭은 내륙의 산촌 출신이었다. 중학교 일학년과 삼학년 때 같은 반이었는데, 일학년 때는 어울려 다닌 기억이 없다. 키 순서대로 번호를 정했던 탓에 재섭은 앞쪽에 나는 뒤쪽에 앉은 아이들과 어울렸다. 숫기가 없는지 말을 할 때 얼굴이 발갛게 달아오르던 것이 특이하다면 특이하달까. 그럴 땐 말까지 조금 더듬었다. 재섭은 뭐든 중간쯤이었다. 그러니까 특별히 도드라지는 점이 없었다. 성적도 중간, 키도 중간 정도에 살이 찌지는 않았지만 마른 체격도 아니었다. 이마가 넓고 눈썹이 희미했는데, 웃는 건지 화를 내는 건지 모호한 인상이었다. 감정을 격렬하게 표출하는 걸 본 적이 없으며 반 아이들에게 특별한 관심도 따돌림의 대상도 아니었다.

재섭이 관심의 대상이 된 적이 있긴 했다. 삼학년 봄 학기에 학교를 떠들썩하게 한 사고가 있었다. 교문 앞 도로에서 일어난 교통사고였다. 내리막길을 내려간 재섭의 자전거가 길 끝에서 멈추지 않았다. 자전거는 마침 달려오던 용달 트럭에 부딪쳤는데 자전거와 사람이 공중회전을 하듯 붕 떠서 날았다. 공교롭게도 내가 그 사고의 유일한 목격자였다. 교문을 나서던 아이들이 언덕길을 뒤늦게 뛰어 내려오는 소리가 들렸다. 놀란 내 입에서 어어어, 하는 소리가 나간 건 이미 자전거와 용달 트럭이 부딪친 후였다. 눈 깜짝할 사이였다. 용달 트럭은 십여 미터 앞에서 멈춰 섰고 재섭은 자전거에서 튕겨져 갓길의 풀숲에 처박혔다. 용달 트럭 앞까지 굴러가서 떨어진 자전거는 손잡이 목이 꺾이고 두 바퀴만 맹렬하게 헛바퀴를 돌리고 있었다. 만약 자전거와 사람이 분리되지 않고 같이 길바닥에 팽개쳐졌다면 자전거가 아니라 재섭의 목이 부러졌을 것이다. 재섭은 병원에서 꽤 여러 날 입원 치료를 받았지만 목도 멀쩡했고, 정신도 멀쩡했다.

재섭이 관심의 대상이 된 건 오지게도 운이 좋았던 그날의 사고보다는 그 일로 학교 측에서 계속 미루어오던 공사를 시작했기 때문이다. 기존의 교문을 폐쇄하고 마을 안길로 난 쪽문을 넓히는 공사였다. 자전거 통학생들은 곧바로 이용할 수 있는 도로 대신 구불구불한 마을 안길을 돌아 등교해야 하는 불편을 겪게 되었지만 방침은 강력해졌다. 학교 건물이 앉은 모양새만을 고려해 교문을 낸 후 재공사를 하게 된 학교는 대한민국 건국 이래 우리 학교가 처음일 것이다.

그 일로 재섭과 나는 본의 아니게 얽히게 되었다. 수업 시간에 들어온 과목별 선생들마다 한 번씩은 나를 지목해 물었다.

"네가 사고 직접 봤다며?"

"이성준. 네가 없었으면 뺑소니쳤을 거다. 얼마나 다행이냐."

"함부로 사고 부풀려서 괜히 학교 분위기 어지럽히지 마라. 다행히 크게 다치지는 않았으니까."

선생들마다 나를 지목한 이유는 같았지만 어감은 조금씩 달랐다.

풀숲에 처박혀 정신을 잃은 재섭이 죽은 줄 알고 나는 심장이 졸아붙었었다. 재섭에게로 달려가야 하나, 차에서 내리지도 않고 운전대에 이마를 처박고 있는 기사한테로 달려가야 하나 갈등하는 그 잠깐이 천년처럼 느껴졌다.

자전거가 차에 부딪치는 순간 재섭은 이상하게도 눈앞에 펼쳐진 캄캄한 세계가 두렵지 않았다고 했다. 눈을 떴을 땐 저승사자가 자신이 알고 있는 친구의 얼굴과 똑같아서 순간 반갑기까지 했다고 했다. 내가 보고 있는 게 이성준 맞아? 나를 알아본 재섭이 놀란 눈으로 물었다. 그때까지도 짜부라진 자전거의 바퀴는 맹렬하게 돌고 있었다. 햇빛이 눈부셨다. 그 부신 빛살 속에서 살아서 빛나는 재섭의 눈동자를 본 나는 무작정 재섭을 끌어안았다. 마치 내가 재섭을 살리기라도 한 것처럼.

재섭과 나의 이야기를 과장되게 떠들고 다닌 건 종오였다. 나한테는 한동안 저승사자라는 별명이 따라다녔는데, 문제는 재섭이 내가 진짜 자기를 구한 은인이라고 생각한다는 거였다. 그때 성준이 얼굴을 보는 순간 살았다는 생각이 퍼뜩 들더라고 했지만 실제로 내가 재섭을 구한 건 아니지 않는가.

재섭을 학교 밖에서 만난 건 그해 여름방학 때가 처음이었다. 태경과 종오, 영규와 어울려 다니던 그때 우리는 꽤나 열심히 쏘다녔다. 조금만 발품을 팔아 동네를 벗어나면 관광지로 유명한 해수욕장으로 갈 수 있었다. 그곳엔 도시에서 온 피서객들을 상대로 자리를 파는 파라솔들이 빽빽하게 꽂혀 있었다. 파라솔들에서 묻어난 공짜 그늘에 몸을 파묻고 누워 비키니 입은 여자들의 허벅지와 배꼽을 쳐다보는 재미가 쏠쏠했다. 그것도 지겨워지면 웃통만 벗어젖히고 바다를 향해 돌진했다. 우리의 목표는 그러니까 튜브를 타고 물위에 떠 있는 여자들을 향해 잠수해 가는 것이었다.

재섭은 해수욕장에서 찐 옥수수를 팔고 있었다. 쪽찐 머리에 똬리를 받친 재섭의 할머니는 찐 옥수수가 담긴 커다란 자배기를 이고 있었다. 재섭의 할머니라는 걸 금방 알아볼 정도로 재섭은 할머니를 꼭

빼닮았다. 재섭의 양손에는 샌들 켤레를 묶듯 옥수수 속껍질끼리 묶은 두 개짜리 옥수수자루가 여러 뭉치 들려 있었다. 옥수수 사려어. 마치 야밤의 찹쌀떡 장수처럼 재섭이 외쳤다. 도와주려 한 게 아니라 어처구니없는 몰골로 우리 앞에 나타난 녀석을 골려주려고 재섭의 뒤를 따르며 '옥수수 사려어'를 장난처럼 외쳤는데 졸지에 우리는 옥수수 장수가 되었다. 사람들이 우리를 손짓해 부르면 재섭의 팔뚝에 걸린 옥수수를 들고 잽싸게 그쪽으로 뛰어갔다. 비키니 입은 여자들만 골라서 말이다.

그 여름, 발목까지 푹푹 잠기던 뜨겁게 달궈진 모래의 감촉을 기억한다. 방풍림에서 귀청이 찢어지게 울어대던 매미의 절규, 퍽 퍽 비치볼 치는 소리, 찌르는 듯한 열기에 수평선이 흔들렸다. 낮 동안 달궈진 모래 무덤 속에서 마치 몽정하듯 꿈틀대던 우리들의 몸, 모닥불을 피워놓고 마셨던 소주와 같잖은 주먹다짐. 그 즈음의 우리는 그 나름의 고뇌로 머리가 무거웠다. 고작 열여섯 살밖엔 안 되었지만 다시 돌아오지 않을 날들이라는 걸 알고 있었다. 나란히 밤바다를 향해서서 오줌을 내깔기며 낄낄거리던, 짐짓 불량기를 가장했던 웃음소리가 공허하게 퍼져나갔다.

캄캄한 모래사장에 앉아 바다를 바라보며 재섭이 말했다. 니들이 옆에 있으니까 좋아. 우리는 재섭을 모래 구덩이 속으로 던져 넣었다. 그다음은 태경이, 영규, 종오가 묻히고, 내가 묻히고…. 머리만 내놓은 채 모래 속에 묻힌 몸을 두드리며 고래고래 소리 질렀다.

우리는 우주의 고아다! 우리는 불사신이다!

그러곤 밤바다를 향해 와아 소리를 지르며 달려갔다.

재섭은 아버지가 돌아가시고 어머니가 재가한 뒤 누나와 함께 할머니 손에서 자랐다고 했다. 재섭의 할머니는 새벽같이 일어나 옥수수밭에서 딴 옥수수를 부대로 져 나르고, 찐 옥수수를 산골에서 해변까지 이고 나와 여름내 옥수수 장사로 생계를 잇는다고 했다. 바다에 영혼을 떠내려 보낼 듯 몸부림친 우리들의 머리 위로 다시 오지 않을 것 같은 해변의 아침이 밝아왔다. 재섭과 함께 보낸 그 밤의 열기는 그 여름내 사그라지지 않았다.

바다와 내륙의 아이들이 떠나온 그곳으로 가는 길은 여러 갈래였다. 경부고속도로를 타고 동해안으로 치올라가는 길, 7번 국도를 타고 동해안을 경유해 내려가는 길, 이화령재를 넘어 문경을 통과하는 길도 있었다. 영규를 픽업하느라 군자톨게이트를 통과한 종오는 Y시 시내를 거쳐 36번 국도를 타는 게 빠른 길이라고 했다.

"새끼 땜에 꼭 역주행하는 기분이 들잖아. 그 길은 운전하기도 힘든데."

종오는 졸고 있는 영규를 힐끔 쳐다보면서 혼잣말처럼 씨부렁거렸다.

터널을 두 개 더 통과하자 휴게소 이정표가 보였다. 종오는 기름이 바닥이라며 휴게소에 들렀다 가자고 했다.

평일이라 그런지 휴게소 주차장은 썰렁했다. 종오와 영규는 목재로 팔각지붕 흉내를 낸 쉼터에 걸터앉아 담뱃불부터 붙여 물었다.

"완전히 끊었냐?"

종오가 물었다.

"하나 줘봐."

나는 종오에게서 담배 한 개비를 받아들고 냄새만 맡았다.

"독한 새끼네. 조상 묘에 풀도 안 날 독종들이 담배 끊는다더라."

필터에 닿을 때까지 빨아 당긴 꽁초를 바닥에 던지며 영규가 말했다.

흡연 욕구가 간절했지만 참을 수 있을 것 같았다. 녀석들이 화장실에 가는 걸 보며 담배를 부러뜨렸다. 손가락에서 역한 담뱃진 냄새가 묻어나는 듯했다.

더러워서 담배를 끊었다. 부장은 흡연 혐오자였다. 담배 냄새는 귀신같이 맡았다. 잠깐만 말없이 자리를 비워도 담배나 피우려고 회사에 나왔냐며 힐난했다. 그깟 담배 하나 어쩌지 못하면서 무슨 일을 한다고 그래. 업무 시간에 자꾸 들락거리는 거 그거 업무 태만이야. 부장의 폭언과 욕설, 인신공격적인 야비한 말들은 업무와는 아무 상관없이 그날의 자기 기분에 따라 자행되었다. 알면서도 당했지만, 더러워서 참고, 듣고 삼켜야 한마디라도 덜 듣는다는 게 우리 부서의 분위기였다. 자기가 뭐 오너인 줄 착각하나봐. 쫀쫀이 사장보다 더 더러운 새끼라는 말이 공공연하게 돌았지만 아무도 부장에게 대드는 직원은 없었다. 부장과는 구내식당에서도 마주치지 않으려 했다. 회식 자리에선 부장 옆이나 앞자리에 앉지 않으려고 서로 눈치를 보다가 부서원 전부가 된통 잔소리를 듣기도 했다. 뜬금없는 업무 처리 건을 핑계 삼아.

녀석들보다 한발 늦게 화장실에 간 나는 볼일을 보고 담배 생각을 잊기 위해 입을 여러 번 헹구고 손을 닦고, 그러고도 공중화장실 앞에 멍하니 서 있다 식당으로 들어갔다. 녀석들은 커피를 마시고 있었다.

"이럴 땐 캔맥주 하나 빨면 딱인데. 여긴 주류는 안 팔지?"

내가 종오에게 물었다.

"그래 인마. 우리 같은 인간들이 운전하면서 냅다 홧김에 술 퍼마실까봐 안 파신단다."

영규가 대꾸했다.

"기다려봐. 국도로 빠지면 가게 있겠지."

종오가 일어서며 말했다.

"캔맥주라도 몇 개 사서 싣고 올 걸 그랬다."

갑자기 영규도 술이 당긴다는 표정으로 쩝쩝댔다.

"짜식들, 꼭 휴가라도 가는 새끼들 같네."

운전대를 잡아야 하는 종오는 끝내 못마땅한 모양이었다.

"넌 인마 맨정신으로 갈 수 있냐? 기분이 뭣 같아서 그런다."

솔직한 내 심정이었다.

주유소에서 기름을 넣고 다시 출발했다. 휴가철도 아닌 평일 대낮에 고속도로를 달리는 건 처음이었다. 회사 사람들과 묻어간 밤의 문상은 간혹 있는 일이었지만 대낮에 떠나본 적은 없었다. 아직은 누군가의 부고가 의례적인 인사를 치러야 하는 일일 뿐이었다. 그랬다. 우리가 부고의 주인공이 되기엔 살아야 할 날들이 많이 남아 있지 않은가. 적어도 무언가 분명한 것이 아직 우리들에게 남아 있다고 생각하는 지금엔.

지난겨울 영규의 결혼식장에서 누군가가 그랬다. 이제 한 놈씩 가기 시작하는구나. 나는 왜 그 말의 의미를 이중적으로 기억하고 있는 걸까. '간다'는 말의 의미가 버거워 혼자 연회장 밖으로 나와 한숨을 내쉬었다.

우리들 중 결혼한 녀석은 영규뿐이었다. 피로연의 분위기를 끌고 간 건 영규의 노조 동료들이었다. 그들이 똘똘 뭉쳐 신부와 신랑을 차지하는 바람에 동창 녀석들은 머쓱해져서 신혼여행을 떠나기 직전인 밤늦은 시간에야 신랑과 신부를 차지할 수 있었다. 영규는 속초로 다음 날 아침 비행기를 타고 신혼여행을 갈 계획이었다. 김포공항 앞에서 여관방 두 개를 얻어 밤새 퍼마시고 일어났더니 새벽에 신랑 신부는 떠나고 없었다. 결혼식을 올리고 여섯 달 만에 영규는 딸을 얻었다. 그러니까, 영규는 자식까지 딸린 가장이었다. 결혼식만 하고 집들이는 하지 않아서 영규가 어떻게 사는지는 알 수 없었다. 그것을 알고 모르고는 중요하지 않았다. 우리는 단지 고향에서 성장기를 함께 보냈다는 추억의 끈 하나로 연결되어 있었고, 그게 대단한 것이나 되는 것처럼 생각하고 있었다. 속 깊은 얘기를 나누지 않은 지도 오래되었다. 피차 알면 피곤한 일들은 꺼내지도 않았다. 꺼내봐야 아무런 도움도 되지 않는다는 걸 알았다. 우리가 지금 할 수 있는 이야기는 추억의 단초가 되는 것들뿐. 하지만 추억은 아직 우리의 현실에선 힘이 약했다.

"태경인 요즘 어떻게 지낸대?"

창밖을 쳐다보고 있던 영규가 뒤로 고개를 돌리고 내게 물었다. 영규는 내가 태경과 연락을 자주 하고 지내는지 알겠지만, 그렇지는 않았다.

"글쎄. 워낙 자기 얘긴 안 하는 녀석이니까."

"성준이 너한테 전화 왔었다며?"

종오가 물었다.

"네가 돌린 메시지 보고 전화했더라. 너한텐 따로 가겠다고 했는데 중요한 일정이 잡혀서 못 내려가게 됐다고. 바쁘다는데 근황 물어볼 정신이 어딨냐? 나도 본 지 한참 됐는데."

"그래도 친구들 중에선 제일 잘나가는 놈이었는데. 하여튼 태경이도 뒤끝이 안 좋네. 태경이네 집도 그렇고 말이야. 짜식, 사고 쳐놓고선 아직도…."

영규가 말끝을 흐렸다.

태경은 꽤 유명한 증권회사의 샐러리맨이었다. 내가 받는 쥐꼬리만한 월급과는 댈 것도 아닌 연봉을 받고 있는 걸로 알고 있었다. 그런 녀석이 주가조작에 연루되어 하루아침에 회사를 그만두게 될 줄은 아무도 몰랐다.

태경과의 관계는 묘한 데가 있었다. 태경이 먼저 연락을 해오지 않는 한 우리가 먼저 연락을 하지 않는다는 거였는데, 별다른 이유가 있는 건 아니었다. 그것은 아마도 완성되지 못한 추억의 고리 때문이 아닐까 싶기도 했다. 중학교까지 같이 다녔지만, 가장 격렬했을 수도 있는 고등학교 시절을 서로 모른 채 보냈고, 그 이후에 벌어진 일들에 있어서도 허방 같은 시간이 존재했던 게 사실이었다. 그만큼 현실과 추억 사이에 괴리감이 있다고 해야 할까. 태경으로선 우리가 자랐던 그곳이 고향이라는 의미로 일찌감치 정리되었을 뿐, 그곳에 남은 건 아무것도 없었다. 태경이 우리와 뒤늦게나마 연락을 취하고 관계를 끊지 않은 건 태생지에 대한 그리움이 남아 있기 때문일 것이다.

고향을 떠난 뒤, 태경의 형편도 그리 녹록치 않았을 것이다. 제재소에 불이 나 하루아침에 쫄딱 망해버린 게 태경이 도시로 나가 고등학교에 다닐 때였다. 온 동네를 환하게 밝힐 정도로 거대한 불이었다. 제재소 야적장에 쌓여 있던 산더미 같은 목재들을 다 태우고 제재소 한쪽에 이층으로 올린 태경이네 집까지 불길이 번졌으니까. 온 동네 개까지 다 나와서 꼬리를 흔들며 불구경을 했단다, 하고 불을 직접 보고 온 어머니가 말했다. 그 불이 간단치 않았던 건 인부들이 둘이나 목숨을 잃었기 때문이었다. 제재소 한쪽에는 일꾼들이 먹고 자면서 일하는 간이 막사가 있었는데 마침 두 사람이나 막사에서 잠을 자다가 불길을 피하지 못했다. 부자가 망해도 삼 년은 간다는 말도, 불이 나면 불같이 일어난다는 덕담도 그저 말장난일 뿐이었다. 태경의 부모는 얼마 남지 않은 가산을 정리해 부산으로 떠났고, 태경은 둘째 누나 집에서 눈칫밥을 먹으며 학교를 다녔다. 오랫동안 연락이 두절되었던 태경과 연락이 된 것도 태경이 증권회사에 들어간 뒤부터였다.

　언제였던가. 거래처에 갔다가 거기서 곧바로 퇴근하게 되어 오랜만에 태경에게 전화를 걸었다. 마침 내가 있던 곳이 태경의 사무실 근처였다. 태경과 술 한잔하고 싶다는 생각이 불현듯 들어서였다. 광장의 바람은 쓸쓸했다. 오가는 인파들로 북적거리는 광화문 거리에서 12월의 한기를 맞으니 어딘가에 버려진 듯했다. 오래된 기억이 주는 익숙한 장소가, 냄새가 그리웠는지도 모른다. 내가 발 딛고 있는 그 공간과 시간이 부담스러웠다.

　태경은 한참만에야 자다 깬 듯한 목소리로 전화를 받았다. 네가 근무하는 회사 근처에 와 있다고 했더니 어디? 하고 태경이 물었다. 광화문통이지 어디긴. 녀석이 맥 빠지는 소리로 실소를 터뜨렸다. 실없이 왜 웃느냐고 물었다. 어, 새꺄. 나 회사 잘렸어. 헛물켜지 말고 집에나 들어가라. 그러곤 태경은 전화를 끊을 태세였다. 무슨 말이야? 왜 멀쩡하게 잘 다니던 회사를 관둬? 녀석의 옷자락을 붙잡듯 다급하게 물었다. 관두긴 인마, 잘렸다니까. 녀석은 마치 남의 말하듯 했다. 다음에 한잔하자. 그러곤 전화가 끊겼다. 태경의 소식은 한 치 건너 다른 친구의 입에서 악의적인 험담과 함께 쏟아져 나왔지만 태경에게선 더 이상 그에 관한 얘기를 들을 수 없었다.

다음에 만나서 한잔하자던 태경을 몇 달 후에 만났을 땐 사업 구상 중이라고만 했다. 태경은 여전히 흰 와이셔츠에 넥타이까지 챙겨 맨 양복 차림이었다. 그 모습이 보기 좋으면서도 어딘가 모르게 쓸쓸해 보였다.

"편하게 눈 좀 붙여. 갈 길이 멀다."

룸미러로 나를 힐끔거리던 종오가 말했다. 길은 더 단조로워졌다. 음악도 없이 묵직하게 가라앉은 차 안이 답답했다. 시간이 굳어버린 듯 풍경의 변화를 느낄 수 없었다. 어쩌면 나는 나도 모르게 졸고 있었는지도 모르겠다. 나는 종오에게 괜찮다는 듯 웃어 보였다.

고등학교 시절, 우리 속에 태경은 없었다. 도청 소재지가 있는 곳으로 간 친구들은 소수에 불과했지만 그중 하나가 태경이었다. 화재 사건이 나지 않았더라도 우리는 자연스럽게 멀어졌을 것이다. 태경에겐 극복해야 할 새로운 환경이 놓여 있었을 테니까.

우리가 다녔던 남고는 읍의 구시가지 초입에 있었다. 해방 후에 군청 건물과 나란히 설립된 학교로 사십여 년의 전통을 자랑으로 내세웠다. 세월을 먹은 본 건물은 낡디낡아서 보수한 흔적 투성이고 신축 건물이 본 건물을 디근자 형식으로 둘러싸고 있었다. 수백 명의 남학생들이 우글거리는 그야말로 남자들만의 소굴. 학력 수준도 천차만별이어서 잘난 놈도 들어가고 못난 놈도 들어가는, 군내에서는 가장 큰 학교 중의 하나였다. 뛰는 놈 위에 나는 놈도 있었지만 그래봐야 서울과는 먼 한촌 구석에 처박힌 학교일 뿐이었다.

그 시절 내 기억의 영역을 차지하는 공간에는 영규나 종오, 늘 같이 어울렸던 친구들과는 동떨어진 방이 하나 있다. 그때 나는 무엇과의 단절을 원했던 듯하다. 일테면 나의 존재를 구성하는 모든 것으로부터의 재구성인데 이탈, 자유, 일종의 도피라고 말할 수 있을까. 사실상의 나라는 존재는 사라지고 외피만 걸어 다니는 것 같은 이상한 허망, 허상에 사로잡혔다. 문학부 동아리방이 내가 틀어박히기에 적당한 도피처라 생각했다. 동아리 선배들은 어린놈의 새끼가 뭘 안다고 벌써부터 염세질이냐며 낄낄거렸다. 나는 조용히 있고 싶었다. 동아리도 하나의 작은 세계여서 나름대로 힘의 규율이 작동했다. 그 속에서도 '끼리끼리'가 있었다. 나는 그 힘의 서열에도, 끼리끼리에도 끼고 싶지 않았다. 장래 꿈을 위한 야심찬 계획이나 기대가 있어서 그곳을 들락거린 게 아니었다. 그것이 무엇인지 몰라서 그곳을 들락거렸다. 그때의 나는, 우리는 각자 그 나이만큼 꽉 차서 서로가 성숙하다고 생각했다. 자기 세계는 그 자체만으로도 전부일 때였으니까.

문학부 동아리에서 재섭을 만난 건 의외였다. 고등학교에 들어오면서 재섭과는 한 반이 되지도 않았으니까 동아리방에서 얼굴을 처음 봤다. 재섭은 동아리 활동을 같이 하게 되어 무척 기대가 된다고 했지만 '어떤 기대?' 나는 속으로 코웃음을 쳤다. 아무도 나를 아는 사람이 없는 데서 혼자 조용히 지낼 수도 있겠다는 내 생각을 들킨 것 같은 기분이기도 했다. 문학부 동아리는 연극부나 다른 동아리들에 비한다면 움직임이 별로 없었다.

"넌 여기서 뭘 하고 싶은데?"

언젠가 동아리 모임을 끝내고 운동장을 가로질러 나오며 재섭이 나에게 물었다. 재섭으로선 꽤 진지한 물음이었던 것 같은데 나는 정말이지 내가 뭘 하고 싶은지 알 수 없어서 대답하지 않았다.

"『구토』 읽어봤어?"

머쓱해진 재섭이 내게 물었다. 나는 가볍게 고개만 흔들었다. 『구토』는 꽤 두꺼운 책이었다. 도서관 서가에 서서 앞부분 몇 페이지만 읽어보고 도로 꽂아둔 후 다시 찾아보지는 않았다.

"너는 다 읽었냐?"

재섭은 학교 도서관에 꽂힌 『구토』를 빌린 게 첫 대출이라며 흥분된 어조로 말했다. 중학교 때 옆집—옆집이라고는 하지만 멀리서 지붕만 보일 뿐 거리가 꽤 먼—에 사는 누나의 친구가 『구토』를 들고 재섭의 집으로 놀러 온 적이 있는데 그게 참 멋있어 보였다고도 했다.

"읽긴 읽었는데 도무지 모르겠어. 그런데 『구토』에 도서관 서가에 꽂힌 책들을 알파벳 순서대로 읽는 독학자가 나오잖아. 그 사람이 등장하는 장면에 뽕 갔지. 고지식하게 자기 고집대로 책을 읽는 그 의지도 높이 사줄 만하고. 주인공이 를르봉 왕조의 역사가 어쩌니 하면서 지껄이는 철학적인 말들은 도통 알아들을 수가 없더라고. 그러니까 『구토』를 읽으면서 한 가지는 건졌다고 봐야지. 다른 일을 하면서 살게 되더라도 나도 거대한 도서관 서가에 있는 책을 순서대로 읽으면서 살고 싶다, 뭐 그런 거."

나는 재섭을 낯선 눈으로 쳐다보았다. 부끄러움 없이 자기를 드러내놓고 말하는 재섭이 남다르게 보이기도 했다. 아무도, 특히 고등학교에 들어와서 만난 친구들은 그런 식으로 자기 생각을 말하지 않았다. 그것이 역겨우면서도 나 또한 그들처럼 생각하고 행동했다. 솔직히 말하자면 나는 재섭이처럼 솔직하거나 순수할 자신이 없었다.

동아리 활동은 이학년 때까지만 했다. 어쨌든 입시를 준비해야 하는 고3들은 한두 명을 제외하곤 동아리방엔 드나들지도 않았다. 이학년 겨울방학을 하기 전에 우리가 주체가 되어 문학부 정기 공연을 하긴 했다. '한겨울 밤의 꿈'이라는 제목을 붙인 문학의 밤 행사로 해마다 문학부 선배들이 해오던 전통을 이어받은 것이었다.

특이한 건 처음으로 공연을 학교 밖에서 한 것이다. 우리 선배이기도 한 읍내 출신의 한 사업가가 읍민들을 위해 희사한 복합문화공간이라는 건물 지하에는 소극장도 딸려 있었다. 국회의원 출마를 염두에 둔 희사라는 소문도 돌았다. 그 소문은 일 년 뒤 기정사실로 드러났지만, 그에 대한 소문은 그것뿐만이 아니었다. 그는 부산에 섬유공장도 몇 개 거느리고 있는데, 가정 형편이 어려워 고등학교에 진학하지 못한 여학생들을 데려갔다. 졸업 시즌이 되면 그가 대표로 있는 업체에서 군내 중학교마다 협조 공문을 돌렸다. 중학교 동창 몇몇도 그가 경영하는 산업체 부설 야간 고등학교에 입학했다. 야간 고등학교에 대한 소문도 꽤 곱지만은 않았다. 공부할 수 있는 기회를 박탈당한 여학생들에게 꿈을 주기 위한 취지로 만들었다는 학교는 검정고시를 봐야만 졸업이 인정되는 데다 순전히 공장 인력을 충원하는 데만 혈안이 돼 있다고 했다. 기숙사 생활의 감시와 강도 높은 공장일을 견딜 수 없어 유흥업소나 다방으로 빠져나가는 애들이 있다는 얘기도 심심찮게 돌았다. 게다가 조직 깡패들을 고용한 유흥업소 사업으로 뒷돈을 긁어모은다는 소문도 있었다.

그 많은 소문은 소문으로만 무성했을 뿐, 세상 밖의 진의를 알기에 우리는 아직 어렸는지도 몰랐다. 건물을 희사한 선배의 배포와 수완에 존경을 표하는 치들도 있었으니까. 그때의 우리는 학교 밖 공연, 소극장에서 공연을 하게 되었다는 사실 하나만으로도 들떠 있었다. 우리끼리 노는 것이라고는 하지만 관객을 위해선 모든 걸 바쳐야 했다.

행사 일주일을 앞두고 공연장을 보러 갔을 때 우리는 실망감을 감출 수 없었다. 우리가 사용하기로 한 지하 소극장은 그야말로 무덤 속처럼 어둡고 아무것도 없는 그냥 텅 빈 공간이었다. 무대라고도 할 수 없는, 넓적한 패널 조각으로 만들어놓은 스테이지 하나가 덩그러니 놓인 게 전부였다. 겉만 번지르르하게 지어진 삼층짜리 건물 지하는 거의 방치되다시피 해서 방음 시설은커녕 난방 시설도 되어 있지 않았다. 졸속으로 지었는지 빗물이 새어든 흔적에 곰팡이 냄새로 퀴퀴한 그 공간을 닦고 소품을 만들어 세우고 무대 커튼을 만드는 일까지 우리 몫이었다. 소문이 진짜가 맞네. 개새끼 순 국회의원 해 처먹으려고 폼만 잡았네. 난로에 손을 녹여가며 욕지기를 입에 물고 무대를 채우는 허드렛일을 하면서도 우리는 열심을 다했다.

내가 기억하고 싶은 건 그 무대, 그 시간에 우리가 있었다는 사실이다.

볼품없는 조명에 허옇게 떠다니던 입김을 기억한다. 마이크에서 울려 나오는 목소리에 살얼음이 낄 듯 추웠던 그 공간, 그 벌거벗은 무대에 바쳤던 우리들의 시간.

그 건물을 희사했던 선배는 무소속으로 나와 자신의 재산을 국가에 헌납하고 온몸을 바쳐 머슴처럼 일하겠다는 공약을 내걸었지만 낙선의 고배를 마셨다. 그를 둘러싼 무성한 소문들은 악성 루머처럼 온 읍내를 물들이면서 그 민낯을 드러냈다. 섬유회사가 부도로 넘어가면서 그가 저지른 비리들이 속속 드러났고, 한낱 조직 깡패들을 거느린 유흥업소 보스에 불과했다는 흔하디흔해 빠진 이야기로 말이다. 고작 그 따위 힘으로 정치판을 집어삼킬 듯이 아가리를 벌렸다는 게 우스울 정도로. 패배자의 말로는 결국 같은 패턴이지 않을까. 그 말로의 진위 역시 우리에겐 소문으로만 그친다 할지라도 말이다.

그런데 우리는 언제 어디서 그 꿈을 잃어버렸을까? 마치 그 모든 것이 거짓말이었던 것처럼.

그 무대에서 보냈던 시간이 보잘것없고 아무것도 아니라는 걸 인정하는 건 또 다른 얘기다. 자작시를 낭송하고 내려온 재섭이 말했었다. 내가 무언가를 해냈다는 게 뿌듯해. 나는 재섭에게 냉소를 보냈다. 니가 뭐라도 된 줄 아냐? 치기 어린 냉소가 아니라면 견딜 수 없던 시간이기도 했다. 아무리 날고뛰어도 내가 네가 될 수 없고, 네가 내가 될 수 없다는 것을, 왜 미리 걱정했던 걸까. 그것이 대체 뭐라고. 그토록 분명한 것이 그때는 있었다는 말일까? 재섭이 나의 냉소에 뭐라고 답했는지는 기억나지 않는다. 그에게 다시 되물어볼 수도 없는 길을, 그해 시월, 우리는 착잡한 심경으로 달려가고 있었다.

나도 모르게 깜빡 졸았나 보았다. 어느새 고속도로를 빠져나온 차가 시가지로 진입하고 있었다.

"어디야?"

내가 가볍게 기지개를 켜며 물었다.

"Y시잖아. 안 보이냐?"

종오가 턱짓으로 방금 지나간 이정표를 가리켰다.

"시내로 들어가서 일단 차 세우고 캔맥주 하나씩 마시고 가자."

고속도로 휴게소에서 입맛만 다셨던 캔맥주가 아직도 아쉬운지 영규도 두 팔을 휘둘러 기지개를 켜며 말했다.

시청을 중심으로 나선형으로 말린 Y시 시내를 돌며 주차할 곳을 찾았다. 시청까지 끼고 있는 읍내인데도 시골 냄새가 확 끼쳐왔다. 이제 같은 도계 안으로 들어온 셈이었다. 비슷한 풍치를 가진 곳이긴 하지만 낯설기도 해서 도로이정표를 보며 맴을 돌듯이 중앙통을 한 바퀴나 더 돌았다.

"저기 편의점 보이잖아. 저 근처에 차 세울 데 없나?"

영규가 손가락으로 가리킨 편의점 앞을 지나서야 주차할 곳이 보였다. 삼사층짜리 상가 건물 뒤쪽에 공터가 있었다. 풀이 제법 길게 자란 공터는 밭으로 쓰다가 버려둔 듯 녹색의 올이 굵은 그물이 쳐져 있고 녹슨 철판으로 삼분의 일쯤 가림막이 되어 있는 주변에는 쓰레기가 잔뜩 쌓여 있었다.

"냄새 한번 고약하네."

차창을 내린 영규가 인상을 찡그리며 코를 킁킁댔다.

차를 세워둔 곳에서 방금 지나쳐온 편의점으로 갔다. 캔맥주와 담배를 사서 편의점 앞 파라솔에 자리를 잡고 앉았다. 계절의 흐름은 어쩔 수 없었다. 한낮에 뜨거웠던 볕은 급격히 힘이 떨어졌다. 두어시간 후면 날이 어두워질 테고, 그때쯤이면 우리는 장례식장에 도착할 수 있을 것이다.

영규와 나는 캔맥주를 따서 한 모금씩 마셨다. 입맛을 다시는 종오에게 내가 마시던 캔을 내밀자 한 모금 마시고는 운전해야 한다며 이내 캔을 내게 돌려주었다.

"나는 아직도 믿기지가 않네. 아무리 술을 마셨다고 해도 그렇지 어떻게 뒤에서 차가 오는 걸 몰라?"

맥주를 홀짝거리던 영규가 담배를 빼어 물며 말했다.

"글쎄 말이다."

나는 느릿느릿 대꾸했다.

"사고인지 아닌지 밝혀지기도 전에 장례부터 치르는 꼴이잖아. 설마… 아니겠지?"

영규는 재섭의 죽음이 자살은 아니라고 믿고 싶은 모양이었다.

"우리가 뭐 아는 게 있냐. 죽은 자는 말이 없고."

종오가 혼잣말하듯 했다.

재섭의 누나가 종오에게 부고를 알린 건 재섭의 휴대폰에 남은 문자메시지 기록에서 찾은 거라고 했다. 최근이래야 한 달 전쯤으로 재섭이 친구들에게 전화를 해댈 때였다. 종오가 전화를 받지 않자 문자 메시지를 남긴 모양이었다. 특별한 내용은 아니라고 했다. 문자를 주고받은 내역이 남아 있을지도 모른다며 휴대폰을 꺼내 문자 창을 뒤지던 종오는 느닷없이 휴대폰 폴더를 닫아버리더니 테이블에 던지듯 내려놓았다.

우리는 먼 곳, 어딘가를 바라보며 천천히 맥주 캔을 비웠다.

"그만 가자. 갈 길은 서둘러 가야지. 가다가 술 취한 놈들처럼 오줌 마렵다고 차 세우라니 마니 하지 마라."

종오가 툴툴거렸다.

"이게 술이냐. 고작 깡통 맥주 두 개가."

영규가 빈 캔을 우그러뜨리며 역시나 투덜거렸다.

Y시를 빠져나와 국도로 접어든 뒤부터 다시 단조로운 길이 시작되었다. Y시에서 동해안으로 빠져나가는 간선 국도는 늙은 짐승의 등뼈처럼 오래되어 낡고 위태로웠다. 평일이라 교통량은 많지 않았다. 이쪽으로 휘돌아 군의 경계를 넘어가는 노선버스도 없고 그저 지름길을 찾는 트럭이나 승용차들이 이용하는 옛길이었다. 재섭은 이 길에서 지선으로 뻗어나간 H읍의 도립병원에 안치되어 있다고 했다. 도립병원은 우리가 다녔던 고등학교로 들어가는 도로 진입로에 위치해 있어 사방 어디서고 도드라져 보였다. 한때의 영화는 사라지고 외벽이 우중충하게 낡은 볼품없는 도립병원은 중환자들의 후속치료나 장례사업이 주요 업무였다.

"어째 이 길은 세월이 가도 변하질 않냐. 하긴 새 길이 이쪽저쪽에서 뚫리고 있는데 이 위험한 고갯길을 뭐 하러 손보겠냐만."

　운전대를 잡은 종오가 구시렁댔다.

　이차선의 도로는 갓길 없이 박했다. 은근히 약을 올리며 S자 코스의 길이 사라졌다 나타나기를 반복했다. 길의 중간쯤 어딘가에 사설 휴게소가 하나 있을 뿐 아무것도 없이 한쪽은 산, 한쪽은 벼랑이 따라붙었다. '낙석주의'라는 팻말이 시야를 가로막으며 나타났다. 군데군데 시멘트로 방호벽을 치고 그물을 덮어놨지만 폭우가 내리면 속수무책, 만약의 산사태를 대비하기엔 턱없어 보였다.

　"적당히 밟아. 여기서 달리다가 우리까지 황천길로 가면 안 되잖아."

　영규가 실없는 농담을 했다.

　"달릴 수도 없어, 인마. 밟아도 속도가 안 나."

　왠지 종오의 표정이 심상찮아 보였다.

　"너 그때 생각나냐?"

　내가 종오에게 물었다.

　"언제?"

　종오 대신 영규가 되받아 물었다.

　"재섭이 할머니 돌아가셨을 때 태경이랑 종오랑 셋이 갔었잖아. 그때 우리가 황당한 일을 쳤지."

　내가 웃음을 참으며 말했다.

　"우리가 그랬냐, 태경이가 사고 친 거지. 태경이가 자기 차 스크래치 났다니 어쩌니 난리 친 거 기억 안 나? 그때 태경이가 열 꽤나 받았을 걸? 차 산 지 얼마 안 되었을 때니 그럴 만도 하긴 하다만."

　종오가 웃음을 흘리며 그때 일을 늘어놓았다.

그땐 태경의 승용차로 움직였다. 영규는 작업장을 점거하고 농성 일주일째에 접어들었다고 했다. 영규의 동료 하나가 사측의 억울한 탄압에 분신한 사건을 두고 팽팽한 싸움이 벌어진 것이다. 씨발, 인간답게 살고 싶다고, 제발 개돼지 말고 인간 취급해가며 일 시키라는데 그것도 못 들어줘? 이거 대체 언제부터 외쳐온 소리야? 영규는 분노에 찬 목소리로 말했었다. 우리는 영규를 걱정하며 조문 길에 올랐다. 퇴근 후에 태경과 셋이 만나 밤길을 나섰다. 두려운 건 밤 안으로 상가에 도착할 수 있을까가 아니라 죽음이 일어나는 이 세계의 일들을 조금은 알 것 같아서였다. 어느 죽음이든 기억해야 할 것이겠지만, 영규가 동료의 분신에 절규하는 것이나 재섭이 할머니를 잃고 애도하는 것은 어떤 차이를 지닐까 생각했다. 그런 한편으로는 안도했었다. 영규가 아니라 영규의 동료가 죽었고, 재섭이 아니라 재섭의 할머니가 죽었으므로. 죽은 자를 애도하러 가는 우리는 아직 살아 있으므로.

　그날 자정이 가까워서야 읍내에 도착했다. 재섭의 집은 초행이었다. 읍내에서 재섭의 집으로 향하는 그 밤길엔 이정표도 보이지 않았으며 있다고 해도 소용없었다. 가로등조차 없는 산골의 비포장도로였다. 우리는 짐작만으로 상가를 찾아가야 했다. 우리가 다녔던 중학교 앞을 지나 산촌으로 뻗은 길을 찾아들었다. 차 밑창이 도도록이 솟은 길바닥에 긁히는 소리가 났다. 구불구불한 어둠을 밝히는 건 차의 전조등뿐이었다. 재섭이가 이런 데서 학교까지 자전거를 타고 통학했었단 말이지? 오지도 아닌데 비포장도로가 뭐야. 태경은 시종 투덜거렸다.

어둠의 몇 굽이를 돌자 마침내 멀리 유난히 밝은 불빛이 도드라진 집이 보였다. 의심할 여지없는 상가의 불빛이었다. 태경은 불빛을 향해 차를 몰았다. 어둠 속에 앉은 집들이 불쑥불쑥 드러났다 사라졌다. 곧바로 닿을 수 있을 것 같은 불빛은 생각보다 멀었다. 마을을 감싸고도는 구부러진 길이라 묘기를 부리듯 불빛이 가까워졌다 멀어졌다.

"재섭이네 동네로 들어섰을 때 태경이는 신천지라도 발견한 기분이었을 거다. 나도 그랬으니까. 갑자기 드러난 평지에 쏘는 듯 환한 상가의 불빛이 얼마나 반갑던지. 불빛은 손에 잡힐 듯이 가까웠는데 꽤 달렸지 아마. 태경이 마지막 피치를 올리듯 밟았지."

종오가 그때를 떠올리며 말했다.

상가의 조등 불빛을 향해 달리던 태경의 차는 느닷없이 멈춰 섰다.

"갑자기 차체가 뭔가에 걸린 것 같다고 했어. 변속기를 밟았는데 겉돌기만 했던 거지. 밑에 뭐가 있다고 했어. 헤드라이트가 비추는 길을 그제야 다시 봤지. 근데 길이 아니었어. 검푸르게 펼쳐진 밭과 길이 구분이 되지 않았던 거지. 꼭 뭣에 홀린 기분이었다니까."

태경은 상가로 진입하는 길의 폭이 갑자기 좁아지는 걸 의식하지 못했다. 양쪽은 길과 높이가 나란한 밭들이었다.

"그 일대가 전부 거대한 양배추 밭이었어. 푹신한 뭔가에 걸린 것 같더라니 양배추 밭에 차가 얹힌 거야."

차에서 내린 우리는 상가로 들어가 도움을 청했다. 영차, 영차, 어영차. 마치 상여를 들어 옮기듯이 힘을 합쳐 차를 길 위로 올렸다. 다음 날 아침에 차가 얹혔던 자리를 봤더니 속이 꽉 찬 양배추 밭 가장

자리가 심하게 뭉개져 있었다.

"우리가 밭주인한테 망친 양배추만큼 값을 지불하겠다고 했지. 마침 밭주인도 상가에 있었거든."

종오가 어이없는 웃음을 흘리며 말했다.

"그래서, 밭주인한테 양배추 값은 물어줬냐?"

영규가 물었다.

"글쎄. 왜 그게 생각이 안 나지? 그 뒤가 생각이 안 나네. 그날 밤부터 다음 날 새벽까지 엄청 마셨잖아."

종오가 아리송하다는 듯 말했다.

나도 기억이 분명치 않았다.

"새끼들, 재섭이가 해결했겠지. 밭주인이 그냥 넘어갔을 리는 없고. 하여튼 뭐 하나 제대로 하는 게 없어."

영규가 혀를 찼다.

캄캄한 밤에 드디어 만나게 된 상가의 불빛을 기억한다. 낮은 처마와 짓눌린 듯 옹크리고 있던 산촌의 낡은 집. 그 집 마당에 북적거리던 머리 흰 촌로들과 기름기가 밴 들큼한 음식 냄새와 막걸리 냄새, 대문 밖에 친 포장의 가장자리에 매달려 흔들리던 백열등, 흙내가 나던 우사 옆의 아래채 단칸방, 집 뒤란으로 펼쳐진 기묘한 모양의 비탈진 밭에 허깨비처럼 남아 있던 수숫대와 옥수숫대의 수런거림, 집 앞으로 펼쳐진 거대한 양배추 밭들.

오랫동안 앓았다던 재섭의 할머니는 자던 밤에 돌아가셨다고 했다. 천천히 숨을 놓아가던 시간이 한 달간 지속되었다고 했다. 재섭은 할머니 옆에서 날마다 숨이 잦아드는 소리를 들으며 할머니의 영혼이 죽음 쪽으로 끌려가는 것을 보았다고 했다. 할머니가 숨을 거두던 날 밤에는 얼굴이 백짓장처럼 하얘져서 물수건으로 얼굴을 닦아낼 때 살갗이 벗겨질까 아주 조심했다고도 했다. 건을 쓴 상주가 되어 문상객들을 맞는 재섭은 침착했다. 상주인 재섭을 도와 재섭의 누이가 바지런히 움직였다. 누이의 등에는 세 돌이 다 되어간다는 사내아이가 업혀 있었다. 포대기 밖으로 나온 한쪽 다리의 발목이 휘어져 있었다. 뇌성마비로 고개조차 가누지 못한다는 사내아이는 눈이 크고 얼굴이 두부처럼 희었다. 그 아이를 낳고 소박을 맞아 쫓겨났다는 재섭의 누이가 어린 날 부모 없이 할머니의 손에서 자란 그 집으로 돌아와 살림을 하고 있다고 했다. 재섭이 떠났으니 이제 그 집엔 재섭의 누이와 여덟 살이 된 조카만 남게 될 것이다.

"혹시 황미라 얘기 들은 거 없어?"

활등처럼 휜 긴 굽잇길을 돌 때 내가 종오에게 물었다.

"황미라?"

영규가 목소리 톤을 높여 되물었다.

"갑자기 황미라 얘긴 왜 하는데?"

종오도 신경질적인 반응이었다.

"윤정미한테 들은 얘기 없어? 수소문해보면 금방 알긴 할 텐데…."

"연락처를 알면?"

"걘 알아야 하는 거 아냐?"

"뭘 알려. 시간 지나면 저절로 알게 되겠지. 알려준다고 올 것도 아

닐 거고. 재섭이가 황미라를 못 잊어서 저렇게 된 거라고 생각하는
거야?"

"그래도 인마. 남녀 사이는 당사자 말고는 아무도 모르는 게 있는
거야."

"그렇다고 우리가 할 수 있는 게 뭔데? 막말로 자기 필요할 때 붙
어서 단물 빼먹고 싫다고 간 여자한테 이제 와서 죽은 재섭이 앞에
무릎 꿇고 통곡이라도 하라는 거야? 요샌 그런 신파 없다. 죽은 놈만
불쌍한 거지."

"지난 얘긴 뭣 하러 해."

종오가 열을 내자 영규가 짜증스럽게 내뱉었다.

"그러게 말이야. 우리가 지금 이 마당에…. 사람 사는 게 뭐 이 모
양이야."

종오가 핸들을 치며 투덜거렸다.

우리 눈에 보이는 게 전부는 아닐 것이다. 재섭의 인생은 그 자신
의 것이었다. 우리가 재섭과 황미라에 대해 알고 있는 건 아주 작은
일부분이거나 추측일 뿐이었다. 우리 눈앞에 분명한 것은 그의 '죽
음'이었다. 삶은 어쩌면 다양한 트릭으로 이뤄진 끊임없는 반복일지
도 모른다는 걸 왜 몰랐느냐고 재섭에게 소리칠 수 있는 사람이 과연
몇이나 될까.

재섭이 황미라를 알게 된 건 유리공장에서 일할 때였다. 할머니 장
례를 치른 해 고향집에 누이와 조카만 남겨두고 서울로 올라온 재섭
은 직업소개소를 통해 유리공장에 일자리를 얻었다. 시흥으로 넘어

가는 구로동 경계에 월세 옥탑방을 구해 놓고 시흥 쪽에 있는 공장으로 출퇴근을 한다고 했다. 연말이라 연락되는 고향 친구들 몇몇이 술자리를 만들었는데, 그 자리에 재섭도 함께했다. 술자리가 시작되고 한 시간쯤 후에 다른 곳에 있던 여자 동창 두 명이 종오와 연락이 되어 합석했다. K보험회사 영등포 지점에서 일한다는 윤정미는 서울에서 몇 번 본 적이 있지만 함께 온 황미라는 낯선 얼굴이었다.

황미라는 내륙 출신이었다. 하긴 열대여섯 살 때의 황미라를 기억하고 있다고 하더라도 십여 년이 훨씬 지난 뒤에 맞닥뜨린다면 얼굴을 쉽게 알아볼 수 있을 것 같지는 않았다. 그 시간의 간극은 사물에 대한 인식 자체가 달라지는 진폭도 크겠지만 외형적인 변화도 무시할 수 없었다. 게다가 여자 동창생들은 단번에 얼굴을 알아보기가 쉽지 않았다.

공교롭게도 그 자리에 있었던 우리들 역시 황미라를 기억하는 애는 없었는데도 분위기는 편했다. 술의 힘이었을까? 아니면 낯선 곳에서 만난 동창이라는 인연 때문일까. 우리는 무람없이 어울렸다. '교문' 이야기가 공통의 화제에 올랐을 땐 이야깃거리가 끝도 없이 쏟아졌다. 그건 아무래도 우리에겐 잊을 수 없는 전대미문에 해당하는 사건일 테니까.

"넌 날 모르겠지만, 난 널 기억해."

황미라가 재섭을 지목해 말했다.

황미라는 재섭이 끌고 다니던 자전거를 묘사했다. 널빤지를 덧댄 커다란 짐받이, 교문 왼쪽 구석의 담벼락 아래 마련된 자전거 보관소 가장 바깥쪽, 늘 같은 자리에 세워져 있었다고 회상했다. 자전거 보관소에서 가장 촌스러운 자전거였다고 덧붙이는 그녀의 얼굴엔 묘한 웃음이 뭉글거렸다.

"타고 싶었어. 누군가 운전하는 자전거 뒤에. 근데 네 자전거는 짐받이 하난 튼튼하게 생겨서 좋더라. 내리막길에서 바람을 가르며 달릴 때 아주 높은 곳에서 뛰어내리는 것 같은 기분 알지. 너, 그 속도의 쾌감을 못 누른 거 아냐?"

대답을 바라는 말 같지는 않았다. 그때 재섭의 표정은 뭐랄까, 황미라에게 빨려 들어가는 듯 몽롱해 보였다. 아니, 어쩌면 이제야 자신이 그때 그랬던 건지도 모른다는 기묘한 표정이었다. 그건 관심 있었다는 얘기 같은데? 누군가가 먼저 말장난을 시작했다. 그 말에 장단을 붙이면서 황미라와 재섭을 엮으려고 유치한 장난으로 그날의 분위기를 몰아간 건 우리들이었다. 그때 우리는 사춘기의 학창 시절로 돌아간 듯 앞뒤 없이 흔들렸다. 종오였나, 영규였나. 느닷없이 일어나 과장된 몸짓으로 오오, 내가 사랑한 오동나무…, 하고 재섭이 문학의 밤 행사에서 낭송했던 시를 흉내 내기도 했다. 짜식들 기억력 하난 좋았다. 나도 전혀 기억나지 않는 재섭의 시를 기억하는 친구가 있었다니. 신재섭, 너 아직도 시 쓰냐? 누군가 재섭에게 손가락질을 하며 묻는 바람에 웃음소리가 싸늘하게 가라앉았다. 그 말이 왜 도발적으로 들렸는지 알 수 없다. 재섭은 아무렇지도 않은 듯 씩 웃었다. "짜식 웃는 거 봐라. 현실은 인마, 시 따위로 어쩔 수 있는 게 아냐. 시 쓰네 하고 거들먹거리고 다니는 인간들, 내 주위에도 있는데 밥맛인 인간들이 좀 많은 줄 아냐? 시가 도 닦는 건 아닌 줄 알지만, 인간부터 되라고 해라. 개나 소나 시인이고 작가래. 좆도 아닌 것들이 말이야."

하마터면 웃음 끝의 술자리가 어이없는 싸움판으로 번질 뻔할 정도로 다들 취해 있었다.

"니들 눈에는 좆도 아닌 것처럼 보일지 몰라도 함부로 말하지 마라. 너 같은 인간들이 나는 뭡네, 하고 다니는 거 내가 모를 줄 아냐? 좆같이 말이야."

재섭이 소리쳤다.

평소 재섭의 모습이 아니었다. 친구들 앞에서 자기주장이 없던 친구였고, 소리를 치는 일은 더더구나 없었다. 싫다거나 좋다거나, 힘들다거나 지루하다거나 슬프다는 감정 표현도 좀체 없는, 그러니까 우리는 재섭이 우리에게 아무것도 표현한 적이 없으므로 그에게 아무것도 기대하지 않는 편이었다. 재섭이 무슨 생각을 하며 사는지, 그의 슬픔이나 고뇌가 무언지를 헤아리기에 우리는 너무나 인색했다. 그러니 오랜만의 술자리는 우리가 알고 있는 것과 모르는 것의 이면에 또 다른 것들이 섞이고, 이성적인 것과 비이성적인 것들의 구분이 모호해지고, 감정이 뜨겁게 달아오르는 만큼 술은 쉬이 취했다. 언제나처럼 다음에 또 보자, 하고 헤어졌지만 언제 볼 수 있을지, 다시 볼 기약도 없이 헤어져도 만남에 대한 책임은 그 누구에게도 없었다. 그 시간 자체가 내 것이 아닌 다음에는 말이다.

황미라는 그렇게 우리와 재섭 앞에 나타났고 다시 만날 약속은 없었다. 어느 날 윤정미가 회사 근처에 와 있다며 나를 불러내기 전까지 그들에게 무슨 일이 일어났는지 나는 아무것도 모르고 있었다.

"너는 경리과라면서 보험아줌마처럼 그러고 사냐?"

정미와 마주 보고 앉으며 내가 가볍게 빈정댔다. 아마 모르긴 해도 다른 애들도 정미에게 이런 식으로 불려나와 보험을 들었을 것이다. 내게도 보험을 권유했지만 데리고 있는 여동생의 대학 학비와 생활비만으로도 벅찼다. 정미를 만나면 장래를 걱정하는 그녀의 말에 말려들어 시간이 2배속으로 흘러가버릴 것 같은 느낌에 사로잡혔다.

"보험 들라고 온 거 아니야. 그건 니들 강박이지. 우리 회사 보험 들어주면 나야 좋지만 강매한 적은 없잖아. 나도 보험아줌마 소리 듣기 싫거든. 근데 재섭이랑은 연락하고 지내?"

정미가 새침한 어조로 물었다.

"재섭이?"

"넌 아주 까맣게 모르는구나. 남자들이 무심한 건 알지만 어쩜 친구 일에 그렇게 관심이 없냐."

정미는 북쪽에서 월동하러 날아온 제비처럼 이것저것 소식들을 주워 날랐다. 정확히 말하자면 재섭과 황미라의 관계에 대해. 이미 그들 두 사람만의 문제로 깊어진 다음이었고, 우리가 할 수 있는 일은 아무것도 없었다.

그때 윤정미의 이야기를 들으면서 왜 짚불 냄새를 떠올렸을까. 커피숍엔 옅게 핸드드립 커피 향이 떠돌고 있었다. 윤정미를 만나기 며칠 전에 회사 앞으로 나를 찾아온 재섭의 옷차림이 떠올라서였을까. 황미라가 합석해 술을 마셨던 그날 이후 처음이었다. 초여름 더위가 만만찮았고 모두가 반팔 옷차림이었는데 재섭은 긴팔 남방에 얇은 베이지색 잠바까지 걸치고 있었다. 그동안 어떻게 지냈느냐고 묻자

유리공장을 그만두었다고 했다. 용광로에서 규사를 녹이는 불꽃을 바라보고 있으면 불길 속으로 빨려들 것 같은 충동 때문에 더 이상 일을 할 수가 없었다고 했다. 차라리 그편이 나았을지도 모르는데 말이야, 하고 말하며 재섭은 웃었다. 그는 정작 찾아온 용건 따윈 내비치지 않았다. 그냥 네 생각이 났어. 그는 머리를 긁적이며 말했다. 재섭이 나를 찾아온 용건 따윈 없었는지도 모른다. 삶 자체가 용건일 수는 없을 테니까. 그동안 나는 그를 잊고 있었고, 그도 나를 잊고 있었을 것이다. 어쨌든 우리는 서로의 일상에서 옛 친구에 속했으니까.

윤정미가 물어다준 소식에 의하면 황미라는 우리와 만난 그날 집으로 돌아가지 않았다. 나는 그 술자리의 끝이 어떻게 마무리되었는지 잘 기억나지 않는다. 질기게도 앉아서 떠들고 목소리까지 높였던 자리가 끝나고 이차로 자리를 옮길 때 따라가긴 한 것 같은데, 누구와 인사하고 어떻게 헤어졌는지는 도통 기억나지 않았다. 이차를 가지 않은 윤정미도 이후의 정황에 대해서는 아는 바가 없지만 끝까지 남은 사람은 재섭과 황미라라고 했다. 황미라는 국회의원에 출마했던 선배가 개설한 야간 고등학교를 다녔다. 중학교 때도 공부는 제법 했지만 가정 형편상 정규 고등학교에 진학할 수가 없었다. 정미는 황미라가 부산에서 서울로 온 후 연락을 하며 지내게 되었는데, 마침 오랜만에 황미라를 만난 날 우리가 술자리를 하고 있어서 합석한 거라고 했다.

"황미라, 보기와는 달라. 얼마나 독종인데. 사막에다 떨어뜨려놔도 눈 하나 깜짝 안 할 애야. 야간 고등학교 나와서 검정고시 보고 혼자 힘으로 전문대학까지 마쳤다고 하더라. 고집도 있고, 욕심도 많은 애야."

하지만 황미라가 발판으로 삼기에 재섭은 너무 허약한 구조였다. 어쩌면 바로 그 허약함이 쉽게 다가갈 수 있게 한 것인지도 모르겠다고 정미는 말했다. 황미라가 절대로 재섭이한테 만족할 애가 아니지. 두 사람의 사랑을 이런 식으로 얘기해도 될지 모르겠지만, 윤정미가 내게 발설하는 의미들은 부정적이었다.

그 당시 황미라는 피치 못할 사정으로 당장의 생활공간에 어려움을 겪고 있었다. 황미라의 말을 재섭이 어떤 식으로 해석했든 재섭은 아무것도 따지지 않고, 묻지도 않고 그녀를 받아들였을 것이다. 오래된 『구토』의 누런 책갈피에서 맡아지던 옆집 누나의 냄새를 맡았을지도 몰랐다. 재섭은 아침부터 늦게까지 유리공장에서 일했다. 뜨거운 용광로 앞에서 유리구슬 같은 땀을 비 오듯 흘리며 소금 내 나는 작업복 바람으로 집으로 돌아오면 낡고 초라한 방에서 자신을 기다리는 따뜻한 불빛과 말을 걸어주는 미라가 있었을 것이다. 남의 연애 이야기는 어떤 식으로 포장되느냐는 문제만 있을 뿐이지 신파를 벗어나지 못한다. 그들의 사랑은 오래가지 못했다. 서로 필요충분조건이 채워지지 않는 상황에서 사랑은 비극이기 쉽다. 문제는 황미라의 태도였다.

"한 서너 달 같이 살았나봐. 그동안 나한테도 감쪽같이 속이고. 드러내고 싶지 않았겠지. 그건 개의 사생활이니까."

그동안 윤정미도 그 사실을 몰랐다고 했다. 재섭과의 관계를 털어놓으면서 더불어 파국의 이야기까지 한 보따리에 싸들고 황미라가 정미 앞에 나타나기 전까지는.

"앙큼하긴 하지만 뭐 어쩌겠어. 자기 사생활이었다는데. 연애라는 게 엉뚱하게 시작되기도 하지만 이건 정말이지 쇼킹하지 않니? 대체 재섭이란 애는 어떤 애야?"

정미는 흥분을 감추지 못했다. 정미 역시 재섭에 대해 아는 거라곤 연말 술자리에서 우리와 함께 본 게 전부였다. 내가 그날 황미라라는 동창의 존재에 대해 처음 인지했듯이.

정미를 만난 후 재섭에게 연락을 해보았지만 되지 않았다. 이야기를 들을 수 있는 데는 나를 찾아온 제비밖에 없는데 문제는 정작 소식을 물어온 제비도 더 이상은 알 수가 없다는 것. 자신에게 궁금증만 잔뜩 안겨 놓은 황미라와는 연락이 안 된다고 했다. 재섭을 떠난 후 황미라는 정미와도 연락을 끊으면서 우리에게서 종적을 감춰버렸다. 종오와 영규도 재섭의 근황을 궁금해 했다. 정미한테서 두 사람의 얘기를 들었다고 했다. 그들도 이 일을 충격적이지만 무척 흥미롭게 받아들였다. 문제는 당사자가 아닌 제삼자로부터 듣는 연애 이야기는 소문의 진의를 확인할 수 없다는 것. 당사자가 나타나기 전까지 소문인 채로 굳어버리는 게 연애의 법칙이기도 할 테니까.

재섭이 우리들 앞에 나타난 건 꽤 시간이 지나서였다. 재섭은 형편없이 야위어 있었다. 그동안 옥탑방을 정리하고 날일을 하면서 여관방에서 장기 투숙을 하기도 하고 여러 곳의 숙소를 전전하며 돌아다녔다고 했다.

"황미라하고는 대체 어떻게 된 일이야?"

"그냥 그렇게 됐어. 내가 붙잡을 형편은 아니잖아."

재섭은 말 안 해도 니들이 무슨 걱정을 하는지 다 안다는 듯이 말했고, 우리가 궁금증을 나타내는 일에 대해 우리가 알고 있는 이상의 이야기는 꺼내 놓지 않았다. 아직은 그에게도 시간이 필요할 거라 생각했다. 뱉지도 못하고, 삼키지도 못할 불이 목젖에 걸려 있을지도 몰랐다.

"괜찮냐?"

"그렇지 뭐."

재섭은 덤덤하게 받았다.

"잊어버려라. 세상에 널리고 널린 게 여자다."

불판 위에 올려놓은 돼지곱창이 지글지글 끓는 소리를 내고 웬만큼 소주잔이 돈 뒤에야 우리는 그런 말도 할 수 있었다.

재섭은 붉어진 눈으로 우리를 쳐다보며 말했다. 누나와 조카를 그동안 잊고 지냈다고. 고향집으로 내려갈 생각이라고 했다.

"맘 잡은 거냐?"

종오의 물음에 재섭은 그저 웃기만 했다.

"잘 생각했다."

우리는 소주잔을 부딪쳤다.

"그놈의 사랑은 와도 지랄, 가도 지랄."

"야, 그래도 화끈하게 사랑할 줄도 알고. 우리는 네가 연애 한번 못해보고 늙을까 걱정했었는데."

낄낄낄, 낄낄낄.

그래서 될 일은 아니었지만 우린들 뭘 어떻게 할 수 있겠는가. 사랑도 이별도 그 사람만의 일인 것을. 그 시간들이 곪았다 터지는 것을 견디는 것은 온전한 재섭의 몫이었다. 누가 가르쳐주지 않아도 재섭이 더 잘 알 터였다. 그날 우리는 재섭을 위해 건배했다. 사랑 때문에 죽지는 말자, 건배! 술잔을 털고 나서 누군가가 조용히 내뱉었다.
나쁜 년!

나는 답답함을 견디지 못해 창문을 열었다. 차는 이어지는 굽잇길
을 돌고 있었다. 옆으로 따라붙는 벼랑 아래로 여름 가뭄에 시달린 마
른 계곡이 드러났다. 흰 등뼈 같은 계곡에 앉은 바위들은 날카롭고 거
칠었다.

"재섭이 말이야. 그땐 전혀 눈치 못 챘는데 지금 생각해보니까 까
닭 없이 전화를 걸었던 게 아니었어. 한 달 전쯤인가. 느닷없이 한밤
중에 전화를 해서는 왜 세상 사람들은 나를 이해하지 못하냐고 하더
라고. 황미라 얘기도 얼버무리긴 했어. 황미라가 떠난 이유를 아무리
생각해도 모르겠다고. 일하고 늦게 들어와서 씻지도 못했는데 짜증
이 좀 났지. 그래서 못난 소리 하지 말라고 한마디 했더니 실실 웃기
만 하더라. 사람 복장 터지게 그 웃음소린 뭐냐고. 사실 그렇잖아. 우
리는 뭐 폼 나게 살고들 있냐?"

영규가 한숨을 내쉬며 불쑥 말했다.

"원래 그랬잖아. 약간은 동떨어진 듯이…."

종오가 말을 하다 말았다. 속 시원히 내뱉을 순 없을 것이다. 이미
고인이 된 사람에게 현실성이 떨어지고, 그러니까 덜떨어진 현실 감
각에 어디 하나 뛰어난 데 없이 그저 그렇고 그런 자식이라는 말. 입
밖으로 뱉은 적은 없지만 우리는 재섭을 두고 그런 생각을 하고 있지
않았나? 촌놈이라고 서로의 얼굴을 향해 손가락질을 하며 낄낄거리
면서도 어느 순간 촌놈이란 소리가 비위를 확 뒤틀듯이.

나도 그랬다. 친구니까 옆에서 봐주는 거지 한 직장이나 다른 일로 엮이면 분명 관심조차 갖지 않았을, 내가 왜 저런 사람의 얘기를 끝까지 들어줘야 하나 속으로 계산이나 굴렸을 그런 인격체. 타고난 성격이나 가정환경은 잘못이 아닌데도 마치 잘못된 것인 양, 은근히 나는 너와 레벨이 다르다는 의식이 우리에게 잠재돼 있었다는 걸 부인하지는 못할 것이다.

"그래서 넌 사고가 아니라는 거야?"

나도 모르게 화난 소리가 튀어나갔다.

"새끼. 오늘 종일 인상 구기고 있더니 성질부릴 데가 없어서 그러냐? 너만 그러냐, 나도 답답해서 그런다, 어이없어서."

영규가 언성을 높이며 차창을 확 내렸다. 굽잇길을 휘돌던 저녁 바람이 차체를 흔들듯 쳐들어왔다.

"그만하자."

종오가 가볍게 핸들을 치며 뇌까렸다. 굽잇길을 벗어나 직선로로 접어든 차가 출렁 흔들렸다. 마주 오던 차가 스칠 듯 지나갔다.

재섭은 영규에게만 그랬던 게 아니라 나한테도 아무 때고 불쑥불쑥 전화를 걸어왔다. 나도 짜증스럽고 불편했다. 밤늦은 시간일 때도 있었고, 한창 업무에 바빠 사적인 전화를 받기가 불편한 시간일 때도 있었다. 동료들과 구내식당에서 밥을 먹을 때 전화가 걸려오기도 했다. 한두 번이라면 재섭의 타령도 들어줄 만했다. 때로 지치고 힘들 때, 나도 누군가를 붙들고 내 속에 고인 거품 같은 것들을 아무렇게나 게워내고 싶을 때가 있으니까.

한 번은 자정이 넘은 시간에 재섭에게서 전화가 걸려온 적이 있었다. 읍내에 나왔는데 술이 취해 막차를 놓쳤고 갈 데가 없어 여관방에 들어왔다고 했다. 잠을 자야 하는데 잠자기가 두렵다고 했다. 아무도 자기가 이 세상에 있는 걸 모른다고 재섭은 말했다. 술을 많이 마신 것 같았다. 멀어졌다 가까워졌다 하는 목소리는 흔들렸고 무슨 말을 하는지 잘 알아들을 수 없었다. 그때가 생각나냐고 묻기도 했다. 뭐? 뭘 묻는 거야? 내가 다그쳐 물었다. 우리 할머니 돌아가셨을 때, 니들 왔었잖아. 종오랑 태경이랑 셋이. 우리 동네 앞 양배추 밭을 차로 뭉개놨잖아. 그래도 나는 좋았다, 성준아. 우리 할머니가 나한텐 엄마였는데 못난 친구 상 치른다고 먼 데서 달려와 준 게. 태경이 녀석이 올 줄은 꿈에도 몰랐는데 태경이도 왔잖아. 재섭은 생각보다 많이 취한 듯했다. 뭣 때문에 술을 그렇게 많이 마셨느냐고 묻자 너는 무엇 때문에 사느냐고 뜬금없이 되물었다. 나는 모른다고 대답했다. 내가 무엇 때문에 사는지, 왜 지금 나한테 이런 걸 묻느냐고 화난 목소리로 되물었다. 세상에 시인이 얼마나 많은지 아느냐고 재섭은 횡설수설하며 물었다. 나는 그의 말에 대꾸하지 않았다. 개나 소나 시만 쓰면 시인이라잖아. 그런데 나보다 시를 잘 썼던 너는 왜 그러고 사느냐고 했다. 적어도 너는 다르게 살 줄 알았다. 병신 새끼. 내가 중얼거리듯 내뱉자 뭐? 하고 재섭이 튀는 목소리로 물었다. 자기가 지금 무슨 소리를 하고 있는지도 모르면서 내가 뇌까린 소리는 제대로 들은 모양이었다. 사람 피곤하게 하지 말고 할 말 있으면 말짱한 정신에 제대로 하라고 인마. 나는 나도 모르게 소리를 지르고 있었다. 재섭이 낄낄거렸다. 병신 맞지. 한 번도 제대로 살아보지 못했으니까 병신 새끼지. 그러더니 휴대폰을 놓친 채 잠이 들었는지 잠음

만 들려서 내 쪽에서 전화를 끊었다. 재섭과 한 마지막 통화였다.

　나는 차창 밖으로 팔을 뻗어 계곡을 향해 손바닥을 펴보았다. 가슴께로 뻐근한 통증이 지나갔다. 아무도 재섭의 얘기를 들어주지 않았다. 누군가는 그의 얘길 들어주고 있겠지. 고통을 견뎌야 하는 것도, 그것을 두 눈 부릅뜨고 봐야 하는 것도 재섭의 몫이라고 생각했다. 내가 잃어버린 게 뭔지도 모르는 나에게 재섭의 말은 순간이나마 나의 폐부를 깊게 찌르고 지나갔다. 인정하고 싶지 않았다. 내 삶에서 잃어버린 게 있다는 걸. 병신 새끼라고 말한 건 나 자신에게 하는 말이라는 걸 재섭은 결코 눈치채지 못했을 것이다.

　갑자기 차가 멈춰 섰다. 도로 밖으로 슬그머니 밀리는 것 같더니 순간적으로 딱 멈춰버렸다. 나는 종오가 감정을 눅이느라 일부러 차를 세운 줄 알았다. 도로 한쪽의 좁은 갓길에 멈춰 선 차는 흡사 길 아래 펼쳐진 계곡 위에 올라선 듯이 보였다.

　"뭐야, 갑자기 왜 서?"

　영규가 놀란 목소리로 물었다.

　"씨발, 가지가지 하네."

　핸들을 꽉 부여 쥔 채 종오가 느닷없이 욕지거리를 내뱉었다. 그러곤 다시 시동을 걸고 액셀러레이터를 밟았다. 푸르릉거리며 공회전하는 소리만 요란할 뿐 차는 움직이지 않았다.

　"대체 왜 이러는 거야?"

　차에서 내리며 내가 종오에게 물었다.

　"몰라. 그냥 퍼져버리네. 어쩐지 감이 안 좋다 했어."

운전석에 혼자 남은 종오가 신경질적으로 다시 시동을 걸었지만 허사였다. 시동은 걸리는데 액셀러레이터가 전혀 먹히지 않는다고 했다.

차에서 내린 종오는 보닛을 열고 허리를 굽혀 엔진을 들여다보았다.

"보면 뭐 아냐?"

영규가 담배를 피워 물며 말했다.

보닛을 닫은 종오는 손바닥으로 차체를 내리쳤다. 오가는 차들이 속도를 늦춘 채 스쳐 지나갔다. 종오가 트렁크에서 안전삼각대를 꺼내 차체의 후방에 세웠다. 차가 도로 한가운데 서지 않은 게 그나마 다행이었다.

우리가 살아온 서른 남짓의 시간들이 벼랑 위에 얹힌 것처럼 우리는 한동안 말을 잃었다. 긴급 견인을 요청해 놓고 종오와 영규는 말없이 담배만 피웠다. 나도 담배 한 대를 얻었다. 몇 달 동안 애써 멀리했던 흡연 욕구가 참았던 만큼 맹렬한 속도로 속을 훑었다. 담배를 쥔 손이 떨렸다. 담배 맛이 쓰고도 달았다. 쓰리게 폐부를 찌르는 담배 연기를 뿜어내며 나는 항복했다. 그까짓 담배 하나. 한 개비의 담배에 세상의 모든 냄새와 소리와 빛깔들이 한데 뭉쳐져서 나를 치고 지나갔다.

먼 곳으로부터 청록의 어둠이 묻어나기 시작했다. 해가 맞은편 산을 넘고 있었다. 한낮의 열기가 스러진 어스름 녘의 싸늘함이 느껴졌다. 최대한 빠른 시간 안에 도착한다고 해도 H읍에서 견인차가 오려면 한 시간은 기다려야 했다. 우리는 Y시와 H읍의 중간쯤에 있었다. H읍 방향으로 가까운 거리에 이 구간에서 유일한 휴게소가 있을 것이다. 휴게소로 들어간다 하더라도 거긴 주유 시설도, 최소한의 정비를 할 수 있는 간이 정비소도 없었다. 너른 계곡 마당에 관광객들이 이용하는 음식점과 매점 하나가 달랑 있을 뿐이다.

"셋이 멀거니 어두워지는 거나 쳐다볼 거 뭐 있냐? 견인차 오려면 시간 걸릴 텐데. 니들은 지나가는 차라도 잡아서 어떻게 해봐야지."

담배꽁초를 멀리 던지며 종오가 말했다.

"짜식, 혼자서 이 위험한 데 있겠다고?"

영규가 어이없다는 듯 내질렀다.

트렁크 쪽으로 간 종오가 손전등을 하나 찾아냈다. 깜빡거리는 미등이 어둠을 물고 붉게 도드라졌다.

"이거 들고 움직여."

종오가 손전등을 내밀었다.

"야, 시커먼 밤에 손전등 흔들어대는 사내 둘을 누가 태워주냐? 짧은 치마 입은 여자라면 모를까."

영규는 종오의 손등을 쳐냈다.

답답한지 종오는 다시 보닛을 열고 엔진을 들여다보았다. 잠깐 사이 검푸르게 변한 어둠이 종오의 발목을 지우고 등허리 위로 올라앉았다. 영규와 나는 풍경을 지우며 다가오는 어둠을 속수무책 바라볼 수밖에 없었다.

견인차는 예상 시간을 넘겨서도 도착하지 않았다.

"십 분만 더 기다리라네. 새끼들, 말로만 십 분이야."

확인 전화를 걸고 난 종오가 신경질이 잔뜩 묻은 목소리로 말했다.

우리는 어쩔 수 없이 고립된 조난자의 심정이었다. 한낮의 태양이 마치 거짓말이었던 것처럼 사방은 완전한 어둠 속에 묻혔다. 우리가 서 있는 곳이 어디쯤인지 짐작만 할 뿐, 확실한 방위표 하나 없었지만 어둠의 조롱 따윈 두렵지 않았다. 그때 우리는 알고 있었다. 두려운 건 우리 앞에 다가오는 어둠이 아니라 어둠 속에서 조용히 사라지는 것이 삶이라는 것을.

종오는 어둠이 꽉 찬 계곡을 바라보고 섰다. 녀석의 뒷모습이 어둠 속에서 흔들렸다. 슬그머니 종오에게 다가간 영규가 종오의 어깨를 탁 쳤다.

"아아아, 아아악."

갑자기 두 주먹을 쥐고 종오가 메아리를 부르듯 악을 썼다. 묵지근한 밤공기가 종오의 목소리를 늪처럼 빨아들였다.

우리는 계곡을 향해 나란히 앉았다. 종오는 무릎 사이에 고개를 푹 처박은 채 꼼짝도 하지 않았다. 나는 다시 담배에 불을 붙였다. 등 뒤로 스쳐가는 차들의 소음이 이따금씩 들려왔다.

"밤늦은 시간에 집으로 돌아오다 교통사고를 당했다고 그러더라. 술 취해서 밤늦게 걸어오는 일이 종종 있어서 그런 일을 당할 줄은 꿈에도 몰랐다고 누이가 울면서 말하는데 차마 듣고 있기가 그렇더라. 차가 오는 걸 몰랐는지 알면서도 재섭이 길을 비켜서지 않았는지는 알 수 없다고."

종오의 목소리가 떨려나왔다.

재섭과 마지막으로 한 전화 통화가 떠올랐다. 너는 무엇 때문에 사는 거냐고, 중얼거리듯 물었었다. 재섭은 그때처럼 몸속에 술을 가득 채우고 중얼거리듯 밤길을 걸었을까. 결국엔 아무도 그의 얘기를 들어주지 않는 세상을 향해 소리라도 지르며 걸었던 걸까. 재섭이 시골집으로 내려가 무엇을 하며 지냈는지 나는 알지 못한다. 여덟 살이나 된 조카는 방바닥을 겨우 기어 다닌다고 했다. 그의 누이가 일을 나가면 그가 몸을 가누지 못하는 조카를 본다고 했다. 누이와 조카를 팽개쳐두고 서울에 가서 내가 무엇을 했는지 모르겠다고 했다. 집으로 돌아왔지만 이곳에서 무엇을 해야 할지 모르겠다고 했다. 그렇게 우리의 시간은 멀어져갔다. 나는, 고향으로 돌아가지 않을 것이므로. 다시 돌아가는 일은 생각보다 쉬운 일이 아니므로.

재섭은 흰 차선 하나만 그려진 시멘트 포장도로를 따라 걸었을 것이다. 재섭의 할머니 문상을 갈 때 태경의 차가 덜컹대며 들어갔던 그 길이 포장된 지는 얼마 되지 않았다고 했다. 낮은 산모퉁이를 돌면 드러나는 분지 같은 들과 들녘에 드문드문 앉은 농가들을, 다시 산모퉁이를 따라 이어지던 좁은 비포장의 길을, 시야가 가로막힌 산굽이를 돌 때마다 눈앞의 풍경이 단절되곤 했던 그 캄캄한 길을 기억한다. 막차가 끊긴 그 길을 걸어가면서 재섭은 몇 번의 절망과 마주쳤을까. 뒤에서 차가 오는 걸 몰랐을까. 알면서도 피하지 않은 걸까. 돌아보지도 않은 채 경사가 가파른 교문 앞에서 사고를 당했을 때 자전거의 바큇살이 허공에서 맹렬하게 돌던 장면을 떠올렸을까? 그때 그에겐 해변까지 찐 옥수수를 머리에 이고 장사를 다니던 허리 굽은 할머니가 있었다. 옥수수 사려, 옥수수 사려. 태경이었나, 종오였나. 장난스럽게 야밤의 찹쌀떡 장수 흉내를 내던 우리들의 시간이 결코 없어진 건 아니었다. 서로의 시간을 살아오면서 우리에게 친구라는 이름 외에 무엇이 더 있었는지 잊고 살았을 뿐. 기껏해야 나누어 가질 건 추억밖에 없어서, 현실에서 추억은 힘이 약해서 서로의 거리가 갈수록 벌어졌던 건지도 모른다. 어쩌면 그런 걸 순리라고 하는지도 모르겠다. 우리에게 황미라는 스쳐 지나가는 가십거리일지 몰라도 재섭에겐 전 생애를 관통해간 전부이지 않았을까.

침묵이 이어졌다.

나란히 벼랑 같은 길 위에서 어둠에 잠긴 계곡을 바라보는 침묵의 그 순간에 나는 비로소 재섭의 죽음을 실감했다. 살아 있는 자의 추억은 그렇게 한순간 칼날처럼 우리를 관통해 지나갔다.

종오의 차가 멈춰 섰던 국도의 벼랑길을 기억한다. 어둠 속에서 견인차가 오기를 기다리며 말없이 검은 계곡을 향해 나란히 앉아 있던 그때 그 시간을.

미션이 나간 종오의 차는 수리비 견적이 만만찮았다. 다신 이 길을 지나가지 않을 것처럼 견인차에 끌려가면서 우리는 뒤돌아보지 않았다. 어둠이 갈퀴에 끌려오듯 우리를 따라왔고, 우리는 말이 없는 채 담담했다. 우리가 할 수 있는 건 조용히 정비소를 나와 장례식장을 찾아가는 일밖에 없었다.

*

한때 우리에게도 선명했던 무엇인가가 있었다. 그것이 무엇이든

의욕만 있다면 어디든 깃대를 꽂을 수 있을 것 같았지만 세상이 그렇게 만만하지 않다는 것을 깨닫게 된 것도 그 시절의 일들 중 하나였을 것이다. 재섭의 생과는 상관없이 우리는 그 시간을 살 뿐이다. 모든 것은 어제와 같고, 내일도 크게 다르지 않을 것이다. 우리는 어제와 같은 오늘과, 오늘과 다르지 않은 내일 사이에 또 몇몇 죽음을 맞이했고, 우리가 자랐던 그곳으로부터 점점 더 멀어졌다. 나는 이 오류 같은 시간을 믿지 못하면서도 또한 믿을 수밖에 없다. 보잘것없지만, 아무도 기억해주지 않겠지만 그 시간 속에 우리가 지나온 길이 있다는 것 또한 부정할 수 없듯이.

조용한 생

순조는 서른셋에 모란과 결혼했다. 그해엔 새해 첫날부터 폭설이
내렸고, 사흘 동안 내린 폭설은 오랫동안 그늘진 골목에 쌓여 있었다.
일월의 어느 저녁 무렵, 순조는 낯선 동네의 버스정류장에서 모란
을 만났다. "어? 여기서 만나네요. 집들이에 가시는 길이죠?" 그가
반가움을 나타내자 그녀도 뜻밖이라는 듯 몹시 기뻐하는 표정이었
다. 그들은 한울림의 멤버로 단둘이 만난 적이 없었고, 서로 특별한
인연이라고 생각해본 적도 없었다. 순조는 손에 쥐고 있던 메모지를
펼쳤다. 버스 진행 방향으로 직진, 티 자 골목 코너에 신성페인트 간
판이 보임, 신성페인트 간판을 등지고 좌회전, 럭키슈퍼마켓을 끼고
오르는 언덕길에 두 번째 벽돌색 빌라. 그는 소리 내어 문장을 읽었
다. 모란은 집 찾아가기가 난감해 정류장에 서 있던 참이라고 했다.

순조가 앞장서 걸었다. 굽이 있는 에나멜 부츠를 신은 모란은 걷기가 수월치 않았다. 길바닥이 얼어붙어 있었다. 순조는 뒤따라오는 모란을 의식하며 천천히 걸었다. 손이라도 잡아주고 싶었지만 마음뿐이었다. 그는 모란과 함께 집들이에 가게 될 줄은 몰랐다. 혹시나 그 집에서 모란을 만나게 될지 모른다는 생각을 했던가? 그랬으면 좋겠다고 생각했을지도 모른다. 모란은 채 일 년이 안 된 신입회원이었다. 십여 년 전에 창립한 민간 자원봉사단체 한울림은 신입회원 수가 갈수록 줄어들었다. 좀 더 넓은 세상을 배우고 싶어서 왔습니다. 잘 부탁합니다. 모란의 인사말이 기억에 남았다. 재래시장 먹자골목 순댓국밥집에서 뒤풀이가 이어졌다. 스물여섯 살인 모란은 직장 생활 오년 차에 접어들었다고 했다. 삼 년 남짓은 회사 생활에 치여 세상이 어떻게 돌아가는지도 몰랐고, 이제야 짬을 내 방송통신대학에서 하고 싶었던 공부를 하고 있다고 했다. "직장에다 대학 공부에, 자원봉사 활동까지 욕심이 많네." 누군가가 술자리에서 농담조로 얘기하자 그녀는 이것도 세상 공부의 연장 아닌가요, 하고 야무지게 받아쳐서 사람들을 머쓱하게 만들었다. '아무튼 좋아요, 좋아. 청년이 귀한 시절에 금쪽같은 청년이 들어왔습니다'라는 말로 누군가가 마무리를 짓자 그제야 편안하고 쾌활한 웃음이 퍼졌다.

순조는 신성페인트 앞에서 걸음을 멈췄다. 담벼락 밑으로 몰아둔 눈 더미에서 삐죽 튀어나온 뭔가가 그의 눈길을 끌었다. 연탄재 부스러기와 뒤섞인 눈 더미는 콩가루를 뿌린 팥빙수 같았다. 그는 등을 구부려 그것을 집었다. 축축하게 젖은 만 원권 지폐였다. 한 장인 줄 알고 잡아 뺐는데 한 장이 더 있었다. 그는 모란이 봤을까 싶어 어색

하게 웃으며 뒤를 돌아보았다. 어깨에 멘 핸드백 끈을 두 손으로 꽉 쥐고 발밑을 보며 조심스레 걸어오던 모란이 고개를 쳐들고 그를 바라보았다. 그는 모란을 향해 웃어주었다.

두 사람은 럭키슈퍼마켓으로 들어갔다. "오늘 집들이 선물은 제가 사겠습니다, 모란 씨 것도요." 순조가 말했다. "보태서 같이 사야죠." 모란이 지갑을 열며 말했지만, 순조는 그녀의 손을 막았다. 젖은 돈을 받은 가게 주인이 약간 인상을 찡그렸지만 두루마리 화장지와 가루 세제를 사고도 잔돈이 남았다. 그는 초콜릿을 두 개 사는 데 자신의 동전까지 보태 주운 돈을 모두 썼다. 그리고 한 개의 초콜릿을 모란에게 건넸다.

그들이 집들이하는 집으로 들어섰을 때, 안방엔 사람들이 둥그렇게 모여 앉아 음식을 먹고 있었다. 커다란 교자상 두 개에 차려진 음식은 이미 반쯤 먹은 뒤였다. 그들은 자리가 난 쪽에 비집고 들어가 앉았다. 새 수저가 오고, 밥공기 가득 뜨거운 밥이 담겨왔다. 좁은 집안에서 방과 거실을 오가며 여러 사람들이 두서없이 움직였다. 밥 먹는 그들을 두고 새삼스럽게 품평을 늘어놓았다. 노골적인 우스갯소리도 터져 나왔다. "순조 씨가 이런 면이 있는 줄은 몰랐네, 우릴 감쪽같이 속이고 말야. 올핸 노총각 딱지 떼는 거야?" 그런 농담이라면 순조는 얼마든지 받아줄 수 있었다. 흘끔 모란을 쳐다보았는데, 그녀는 입을 작게 오물거려가며 말없이 밥만 먹었다. 사람들이 그들을 화제로 이야기하는 동안에도 모란은 새침한 표정으로 남의 얘기나 되는 듯이 관조했다. 왁자지껄함 속에서 한 쌍의 연인이 급조되는 분위기였다. 세를 살다 작은 집을 사서 이사한 고 단장 부부 역시 자원봉사를 하다

만난 커플이었다. "봉사 활동은 뒷전이고 연애 활동이 주였구만. 앞으로 잘해!" 능청스러운 고 단장의 말에 박장대소가 터지기도 했다. 연애에서 실패한 커플들은 한울림을 떠나는 경우도 있었다.

그로부터 열 달 후에 순조는 성당에서 모란과 결혼식을 올렸다. 예식 날은 아침부터 비가 왔는데, 모란은 도우미의 우산을 받으며 웨딩드레스 자락을 높이 쳐들고 본당 건물의 젖은 계단을 올라왔다. 순조는 어깨를 드러낸 채 그를 향해 걸어오는 신부의 자태에서 도도함을 읽었다. 언젠가도 저런 자세를 보았었지. 불현듯 그는 그런 생각에 사로잡혔다. 본격적인 연애는 그다지 길지 않았다. 집들이 집에서 나와 순조는 모란을 집까지 바래다주었다. 순전히 모임 사람들이 등을 떠민 결과였다. "창피하게 그런 얘기까진 할 필요 없었잖아요. 나 그렇게 비위 좋은 여자는 아니거든요." 모란이 대문 앞에서 말했다. 식사가 끝나고서도 그들에게로 몰린 분위기가 계속 이어지자 순조가 모란과 함께 오면서 생긴 일을 말한 것을 두고 그러는 듯했다. 눈치를 채고도 모란은 모른 척 그가 건넨 초콜릿을 받았다는 걸 그는 뒤늦게야 알았다. 주운 돈은 다 써야 한다는 속설을 믿고 있는 순조는 순진하게도 그들에게 일어난 작은 일화가 사람들을 즐겁게 하는 것에만 고무되었었다. "순조 씨가 돈을 주운 게 아니라 행운을 주운 거네. 모란 씨 그렇죠?" 누군가가 맞장구를 치며 분위기를 띄울 때, 순조는 모란에게서 이상야릇한 도도함의 분위기를 느꼈다. 그날 이후 순조는 다음 월례모임이 돌아올 때까지 모란을 만나지 못했다. 회합에 올까 하고 기다렸지만 모란은 끝내 오지 않았다. 다시는 볼 수 없는 건가, 그날의 해프닝이 모란과의 관계를 더 벌려 놓은 게 아닌가 생각했다. 며칠 뒤 먼저 연락을 해온 건 모란이었다. "왜 아직까지 미안하단 말 한마디 없어요?" 순조는 그녀에게 뭘 사과해야 하는지 알아차리지 못했다. "일단 만납시다. 얼굴을 봐야 무슨 얘기라도 할 거 아닙니까." 그가 여자에게 자신의 의지를 강하게 밀어붙인 건 그때가 처음이었다.

그들의 결혼식 단체 사진엔 집들이에 함께했던 사람들이 모두 모여 있었다. 배가 불룩하게 솟은 막달의 임산부도 있었다. 고 단장 부부가 천주교 결혼 예법상 그들의 증인이 되어주었다. 고 단장 부부는 주례 신부의 물음에 예, 하고 대답하며 이 결혼이 흠 없고 순결하다는 걸 보증해주었는데, 불행하게도 고 단장은 이 년 뒤 세상을 떠났다. 해외로 봉사 활동을 나갔다가 풍토병을 얻어 귀국한 지 한 달 만이었다. 그때 모란은 산후우울증에 시달리고 있었다. 백일이 갓 지난 아이는 밤낮을 가리지 못했고, 부기가 가라앉지 않아 스트레스도 배가되었다. 동이 터오는 새벽녘에 아이를 업고 골목에서 서성이다 들어온 모란의 몸엔 식은땀이 흥건했다. 아이는 등에서 내려놓기만 해도 자지러지게 울었다. 순조가 상가에서 밤을 보낸 날도 모란은 아이와 씨름하고 있었다. 순조는 장지까지 따라갔다가 다음 날 저녁 늦게야 돌아왔다. 그것도 평일 하루, 직장에 휴가까지 내고서 말이다. "대체 당신은 무슨 생각을 하며 사는 사람이야?" 순조에게 대답을 듣고자 한 게 아니었다. 모란은 참을 수가 없었다. 급기야는 죽은 사람은 죽은 사람이고, 소리를 질렀다. 모란은 부르르 진저리를 치며 아이를 이부자리에 내려놓고 방을 나갔다. 순조는 우는 아이를 달래 품에 꼭 끌어안고 잠이 들었다. 그가 자지러지게 우는 아이 때문에 잠에서 깼을 때, 모란은 보이지 않았다.

친정에서 하룻밤을 보내고 돌아온 모란은 다시 아이와 살림에 열중했다. 모란의 말없는 외출은 이후에도 몇 번 더 있었는데, 순조는 모란을 닦달하지 않았다. 모란이 감내하고 있는 고통을 조금이나마 이해하기 때문이었고, 또 이해해주고 싶었다. 모든 게 그가 부족한 탓이라고 생각했다. 그는 그녀가 바라는 것들을 흡족하게 채워주지 못했다. 하지만 그녀를 만나기 전까지 그는 부족하면 부족한 대로 만족하고 살았기 때문에 때로는 그녀가 원하는 바를 채워줘야 하는 것이 고통스럽기도 했다.

순조는 부모님을 일찍 여의었다. 사남매 중 막내인 그는 큰형 밑에서 고등학교를 졸업하고 군복무를 마친 뒤에는 어렵사리 아르바이트를 해가며 2년제 대학을 졸업했다. 늘 남들보다 한 발 늦었다. 그는 원망이나 분노로 치솟는 감정을 누르는 데 익숙했고, 그것은 누르면 누를수록 안으로 깊이 가라앉아 때로 무감하거나 무심한 형태로 나타나기도 했다. 그의 누이는 그렇게 나약해서 험한 세상을 어떻게 살아갈래, 하고 그에게 말하곤 했다. 누이는 그를 애틋해했으나 언제나 먼 곳에 있었고, 누이가 짊어진 삶만으로도 벅차했다.

기계설비를 전공한 그는 졸업 후 고층빌딩 배관실을 담당하는 보조기사로 들어갔다가 중소기업으로 자리를 옮겼다. 그는 회사와 자취방을 오가는 것 외에 특별한 취미가 없었다. 퇴근 후에 어쩌다 대학 동기들 모임에 나가기도 했지만 큰 흥미를 느끼지는 못했다. 배관실을 담당하는 직원들은 많아봐야 넷을 넘지 않았다. 회식도 잦지 않았고, 주야간 교대 근무를 했기 때문에 뭉칠 일도 별로 없었다. 그는 적절한 관계를 유지하며 조용하고 소박하게 흘러가는 일상에 만족했다. 그의 누이가 말한 나약함이란 삶에 대처하는 그의 태도를 말하는 것이리라. 진취적이진 않았으나 그는 비겁하거나 태만하지는 않았다. 그는 다만 자신의 자리에서 있는 듯 없는 듯 조용히 순리를 따르는 편이었기에, 일견 자신의 의사가 없는 것처럼 소극적으로 비칠 때도 있었다.

직장 생활 오 년 만에 그는 월세방에서 전셋집으로 옮겼다. 그의 집으로 가는 길목에 성당이 있었다. 어느 날 퇴근길에 그는 성당 마당으로 들어섰다. 평일 미사가 진행되고 있는지 음악 소리가 들려왔다. 열여섯 살에 큰형 집으로 들어간 그는 한동안 마음을 붙이지 못했다. 큰형에겐 세 살배기 딸아이가 하나 있었고, 형수는 아이를 친정에 맡긴 채 맞벌이를 하고 있었다. 큰방 하나와 넓은 거실, 부엌이 딸린 전셋집이었는데, 그는 분합문이 달린 거실 한쪽에서 지냈다. 다른 건 몰라도 형과 형수의 눈길을 피할 수 없는 것이 몹시 불편했다. 그는 부엌 위에 딸린 다락방을 청소해서 그곳으로 거처를 옮겼다. 납작하게 눌릴 듯한 천장 아래 이불을 펴고 누우면 마음이 진정되는 것 같았다. 다락방 들창을 열면 들쑥날쑥한 지붕들 위로 내려앉은 하늘이 보였고, 흩어져 있는 십자가 불빛들이 별자리처럼 보였다. 어느 날인가 그는 가장 먼 곳의 십자가 불빛을 찾아가기로 마음먹었다. 세상과의 기이한 단절감과 순전한 외로움이 그를 사로잡고 있었다. 세상에서 가장 외롭다고 생각했던 열여섯 살의 어느 날을 떠올리며 그는 조용히 본당 문을 열고 들어가 맨 뒷자리에 앉았다. 미사를 집전하는 단상의 신부는 아득히 멀었고, 그 사이엔 마치 검은 밤바다처럼 아무것도 없는 듯이 여겨졌다. 고른 톤으로 일제히 읊는 기도 소리가 해변을 쓸고 가는 파도 소리처럼 들려왔다. 평온하고, 평온한 가운데 지극히도 슬픈 감정이 밀려왔다. 그는 열여섯 살의 소년으로 돌아간 듯했다. 결코 순탄치 않은 시절이었으나 십대의 마지막 몇 년을 그는 보이지 않는 손에 이끌려 견뎌냈다고 믿고 있었다.

그가 한울림공동체를 만난 건 그즈음이었다. 그는 지나치게 뜨겁고 격렬하고, 자극적인 것을 잘 견디지 못했다. 회원들은 제각각 품은 성격이 달랐지만, 그가 자기 색깔이나 의견을 내세우지 않아도 별 무리 없이 섞일 수 있었다. 나이와 직업이 다른 회원들 면면이 자투리 시간을 내어 참여하는 소박한 이 공동체가 그는 마음에 들었다. 원대한 꿈을 안고 들어온 이들일수록 쉬이 떨어져 나갔다. 언젠가의 여름에 그들은 도서 지역으로 자원봉사를 나갔다. 서해안의 작은 섬이 있었는데, 태풍으로 피해를 당한 마을을 정비하는 일을 도왔다. 밤에는 해변에 모닥불을 피워놓고 둥그렇게 둘러앉아 한바탕 신나는 오락을 펼쳤다. 마을 아이들과 함께한 그 자리에서 그는 소년처럼 낯을 붉히며 노래를 불렀다. 그의 등 뒤로는 둥근 보름달을 품은 밀물이 서서히 차오르기 시작했다. 바닷물이 밀려드는 새벽녘까지 그는 텐트에서 잠을 이루지 못했는데, 마치 오래전의 어느 시간 속에 놓인 듯한 감정에 사로잡혔다. 죽을 때까지 다 채울 수 없는 공허를 깨닫는 순간이기도 했고, 어쩔 수 없이 그가 가진 결핍의 질량을 인정하는 순간이기도 했다. 어차피 밀려났다 다가오는 파도처럼 공허와 결핍을 견디는 것이 삶이라면 그는 이보다 더 바랄 것이 없다고 생각했다.

　아들 수현이 중학교를 졸업할 때, 순조는 쉰이었다. 수현은 모란의 자랑거리이자 모든 것이었다. 모란은 '우리 애기'라며 콧소리로 아이를 불렀는데, 수현은 모란의 그런 말투를 몹시 못마땅하게 여겼다. "엄마는 내가 맨날 애로 보여? 왜 그래, 짜증나게." 수현이 통을 줘도 모란은 그저 사랑스러워 못 견디겠다는 표정이었다. 수현은 그 또래 아이들이 그렇듯이 자기 이외의 것들엔 관심이 없었다. 말수가 급격히 줄어들었고 뭐든지 감추려고만 했다. 모란이 아이의 눈치를 보며 "네 친구들 부모님은 어때?" 하고 궁금증을 드러내면 흥분하면서 화를 냈다. "엄마는 왜 그런 걸 물어? 내 친구 부모들이 나한테 그렇게 물으면 기분 좋겠어?" 순조는 아들의 말이 일리가 있다고 생각하면서도 버릇없는 말투에 속이 불편했다. 모란은 무조건 아이의 비위를 맞춰주려고만 했다. "알았다, 알았어. 엄만 네가 괜찮은 친구를 가졌으면 해서 하는 말이지." 아들 앞에서 한없이 비굴해지는 모란의 모습도 보기 역겨웠다.

　순조는 자신이 아들 나이였을 때를 떠올리며 아들과 대화를 하고 싶기도 했지만 늘 머뭇거려졌다. '아빠는 너만 했을 때 말이다'라는 말을 꺼내는 순간부터 수현은 참을성이 현저히 떨어지며 표정이 변했다. 모란의 반응도 마찬가지였다. "옛날 당신 얘기는 해서 뭣하게. 요새 애들이 그런 말을 듣자고나 해?" 그가 부모 없이 형 밑에서 보낸 청소년 시절이나 그 이후 모란을 만나기까지의 시간들은 아내와 아들에게는 의미 없는 이야기에 불과했다. 우리 아버지 같은 사람 만날까 두려워 당신과 결혼했는데 당신도 다를 게 없어. 심지어 모란은 이렇게 말하기도 했다. 모란은 권위와 체면만 내세울 줄 알지 생활력이라곤 없던 아버지를 끔찍이도 싫어했다. 때문에 모란의 어머니는 늘 전전긍긍하며 살았다. 차비가 떨어져도 어머니가 이웃집에서 푼돈을 빌려올망정, 아버지는 용돈 한 푼 준 적이 없었다. 아버지는 그러고서도 당당했다. 밥상머리에 앉으면 반찬이 왜 이 모양이냐고 잔소리하며 어머니를 몰아세웠다. 그건 아버지의 무능과 무책임 탓이지 어머니의 잘못이 아니었다. 그래도 어머니는 죄인처럼 고개를 숙이고, 아버지의 호된 고함에 찍 소리 한 번 못했다. 그러니까, 모란이 순조에게 끌린 건 그녀의 아버지에게는 없는 성실함과 진정성이 돋보여서였다. 그는 적어도 그녀의 아버지처럼 무책임하지는 않을 것같았다. 여자를 달뜨게 하는 열정적인 말은 할 줄 몰랐지만 허풍과 가식이 없었다. 담백함과 겸손도 순조가 가진 매력이었다. 재미없고 밋밋해 보이는 점이 답답하긴 했지만, 모란은 별거 아니라고 생각했다. 가진 것도 없이 허풍만 잔뜩 든 가식보다는 훨씬 나았으니까.

집들이 집에서 순조가 바래다주고 돌아간 다음, 모란은 순조의 반응을 기다렸다. 그를 놀려주고 싶은 마음도 없지 않았다. 함께 활동한 시간은 얼마 되지 않았지만, 그동안의 친밀함이 단지 모임 사람들 누구에게나 대하는 친절이 아닌 걸 확인하고 싶기도 했다. 그는 그녀가 진정으로 화가 난 줄 아는 듯했고, 화가 난 여자를 어떻게 달래야 하는지도 모르는 듯했다. 역시나 집들이에 간 날 순조가 보인 행동은 다만 이제까지의 친절과 다르지 않았을 뿐이라고 생각하자 화가 치솟아 견딜 수 없었다. 그토록 감정이 둔한 사람인 줄 알면서도 결국 그녀가 먼저 전화를 걸게 된 까닭은 그녀 자신도 알 수 없었다.

모란과의 짧은 연애 시절, 순조는 자신에게 찾아온 사랑이 모란과 함께 집들이 집에 가면서 돈을 주웠던 일만큼 어리둥절하기만 했다. 모란은 적극적인 여자였다. 겉으로는 얌전하고 새침해 보이지만, 그를 끌고 가는 건 언제나 그녀였다. 모란과 데이트를 하고 집으로 돌아가던 어느 토요일 저녁이었다. 그때까지 그는 그녀의 손목 한 번 제대로 잡아보지 못했다. 전동차 안은 만원이었다. 그들이 탄 칸으로 환승한 사람들이 몰리는 바람에 더 복잡했다. 그는 모란을 보호하기 위해 사방에서 가해지는 사람들의 압력을 버티고 있었다. 전동차가 구부러진 구간을 돌 때 그의 몸이 흔들렸다. 그때 모란이 두 팔로 그의 허리를 감싸고 깍지를 끼었다. 그의 코끝에 모란의 정수리가 닿았다. 그의 등짝으로 식은땀이 흘렀고 심장이 두근두근 뛰었다. 그럴수록 모란의 센 손힘이 느껴졌다. 전동차가 서고, 내릴 사람들이 뒤에서 밀고 나올 때도 모란은 깍지를 풀지 않았다. 사람들이 힐끔거렸지만 모란은 전혀 부끄러워하는 기색이 없었다. 결혼 후 모란이 변해가는 모습을 볼 때마다 그는 그때의 장면을 떠올리곤 중얼거렸다.

지금 모란이 내게 하는 저 모든 것들은 진심이 아닐 거야.

*

모란은 다섯 살 된 수현을 어린이집에 맡기고 대학원에 입학해 다시 공부를 시작했다. 석사를 마치고 칠 년 만에 박사 학위 논문을 통과했다. 그녀는 서자처럼 자신의 존재가 늘 불안했다. 그래서 더 악착을 떨었다. 통신대학 학부 과정이 족쇄처럼 그녀를 잡아채는 듯했다. 교수가 될 것도 아니고, 기관에 들어가서 한자리 꿰찰 것도 아닌데 뭘 그렇게 목숨 걸고 공부하느냐는 축들도 있었다. 그녀가 하는 일에 아무런 토를 달지 않는 사람은 순조뿐이었다. 그는 사람 좋은 얼굴을 하고 그녀를 묵묵히 지켜보았으나 모란은 옆에 있는 순조가 여전히 답답하기만 했다. 순조와 결혼을 결심하게 했던 장점들이 단점으로 보였다. 그에겐 자기가 하는 일에 대한 신념이란 것도 없었고, 주어진 일상을 꾸려가는 자세는 미련해 보일 정도였다. 결혼 후 지금까지 꾸준히 어울리고 있는 한울림이 순조에게 어떤 의미인지조차 알 수 없었다. 한때는 그녀도 한울림이 가진 순수한 목적성이 좋았으나 이젠 그 의미마저 낡아버린 듯했다. 박사 학위를 취득한 모란은 리서치 기관의 연구원으로 자리를 잡았다. 맡은 일은 악착같이 해냈다. 그녀는 무슨 일이든 완벽하게 해내고 싶었다.

결혼 후 두 번이나 직장을 옮긴 순조는 삼 년 전 퇴직을 당하고 얼마 안 되는 퇴직금을 기반으로 온라인 쇼핑몰을 시작했다. 그로선 상당한 모험이었다. 그의 사무실은 한 평 반밖에 되지 않았다. 벽 쪽에 붙여진 기다란 사무용 책상 하나와 출입문 쪽 구석에 놓인 미니 냉장고, 그 위에 티포트와 컵 몇 개가 엎어진 쟁반, 그것이 전부였다. 그의 사무실이 있는 빌딩 13층과 14층엔 그와 똑같은 구조에 평수만 다른 사무실들이 복도를 마주 보고 길게 나열되어 있었다. 호수만 표기된 출입문들은 거대한 서랍식 관을 연상시켰다. 월 임대료 삼십이만 원인 그의 방엔 창문이 없었다. 형광등을 켬과 동시에 천장 구석에 달린 환기팬이 자동으로 돌아갔다. 딱 한 번 그의 사무실에 다녀간 모란은 관 속에 들어온 것 같다며 어이없는 표정을 지었다.

그가 취급하는 품목은 구매가가 만 원 안팎인 향수, 시계, 다섯 개들이로 포장된 손수건, 넥타이, 텀블러 따위 배송비를 빼고 나면 겨우 이삼천 원 마진이 떨어지는 것들이었다.

언젠가 그가 벽시계를 집으로 가져간 적이 있었다. 동그란 흰색 테두리에 바탕이 분홍빛을 띠는, 앙증맞은 물건이었다. 건전지를 끼워 넣고 시간을 맞춘 후 뒤판 자석에 붙은 접착제 먼지를 떼어내고 침대 머리맡에 걸었다. "자꾸 이상한 소리가 들려. 벽에서 모래가 흘러내리는 것 같아." 어느 날 밤, 모란이 그를 흔들어 깨우며 말했다. 새벽 세시 가까운 시각이었다. 모란의 살갗이 찼다. 문간방에서 책을 보다 그 시간에야 안방으로 들어온 모양이었다. 그녀는 며칠 전부터 잠자리에만 누우면 이상한 소리가 들려 잠을 잘 수가 없다고 호소해왔었다. "신경이 날카로워서 그래." 그가 건성으로 대꾸하며 막 다시 잠에 빠져들려는 순간이었다. "불, 불 켜봐." 그녀가 이불을 젖히며 발딱 일어나 앉았다. 그가 머리맡을 더듬어 형광등 스위치를 켰다. 그녀는 두 눈을 꼿꼿이 뜨고 머리맡에 걸린·시계를 쳐다보았다. 그녀가 쉿, 손가락을 입에 갖다 대며 작은 소리로 말했다. "소리 들리지? 차르르, 차르르, 모래 쏟아지는 소리." 그의 귀에는 초침 움직이는 소리가 아주 미세하게 들려올 뿐이었다. "시곗바늘 도는 소릴 말하는 거야?" 그가 아무렇지도 않게 말하곤 돌아누우려 할 때였다. "저거 떼, 떼어내." 그녀가 낮게 질린 소리로 말했다. "신경 쓰지 말고 자. 난 또 뭐라고." 그러자 그녀가 발작적으로 소리를 질렀다. "당신 손으로 저거

치우란 말이야!" 그는 까닭을 알 수 없는 적의와 조롱을 당하고 있는 것만 같은 묘한 감정에 사로잡혔다. 벽시계가 떨어진 건 그녀가 침대 스프링이 흔들릴 정도로 몸을 흔들며 소리를 질렀을 때였다. "고작, 고작 이런 것들이나 파는 거야?" 침대 프레임을 맞고 바닥으로 떨어진 벽시계는 산산이 부서졌다.

그는 고작 그런 것들을 온라인 쇼핑몰에서 팔았다. 하루 종일 한 평 반짜리 사무실에 갇혀 컴퓨터 모니터를 뚫어져라 쳐다보며 주문 내역을 확인한 뒤 물품을 배송하고, 구매자들의 질문에 일일이 댓글을 달고, 후기를 꼼꼼하게 점검했다. 팔기 싫어? 구매자의 물음에 더디게 반응하자 달린 막말이 이 정도인 건 상태가 양호한 거였다. 그의 하루는 모란이 생각하는 것보다 훨씬 더 피로도와 스트레스가 높았다. 쉽게 생각하고 덤빈 건 아니었다. 나름대로 창업에 대한 고민을 하고 사례들을 수없이 살펴보기도 했지만 생각보다 쉽지 않았다. 모란의 말처럼 관 같은 한 평 남짓한 그 좁은 공간이 그에겐 소란스러운 세상과 대면하는 것보단 그래도 견딜 만했을 뿐이었다.

1307호는 성공한 경우에 속했다. '일인창업 일백만 시대'라는 캐치프레이즈를 걸고 한 종편 채널에서 〈창업의 성공과 실패〉라는 주제로 기획한 시사프로그램에 1307호가 출연했다. 사회자를 중심으로 양쪽엔 경제전문가 네 명이 패널석에 앉아 있었다. 사회자를 향해 둥글게 배치된 좌석 오른쪽에 1307호의 얼굴이 보였다. 왼쪽은 창업에 실패한 사례자들이 앉아 있었다. 패널들은 실패자와 성공자들의 얘기를 듣고 전문적인 분석과 충고를 늘어놓았다. 방송을 통해 듣는 1307호의 목소리는 낯설었다. 그제야 순조는 휴게실에서 간혹 마주

치던 1307호와 한 번도 얘기를 나눠본 적이 없다는 걸 깨달았다. "시장분석을 제대로 하려면 정보력이 중요합니다. 초기 단계부터 다양한 준비를 했죠. 최소한 내가 다루는 품목에서만큼은 최고가 되어야 소비자가 원하는 최상의 물건을 제공할 수 있다고 생각했던 거죠." 1307호의 목소리엔 흔들림이 없었다. 패널석의 경제전문가가 고개를 끄덕였다. 1307호는 자신이 쇼핑몰에서 판매하는 품목을 밝히지 않았지만 성인용품을 판매한다는 걸 그는 총무에게 들어서 알고 있었다. 1307호에게 배정된 시간은 3분 남짓이었고, 사회자는 반대편으로 마이크를 넘겼다. 아로마 오일 향이 은은하게 떠도는 휴게실에는 순조 외에도 몇 명의 남자들이 말없이 텔레비전 화면을 쳐다보고 있었다.

순조는 창업 후 모란에게 거의 생활비를 가져다주지 못했다. 퇴직금은 창업 초기 비용으로 들어갔다. 석 달 동안은 물품 구입비와 창고 대여료, 사무실 임대료까지 초기 비용에서 충당했다. 이후에도 사정은 크게 달라지지 않아 겨우 현상 유지만 해나갔다. 생활은 당연히 모란의 몫이 되었다.

모란은 그가 하는 일에 관한 한 부정적이었다. 창업 초기에는 반대가 극심했다. 온라인 쇼핑몰이 아니라 다른 일이었더라도 그녀는 반대했을 것이다. 그의 성실함은 남의 밑에서 월급쟁이 노릇을 할 때만 빛을 발한다는 게 모란의 충고였다. "당신은 사업 스타일이 아니야. 사업은 남다른 안목과 아이디어가 있어야지. 아무나 다 창업해서 돈 버는 줄 아나 보지." 그에게 대놓고 말하기도 했다. 잘 돼 가느냐고 물을 때도 상황이 어떤지 궁금하다기보다는 대답을 들을 필요도 없겠지, 하는 의미가 담긴 투였다. 무엇이 문제인지 생각해보라는 식의, 묘하게 사람 속을 뒤집어놓는 어법. 그래, 나는 당신이 원하는 그런 남편이 아니어서 미안하다. 이 정도밖에 안 돼서 정말 미안하다, 씨발. 간혹 순조는 개수대 앞에 서 있는 아내의 뒷모습을 바라보며 혼잣말을 꿀꺽 삼키곤 했다. 11월의 찬비를 맞으며 웨딩드레스 자락을 쳐들고 그에게로 당당히 걸어오던 때처럼 그녀의 뒷모습도 무른데 하나 없이 꼿꼿했다. 그녀를 부르면 어떤 얼굴로 돌아볼까? 그는 아내의 뒷모습마저 낯설었다.

그들의 결혼식에 참석했던 사진 속 사람들과의 관계도 빛이 바래갔다. 한울림은 겨우 친목 모임으로 명맥만 유지하고 있었다. 고 단장이 활동할 때가 가장 활발했다. 그 최대치가 지나고 나자 모임은 위축되기 시작했다. 해외 봉사 활동은 고 단장이 오랫동안 계획해오던 거였다. 고 단장의 부인인 안나 씨는 언젠가 떠날 사람이란 걸 알고 있었다고 했다. "타고나길 그런 걸 뭐. 그런 사람을 내가 또 좋아한 거고." 안나 씨의 무상한 표정이 오래도록 기억에 남아 있었다.

생각해보면 그때 고 단장은 고작 갓 마흔이 넘은 나이였다. 초등학교 교사인 안나 씨가 살림을 꾸려 가고, 고 단장은 바깥 활동에만 전념했다. 고 단장이 아프리카로 장기간 봉사 활동을 떠나는 엔지오 단체에 단독으로 끼여 비행기에 몸을 실을 때, 한울림 사람들은 고 단장을 한껏 고무시키는 말로 격려했다. 고 단장은 등짝을 누르는 무거운 배낭을 짊어지고 뒤 한 번 돌아보지 않은 채 탑승구로 뚜벅뚜벅 걸어갔다. "아프리카도 좋은데 가없은 나나 먼저 돌봐줬으면 좋겠네.

외로워." 배웅을 하고 돌아가던 승용차 안에서 안나 씨가 농담처럼 말했다. 차창 밖으로 김포공항을 이륙한 비행기가 보였다. 고 단장이 탄 비행기는 아니었겠지만, 조수석에 앉은 안나 씨는 비행기가 소실점이 되어 시야에서 사라질 때까지 눈을 떼지 못했다. 그때 운전대를 잡았던 정이 툭 내뱉었다. "한 가지 방법이 있죠. 버리면 삽니다. 사모님 스스로 사모님의 외로움을 구하는 겁니다." 정의 맞장구는 너무나 진지한 어투여서 분위기가 이상하게 흘러갔다. 그러자 느닷없이 안나 씨가 웃기 시작했다. 몇 초 뒤에 정과 그도 따라 웃었다. "그런 방법이 있었네." 한참을 웃고 난 안나 씨가 젖은 목소리로 말했다.

한울림을 가장 먼저 떠난 건 안나 씨였다. 고 단장의 장례를 치르고 이듬해 봄에 지방으로 발령을 받아 어린 아들 둘을 데리고 이 도시를 떠났고, 그 후 몇 년간은 연락조차 되지 않았다. 추억은 오랠수록 주관적인 완강함을 띠기 마련이어서 친목 모임이 된 뒤부터는 새로운 것을 받아들이기보다 지나간 것들에 얽매였다. 마흔 명에 가까웠던 회원도 반이나 줄어들었다. 직업과 형편에 따라 자연스럽게 빠지기도 하고, 갑자기 뇌출혈로 쓰러지는가 하면, 알콜 홀릭으로 병원에 입원하면서 가정이 깨진 경우도 있었다. 경제적인 부담과 어려움을 감춘 채 이사를 핑계로 멀어지기도 했다. 그들 모두 근거가 있었으나 날이 갈수록 근거의 세부를 깊게 공유하지는 못했다.

친목 모임은 한 달, 혹은 두 달에 한 번씩 회원들의 가정을 돌아가며 이루어졌다. 시간이 되는 이들이 모여서 간단하게 한 끼 밥을 먹는 거였는데 모란은 그 일을 몹시 힘들어 했다. 한울림 사람들을 초대한 그날 무슨 일이 있었던 걸까. 모란은 이제 한울림 사람들과 더 이상 관계하지 않겠다고 했다. 순조와 부부 동반으로 모임에 가는 일도 진즉에 그만둔 터였다. 그는 무엇이 잘못되었는지, 무엇으로부터 단절이 시작되었는지 가끔 생각해보곤 했지만 알 수 없었다.

그날, 남자들은 저녁 식사를 마치고 오랜만에 당구장으로 향했다. 몸이나 풀자는 거였는데, 특별한 유희거리가 없는 회원들은 적당히 술을 마시다가 가끔 당구를 쳤었다. 그 시간에 여자들은 편하게 수다나 떨면서 차를 한잔씩 나누었다. 순조가 당구장에 도착해 삼십 분쯤 지났을 때부터 모란에게서 언제 올 거냐는 문자메시지가 오기 시작했다. 그러고는 십여 분 간격으로 성마른 문자메시지가 도착했다. 잠시만 기다리라고 두어 번 답을 한 뒤부터 그는 아예 휴대전화를 들여다보지 않았다. 당구장에서 나와 휴대전화를 열자 아홉 번째 메시지가 와 있었다. '여기 남아 있는 회원들한텐 다 돌아가 달라고 말했어.' 겨우 밤 열 시가 지난 시각이었다. 순조가 집으로 돌아왔을 때, 모란은 주방에 있었다. 개수대엔 설거지가 수북하게 쌓여 있었다. 그는 거실 소파에 가서 앉았다. 모란의 옆모습이 비스듬하게 보이는 자리였다. 모란이 냉장고에서 물을 꺼내 마시며, 한 손으로 주먹을 쥐어 가슴을 때렸다. 그는 모란을 꼿꼿하게 날선 눈으로 쳐다보았다. 마침내 모란이 몸을 돌려 소파에 앉은 그를 정면으로 바라보았다.

"뭐가 불만인지 얘기를 해."

그가 말했다.

"말하고 싶지 않아."

낮은 소리로, 그러나 불만에 가득 찬 목소리로 그녀가 말했다. 그러곤 찬바람을 일으키며 소파 앞을 지나갔다.

"씨발! 뭐가 그렇게 맘에 안 들어."

순조는 소파에 놓여 있던 텔레비전 리모컨을 집어 던지며 소리쳤다. 리모컨은 텔레비전 모서리를 맞고 튕겨나가 건전지가 분리된 채 아들의 방문 앞에서 나뒹굴었다.

"무슨 짓이야!"

모란이 돌아서며 차갑게 내뱉었다. 그녀의 표정엔 냉소가 드리워져 있었다. 순조는 손바닥으로 마른 얼굴을 씻어 내렸다. 그는 모란에게 결코 그따위 언사와 행동을 보인 적이 없었다.

"기껏 모여서 밥 한 끼 먹는 게 무슨 의미가 있어. 센티멘털에 빠져 옛애기나 늘어놓고 남의 뒷담화나 하자고 만든 모임이었어? 이젠 지긋지긋해. 한심해서 더는 못 봐주겠다고."

모란은 거의 악에 받쳐 내질렀다.

방문이 탕 소리를 내며 닫혔다. 그때 현관문 도어록이 풀리는 소리가 들렸다. 수현은 집 안으로 들어서며 소파에 앉아 있는 그를 힐끔 쳐다보고는 지나갔다. 방문 앞에 나뒹구는 리모컨을 발견하고서도 그 애는 말없이 자기 방으로 들어가 문을 잠갔다. 순조는 아들의 방문을 멀거니 쳐다보았다. 정전보다 어두운 침묵이 내려앉았다. 그는 아들의 방문을 노크하고 싶은 충동을 느꼈으나 움직이지는 않았다. 수현과 단절이 시작된 것도 아마 그즈음부터였을 것이다.

순조는 수현과 애기를 나눈 게 언제였던가 생각해보았다. 일 년 반이나 버티던 쇼핑몰을 접고 대리운전을 시작한 뒤부터 수현의 얼굴을 보는 일도 드물었다. 고등학교 2학년이 된 수현은 밤 열한 시가 넘어서야 집으로 돌아왔다. 세 식구가 오붓이 앉아 저녁을 먹은 게 언제인지도 기억나지 않았다. 아들과 둘이서 마주 앉아 밥을 먹은 건 기억에도 없었다. 수현은 학교에서 저녁 급식을 먹고 야간자율학습을 하고 돌아왔다. 토요일에도 학교에 갔고, 일요일엔 제 방에서 꼼짝도 하지 않았다. 세 식구가 함께 밥을 먹는 일도 고작 일요일에 한두 끼 정도였다. 그는 아들에 대해 궁금한 게 있으면 모란을 통해 들었다. 의도한 건 아니었지만 어느 때부턴가 자연스럽게 굳어져버렸다. 수현과 모란의 대화를 듣다 보면 그는 마치 자신이 투명인간이라도 된 듯이 느껴졌다.

어느 일요일 저녁에 외식을 나간 음식점에서 수현이 말했다.

"엄마, 대리운전 하는 아저씨들은 표가 나."

"어떻게?"

"딱 보면 알지. 야자 끝나고 집으로 오다 보면 술집 앞이나 사거리 코너에 스마트폰 어플 들여다보면서 끼리끼리 모여 있거든. 아, 띠롱띠롱 콜 받는 소리 좀 줄일 수 없나? 그거 정말 짜증나는데."

막창이 지글거리는 소리에 순조는 눈을 끔뻑이며 긴 젓가락으로 막창을 뒤집었다. 막창은 즙이 있어야 질기지 않죠. 모란이 그의 젓가락을 쳐냈다. 순간 순조의 이맛살이 세로로 접혔으나 모란은 눈치채지 못한 듯했다. 그는 말없이 막창을 한 쪽 집어 입에 넣었다.

"아빠도 대리운전 하는 거 맞죠?"

그가 고개를 들어 수현을 바라보았으나 아들은 순조의 눈길을 피하듯 모란을 쳐다보고 있었다.

"그래, 니 아빠가 밤마다 그 생고생을 한단다."

모란의 말에 수현은 아무 대꾸도 없이 먹는 일에 열중했다.

오랜만에 나선 그날의 외식은 싱겁게 끝났다. 모란은 수현과 어깨를 나란히 하고 집으로 돌아갔다. 그는 스마트폰의 대리운전 앱을 열어놓고 느린 걸음으로 걸었다. 모란과 수현이 향한 방향과는 반대 방향이었다.

*

　대리운전 기사가 이십만 명에 육박한다는 얘기는 티브이에서 보았던가, 모란에게서 들었던가. 어쨌든 순조는 수많은 그들 중에 한 사람, 무엇을 하건 어디에 있건 그는 그 자체로 오직 한 사람. 밤거리의 소란 속에서 어플에 연결된 낯선 전화번호를 받을 때마다 그는 주변을 두리번거리곤 했다. 이 거리 어디엔가 그를 닮은 사람들이 그림자처럼 포진해 있을 거라고 생각하면 그제야 안심이 되었다.
　오래전의 어느 날인가도 순조는 그와 비슷한 감정을 느꼈다. 어머니마저 돌아가시고 형의 집으로 들어간 그 무렵이었을 것이다. 그는 다락방으로 옮긴 뒤부터 자신의 존재를 확실하게 깨달았다. 형과 형수에게 거치적거리면 안 된다는, 있는 듯 없는 듯 묘하게 존재해야 한다는 자각이 그것이었다. 밤마다 다락방의 창을 통해 수많은 십자가들을 헤아리며 그는 처음으로 막연하게나마 자신을 둘러싸고 있는 외연을 생각했다. 찌를 듯이 붉고 단단한 저 불빛들 너머 그가 가닿을 수 없는 세계. 이상한 간절함으로 그를 사로잡았던, 먼 불빛을 찾아가던 그 시절의 절절함을 잊을 수 없었다. 이십 대의 어느 날, 퇴근

길에 불현듯 찾아 들어간 성당 마당에서 열여섯 살 소년으로 돌아가 순정해지던 그 시간 속에 서 있는 것처럼 느닷없이 가슴 한 쪽이 서늘해져오기도 했다.

그는 모란에게 말해주고 싶었다. 당신에겐 중요하지 않은, 어쩌면 무용할지 모르는 어떤 것이 지나온 내 시간들 속에 잠재해 있다고. 그 것이 무엇인지 모르겠지만 언젠간 그것을 찾아가보고 싶다고. 나는 그런 놈이라고, 당신이 기대하는 남편은 될 수 없을지도 모른다고 말 이다. 그가 꿈꾸었던 외연엔 한울림이라는 소박한 공동체도 포함되 어 있었다. 먼 곳의 불빛을 찾아갈 때의 심정이 그들 속에 있으면 고 스란히 살아나는 듯했다. 그가 비록 그들 속에서 특별한 존재로 기억 되지 않더라도 그곳에 속해 있다는 것만으로도 존재감을 가질 수 있 었다.

순조에게 지나온 날들은 결코 단순하지 않았다. 그가 원한 건 소 박하고 조용한 생이었으나 어쩌면 그에겐 도래하지 않을 먼 미래일 지도 몰랐다. 새해 첫날부터 폭설이 내렸던 그해, 우연히 누군가가 잃어버린 만 원짜리 지폐 두 장을 주운 그에게 온 행운은 끝없는 미 로의 시작이었는지도 몰랐다. 가느다란 아리아드네의 실 한 가닥을 따라 무사히 미로를 빠져나올 수 있다는 건 그저 신화일 뿐, 삶은 끝 없는 미궁 속을 헤매는 일일지도 몰랐다.

당신의 비밀

쿵 쿵 쿵.

이승도 저승도 아닌 중음의 어딘가를 헤매던 당신은 그 소리에 식은땀을 흘리며 눈을 떴다. 소리는 희미했지만 둔중하면서도 흔들림이 느껴질 정도로 확실히 체감되었다. 정신을 가다듬을 새도 없이 다시 쿵, 쿵 소리가 벽을 흔들었을 때야 당신은 옆방 사내가 벽을 치는 거라고 생각했다.

천장 한가운데 매달린 형광등을 감싼 젖빛의 동그란 갓이 눈에 들어왔다. 당신은 양쪽 관자놀이를 꾹 누른 채 눈을 질끈 감았다. 잠에서 깨기 전에 꾼 꿈이 고스란히 되살아났다. 눈앞에 막막한 어둠이 펼쳐지더니 풀 한 포기 없는 황막한 들판이 나타났다. 한 사내가 맹수를 타고 맹렬하게 흙과 자갈뿐인 거친 들판을 달려가고 있었다. 부연 모래 먼지가 날려 한 치 앞도 보이지 않았다. 검은 옷자락인지, 보자기인지가 사내의 모습을 휘감았다. 얼굴이 지워지고 형체마저 불분명했지만 당신은 막내아들이라는 걸 의심하지 않았다. 아무런 개연성이 없어도, 현실과 꿈의 경계가 가로놓여 있어도 피의 당김으로 저절로 알아지는 거였다. 막내아들은 당신이 살면서 한 번도 보지 못한, 멧돼지와 승냥이를 섞어놓은 듯한 사나운 짐승을 타고 달리고 있었다. 어찌나 빠른지 막내아들을 태우고 달아나는 짐승이 흙먼지 속에서 홀연해질 때야 저 애를 어찌해야 할꼬, 중얼거리면서도 꿈이어서 다행이라 생각했다.

쿵, 쿵 소리가 좀 더 크고 분명하게 연이어 들렸다. 당신은 그 소리에 눈을 번쩍 떴다. 형광등이 미세하게 흔들렸다. 저 놈의 인사, 야밤에 왜 벽을 쳐대고 지랄일꼬. 당신은 고개를 돌려 벽에 걸려 있는 전자시계를 쳐다보았다. 11시 26분. 시계를 멍하니 쳐다보고 있던 당신은 뒤늦게야 밤이 아니라 낮이란 걸 깨달았다. 젖빛 형광등 갓이 유난스레 뿌연 건 밖에서 들어오는 낮 기운 때문이었다. 당신은 자리에서 천천히 일어났다. 다시 한 번만 소리가 들리면 들입다 맞받아서 벽을 두들겨줄 심산이었다. 한참을 앉은 자세로 기다렸지만 벽 치는 소리는 더 이상 들려오지 않았다.

머리맡엔 밥상이 그대로 놓여 있었다. 어제 저녁을 먹은 밥상을 치우지 않고 그대로 두었다가 아침에 밥만 반 공기 퍼서 몇 술 뜬 뒤에는 잠깐 누웠다 일어나 상을 치운다는 것이 깜박 잠이 들었다. 훤한 대낮에 꾸는 꿈은 왠지 불길했다. 꿈이라서 다행이라 생각했던 게 괜한 자구적 심리라는 걸 부인할 수가 없었다.

당신은 무릎을 구부린 채 손바닥 힘을 이용해 서랍장까지 기어갔다. 영락없는 네발짐승의 자세였다. 근력이 딸리기도 했지만 잠자리에서 일어난 지 얼마 되지 않아 벌떡 일어설 수가 없었다. 아무 생각없이 잘못 일어섰다가 어지럼증에 방바닥에 푹 주저앉은 적도 여러 번이었다. 당신은 돋보기를 끼고 휴대폰을 열어 문자판에 막내아들의 이름을 꾹꾹 찍었다. 한참 신호가 간 다음에야 전화를 받을 수 없다는 안내 음성이 나왔다. 가슴이 쿵 내려앉았다. 곧바로 큰아들에게 전화를 걸어볼까 망설이다가 돌아앉았다. 단 하루라도, 아니 단 한 시간만이라도 불길한 예감을 유예시키고 싶은 심정이었다. 하지만 심장의 두근거림은 멈추지 않았다. 누군가 방앗공이로 당신의 가슴을 쿵쿵 내려찍는 것 같았다. 필시 막내아들에게 무슨 일이 있는 게 틀림없었다. 괜히 낮잠이 들어서 꿈을 꾼 게 아니었다.

막내아들은 체구가 크진 않았지만 몸집이 단단했다. 검고 짙은 눈썹에 웃으면 큰 눈이 일그러지면서 눈가에 자글자글 주름이 잡혔다. 초등학교 다닐 때도 막내아들은 웃는 모습이 유별났다고 당신은 기억하고 있다. 나는 의리를 지킬 거야! 옆구리에 두 손을 얹은 채 씩씩거리곤 하던 어린 아들의 모습이 떠오르자 당신은 느닷없이 늑골을 관통하는 찌르르한 고통을 느꼈다. 그놈의 의리 때문에 막내아들은 스물다섯 살에 실형을 선고 받고 교도소에서 이 년을 복역했다.

제대한 지 일 년쯤 지났을 때였다. 막내아들은 아가씨를 끼고 술장사를 하는 업소에서 일했다. 당신은 그 사건이 터지기 전까지 막내아들이 그런 데서 일하는 줄은 꿈에도 몰랐다. 사건이 터졌을 때도 막내아들은 그저 그들의 일개 심부름꾼, 세상 물정 몰라 휩쓸린 것이라 생각했다. 주류를 대는 업자와 업소를 관리하는 패거리들 사이에 싸움이 벌어졌다. 싸움은 양쪽이 각목을 든 패싸움으로 번졌고, 막내아들이 선두에 섰다. 상대 패거리의 졸개 하나를 아작 내 두 손을 뒤로 묶고 재갈을 물려 막내아들이 운전하는 차 트렁크에 실었다. 막내아들은 고속도로에서 지방도로로 빠져나가던 중에 검문을 당해 현장에서 체포되었다. 막내아들은 철모르는 아우들을 보호하기 위해 자신이 총대를 멨다고 했다. 스물두서너 살 패거리들의 서열은 개월 수까지 따져 엄격했으므로 막내아들은 당연히 그것이 자기 몫이라고 했다. 큰아들로부터 사건의 전말을 들었을 때 당신은 귓구멍을 막아버리고 싶었다. 그토록 끔찍하고 참괴한 이야기를 차마 끝까지 듣고 있을 수가 없었다. 범죄 경력이 없어서 형량이 가볍게 떨어졌어요, 그놈 아주 그 길로 길을 닦을 심산인지…. 떨고 있는 당신을 흘낏거리며 큰아들이 중얼거릴 땐 당신의 눈알이 뒤집어질 것처럼 벌게졌다. 면회 가서 못 만나고 그냥 왔습니다. 그깟 놈, 면회 가면 뭐합니까? 졸개들이 형님이라고 아주 잘 받들어 모시고 있더만요. 미리 면회 신청이라도 해야 만날 수 있을 겁니다. 큰아들이 마지막으로 던진 그 말은 당신의 가슴에 깊은 자상을 남기며 오래도록 아물지 않았다.

막내아들은 대학공부를 시키지 못했다. 그 녀석이 공부에 재주가 없기 때문이기도 했지만, 대학에 보낼 만큼 형편이 넉넉지도 않았다. 그 무렵 남편은 젊었을 적부터 앓던 간경화의 진행이 빨라져 이미 얼굴은 거멓게 죽은 상태였다. 너는 일찌감치 취직해서 기술이나 배워라. 남편은 막내아들에게 당부했다. 막내아들은 아버지의 뜻을 거스르지 않고 예, 하고 넙죽 받아 말했다. 그러고 보니 막내아들이 아버지 앞에 무릎 꿇고 앉아 절도 있는 몸짓으로, 예의에 어긋나지 않게 예, 예, 하는 것은 어릴 때부터의 버릇이었다. 당신은 막내아들을 믿었다. 설령 살인을 했다고 해도 자식은 자식이지 않겠느냐는 속생각을 혼잣말로 삼키면서 말이다.

막내아들은 큰아들과 달리 곰살궂고 소소한 정이 있는 아이였다. 초등학교에 다닐 때는 도시락도 싸오지 못하는 친구가 불쌍하다며 제 도시락을 먹였고, 친구들에게 놀림을 받으며 매를 맞는 아이와 한패가 되어 덩치 큰 녀석들과 대적하느라 입술이 터지고 귀가 찢어져 들어온 적도 있었다. 아이들이 이유도 없이 쬐끄만 녀석을 때리는데 가만 보고만 있어요, 나라도 덤벼들어 막아줘야지.

그때 당신은 막내아들을 기특하게 여겼다. 그래, 세상을 그렇게만 살아라. 힘없는 사람 편들어주면서, 손해 좀 보더라도 그렇게 살면 나중에 좋은 끝이 있을 것이다. 당신은 자식에게 물질적인 풍요는 못 주더라도 말이라도 보태주는 것이 사랑이라 생각했다. 군에서 제대하고 직장을 잡았다고 할 때도 당신은 막내아들이 어디서 무슨 일을 하건 남한테 해코지하며 살고 있으리라곤 상상도 하지 못했다. 그 아이는 늘 아버지 앞에 무릎을 꿇고 앉아 예, 예, 하고 곰살궂게 대답했듯 어려운 살림에 고생하는 당신에게도 감정 표현을 잘했다.

어머니, 조금만 고생하세요. 제가 이다음에 편히 모실게요. 큰아들이나 딸이 하지 않던 말도 그 아인 스스럼없이 했다. 큰아들은 말만 뻔지르르하고 실속은 없는 놈이라고 혀를 찼지만 당신은 큰아들을 나무랐다. 형이 되어가지고 어떻게 동생한테 그런 험구를 하느냐. 동생이 혹여 잘못된 길을 갈까 노심초사 보살피고 챙겨줘도 모자랄 판에. 큰아들은 어머니는 아무것도 모르면서 막내를 두둔한다며 당신을 힐난했다. 하긴, 머리 굵어 부모 품 떠난 자식이 부모 맘대로 되지도 않거니와 눈으로 못 봤으니 다행이겠거니 하고 살기도 했다.

막내아들뿐만 아니라 큰아들이나 딸도 마찬가지였다. 한 배에서 나왔지만 와르르 흩어지는 콩깍지 속 콩알처럼 자식들은 각각 제 길을 찾아서 살았고, 그들 속내를 당신이 다 알 수는 없었다. 눈에 보이지 않으면 당신 속에 품은 믿음의 줄기를 붙잡고 그들을 기다리는 수밖에는. 그런데 도무지 모를 일이었다. 아무리 어미가 어수룩하고 세상 물정 어두운 사람이라지만, 그렇게 곰살궂고 연한 아들이 어떻게 그런 길로 가게 되었는지 도무지 모를 일이었다.

점심 무렵의 햇살은 따뜻했다. 추석 지난 지가 열흘이나 넘었으니 서늘하기도 하련만 아직도 한낮은 더운 기가 남아 있었다. 당신이 명절을 명절답게 쇠지 않은 것도 몇 년 되었다. 자식들한테 명절을 쇠지 말자, 한 건 당신이었다. 큰아들이 이혼을 하네 어쩌네 난리를 치고 난 뒤에 집안 꼴이 말이 아니게 변해버렸다. 어미라곤 변변한 재산 한 푼 없이 남의 집 지하 골방 같은 단칸방에서 겨우 목숨이나 연명해가고 있는 처지니 가풍이랄 것도 없었다. 남편이 살았을 때라고 사정은 크게 다르지 않았지만, 그땐 아비라는 존재가 떡하니 집안에 버티고 있어서 그나마 자식들은 자식 흉내나마 내고 살았다.

남편이 남긴 건 고작해야 좁은 평수의 아파트 한 채가 전부였지만 그거라도 남기고 떠난 게 고마웠다. 어떻게든 자식들한테 신세를 지지 않을 바탕은 마련된 셈이라고 생각했는데, 남편이 죽은 지 몇 년

지나지 않아 큰아들이 사업자금이 필요하다며 이사를 종용했다. 유
산 같지도 않은 유산을 미리 달라는 것이었다. 대학까지 졸업한 큰아
들은 변변한 직장 생활은 해보지 못했고 사업을 한답시고 이것저것
일을 벌여놓았다. 그것도 말이 사업이지 허공에서 뜬구름을 잡는 건
지 노다지를 노리며 땅만 파들어 가는 일인지 당신에겐 제대로 된 얘
기 한 번 하지 않았다. 요새는 어떡허고 지내냐? 물으면 사업합니다,
하고 말하거나 사업 구상 중이라고 얼버무렸다. 며느리는 아들보다
한술 더 떴다. 어머니, 저 사람은 평생 사업 구상만 하다가 죽을 사람
이에요. 쥐뿔도 가진 게 없으면서 남 밑에 들어가서는 죽어도 일을
못해요. 요만큼도 예의를 차리지 않고, 감추려는 기색도 없이 거만하
게 턱을 쳐들고 대들듯이 말했다. 며느리도 아들이 '이것저것' 벌이
는 사업이 구체적으로 무엇인지는 말한 적이 없었다. 시장에 채소나
과일을 납품하거나 공장에서 물건을 만든다든가 하는 구체적인 실물
이 있는 그런 사업이 아닌가 보다고 당신은 막연히 생각했을 뿐이었
다. 집을 판 돈으로 당신은 전셋집을 얻었다. 지하였지만 방이 두 칸
에 거실도 널찍했다. 큰아들은 집을 팔아서 챙겨간 돈으로 삼 년이나
버텼던가? 큰아들이 이혼 소동을 벌이면서 난리를 친 게 돈을 가져
가고 삼 년이 지났을 때였으니까.

　전셋집을 빼서, 지금 살고 있는 집의 월세 보증금을 깔아주고 남
은 돈을 가져간 건 막내아들이었다. 그 녀석은 꼭 돈이 필요하다고
했다. 웬만하면 엄마한테까지 손을 벌리지 않을 생각이었다며 미안
하다는 말을 여러 번 했다. 그 후로 막내아들의 얼굴은 점점 더 보기
어려워졌다. 큰아들은 당신이 지하 셋방에서 늙어가는 걸 동생 탓이

라고 비난했다. 그럴 때면 당신은 무언가에 심하게 속은 듯 울컥한 것이 치밀고 올라왔다. 자식들에게 바란 것이 없는데, 해준 것 없는 원망이 더 크게 돌아와 가슴을 치고 갔다. 당신은 늙음이, 단지 자식들에겐 원망과 짐일 뿐이라는 생각에 사는 게 두려웠다.

당신은 출입문 문턱에 걸터앉았다. 비스듬한 오르막길에 앉은 집이라 당신이 살고 있는 지층은 밑으로 옴폭 꺼져들었다. 당신이 앉은 곳에선 골목이 보이지 않지만, 어른 가슴께까지 올라오는 시멘트 담장 너머로 길 가는 사람들이면 누구나 당신이 사는 집을 들여다볼 수 있었다. 골목에 있는 집들 모양새는 다 비슷비슷했다. 일층은 전체를 주인이 쓰고, 이층은 세입자 두 가구가 들어 있고, 당신이 사는 지층도 두 가구가 들어 있었다. 주인집으로 올라가는 계단참 아래가 당신이 살고 있는 방이었다. 안쪽에 똑같은 알루미늄 새시 출입문이 달린 방은 사내가 혼자 살고 있었다.

당신은 고개만 쑥 내 빼 옆방 출입문을 힐끔 쳐다보았다. 옆방 출입문 손잡이에 검은 비닐봉지가 걸려 있었다. 밑으로 축 처진 것을 보니 뭔가 묵직한 것이 들어 있는 듯했다. 가슴 높이에서 두꺼운 간유리가 끼워진 출입문은 안팎이 잘 보이진 않지만 사람이 문 앞에 서면 얼룩덜룩한 것이 비춰 보였다. 옆방 사내는 방 안에 틀어박혀 있는 게 분명했다. 쿵, 쿵, 벽을 치던 소리가 들린 건 당신의 방과 사내의 방이 똑같은 구조로 되어 있기 때문이었다.

무슨 까닭인지 옆방은 사람이 자주 바뀌었다. 사내가 벌써 네 번째 세입자였다. 당신은 옆방에 누가 들어와 살건 괘념치 않았다. 어차피 당신과 그들은 이웃으로서 오고 가는 게 없었다. 세상이 각박하

120

기도 했지만, 혼자 늙어가는 노인에게 관심을 갖지 않는다는 걸 당신은 누구보다 잘 알았다. 이사 온 처음에는 지역 주민센터에 붙어 있는 복지관에도 일삼아 다니긴 했지만, 그도 시간이 지나자 시들해졌다. 거기까지 가는 일도 번거롭지만 젊으나 늙으나 노인회관이나 교회나 어디건 간에 무리를 지으면 대가리와 몸통과 꼬리가 구분되고, 힘을 가진 자가 굴림을 하면 하수인이 생기기 마련이었다. 그 사이에 끼어 발버둥치는 인간들 꼴은 한 치도 다르지 않았다.

당신은 그런 무리 속에서 존재를 드러내거나 자리를 얻기 위해 마음을 쓰고, 이해관계가 맞물린 사람들을 알아가는 과정이 무엇보다 번거롭고 싫었다. 그렇다고 사람을 피하는 성격은 아니었는데, 혼자 사는 시간이 길어질수록 모든 것에 시들해졌다. 몸도 고달픈데 마음까지 시들해지면 소소하게 부딪치는 작은 것 하나도 견디기가 버거운 법이었다.

옆방 사내는 당신이 모르는 새에 감쪽같이 이사를 왔다. 어느 날 옆방 출입문 앞에 놓여 있던 코사지 달린 빨간색 조리가 없어진 걸 발견하고는 새침하게 말 한마디, 인사 한 번 안 하던 아가씨가 이사를 갔구나 생각했을 뿐이었다. 그래도 옆방에 아가씨가 있을 땐 더운 날 창문을 열어놓아 방충망 사이로 거실에서 속옷 바람으로 설치는 아가씨 모습도 여러 번 보았건만 어찌된 게 사내가 들어온 뒤에는 쑥탕처럼 땀이 비 오듯 쏟아지는 날에도 창문이 열려 있는 걸 못 보았다.

당신은 옆방 사내 얼굴을 기억할 수 없었다. 서너 번 마주치긴 했지만, 이마까지 푹 눌러쓴 챙이 있는 모자 때문에 사내 얼굴은 콧잔등에서 잘렸다. 사람의 얼굴에서 눈을 보지 못하면 얼굴을 봤다고도 할 수 없었다. 얄궂게도 당신이 출입문을 열 때 옆방 사내가 동시에 출입문을 연 적도 있었다. 속곳 바람이었던 당신은 얼른 문을 닫았다 한참 뒤에 사내가 밖으로 나가는 소리를 듣고 문을 열었고, 한 번은 사내가 얼른 문을 닫았다.

언젠가는 길에서 한 번 사내를 본 적이 있었다. 동네 사거리에 있는 정형외과에 치료를 받으러 갔다가 돌아오던 저녁 무렵이었다. 견딜 수 없을 만큼 아플 때 무릎에 찬 물을 빼고는 했는데, 한 번씩 물을 빼고 나면 며칠은 그런대로 견딜 만했다. 그날은 대기 손님이 많아서 진료가 끝날 시간에야 간신히 시술을 받았다. 병원에서 나왔을 때 당신은 근력이 하나도 남아 있지 않았다. 마음 같아서는 누가 좀 업어다가 집까지 데려다줬으면 싶었지만, 언감생심 바랄 수도 없는 일이었다.

당신은 낡은 유모차를 끌고 천천히 걷기 시작했다. 시큰거리는 무릎이 자꾸만 반으로 접히는 듯했다. 신호등이 빨간불로 바뀌기 전에 간신히 건널목을 건넜을 때였다. 편의점에서 모자를 쓴 사내가 나오다 주춤거렸다. 당신은 그가 옆방 사내일 거라는 생각도 없이 걷는 일에만 집중했다. 울퉁불퉁 시멘트 포장이 낡은 골목길에 유모차 바퀴 구르는 소리가 요란했다. 당신은 앞으로 두 팔을 쭉 내민 채 조금 걷다가 혹여나 하고 힐끔 뒤를 돌아보았다. 그제야 옆방 사내일지도 모른다는 생각이 들었다. 사내는 고개를 숙인 채 따라오고 있었다. 몇 걸음 떨어지지 않은 거리였다. 사내가 충분히 앞서 지나가고도 남을 만큼 당신의 걸음은 느렸건만 사내는 거리를 좁히지 않았다.

당신은 유모차 바퀴가 구르는 만큼도 따라갈 수가 없어 손잡이를 잡은 손을 앞으로 끌어당겨 걸음을 조절해야 했다. 집으로 꺾어지는 모퉁이에 올 때까지 당신은 두어 번 더 뒤를 돌아보았다. 여전히 사내는 당신의 뒤를 따라오고 있었지만, 당신의 기미를 눈치채고는 한두 걸음 더 거리를 두는 듯했다. 사내는 키가 컸고, 몸이 투실했다.

옆방엔 찾아오는 사람도 없었다. 노동일을 하러 새벽 일찍 밖으로 나가는 것 같지도 않았다. 시도 때도 없이 쿵쿵 벽 치는 소리 외에는 일상적인 소리도 도통 들려오지 않았다. 사지육신 멀쩡한 사내가 어찌 저렇게 사누, 생각하다가는 그만두었다. 노동일은커녕 남을 등쳐 먹으며 사는 당신 자식이 떠올라서였다. 막내아들은 전과 3범이었다. 폭력 전과 2범에 보험 사기로 걸려든 적도 있었다. 삼 년 전엔가 교도소에 들어갔을 때는 가중 처벌 때문에 복역 기간이 길어졌다고 큰아들이 말했다. 낚시터에서 매점을 하는 친구와 짜고서 보험금을 타기 위해 매점에 불을 질렀는데, 초범인 친구에 비해 막내아들의 형량이 배는 더 무거웠다.

당신은 오래 볕 구경을 못했던 사람처럼 볕을 쬘 만큼 쬐고 자리에서 일어났다. 해질 무렵 어둠이 찾아드는 시간의 정적과 고독의 무게에 비하면 한낮의 이 적막함은 볕이 있어 그나마 견딜 만했다. 당신은 문설주를 짚고 안으로 들어가려다 옆방 출입문을 다시 한 번 힐끔거렸다. 출입문 손잡이에 달린 검은 비닐봉지가 신경 쓰였다. 남의 걸 슬쩍 집어갈 만큼 양심까지 비루해진 건 아니었지만, 궁금했다. 아무도 찾아오는 사람이 없는 것 같은 옆방 사내에게, 세상과는 단절한 채 오로지 혼자 늙어가기로 미리부터 작정한 사람처럼 보이는 사내에게 누가 저런 걸 갖다놓았을까. 고양이 사체나 오물이 담겨 있는 건 아닐 테지?

　며칠 전에 당신은 출입문을 열고 나오다가 화들짝 놀라 문턱에 주저앉았다. 바로 문 앞에 벌건 생리혈이 그대로 드러난 생리대가 나뒹굴고 있었다. 길을 가던 사람들이 간혹 빈 담뱃갑이나 음료수 깡통을 줍고 침침한 통로에다 슬쩍 버리고 가는 일이 있긴 했지만 종이에 싸지도 않은 생리대를 그냥 던져놓고 간 건 처음이었다. 당신은 바스락거리는 소리에 신경을 쓰며 비닐봉지를 슬쩍 벌려 보았다. 플라스틱 찬그릇이 들어 있었다. 투명한 뚜껑에 비친 건 고사리와 도라지, 시금치가 반반씩 섞인 나물 반찬이었다. 옆방에선 어떤 기척도 들리지 않았다.

　당신은 큰아들에게 막내아들의 소식을 물어볼까 고민하며 하룻밤을 보냈다. 늙어가면서 밤은 한없이 길어지는 것 같았지만, 짧은 순간에 어느덧 새벽이 와 있곤 했다. 무릎을 톱으로 썰어내는 듯한 통증을 견디다 못해 당신은 잠에서 깼다. 온몸이 끓듯이 아팠다. 당신은 한쪽 무릎을 세우고 앉아 손바닥으로 둥글게 무릎관절을 쓸었다. 달걀 속껍질처럼 투명하게 얇아진 피부가 손끝에 돌돌 말리는 느낌이었다. 멍든 듯 퍼런 실핏줄이 드러나고 살 거죽 곳곳은 덩이진 피가 굳은 것처럼 어혈이 뭉쳐 있었다.

　무릎관절에 들어찬 물을 뺄 때마다 의사는 손가락으로 당신의 다리를 꾹꾹 누르며 말했다. 진통제를 오래 복용하면 피부가 힘이 없어집니다. 자칫 넘어지기라도 하면 껍질이 확 벗겨져요. 조심하셔야 합니다. 의사는 무심한 어조로 일상적인 잔소리를 하듯 말했다. 창문에 푸른빛이 묻어 있었다. 당신은 푸른 얼룩 같은 여명이 여리게 퍼져가는 걸 지켜보며 한없이 무릎관절을 쓸어내렸다. 달리 방법이 없었다, 시간을 견디는 것밖에는. 쿵, 쿵, 벽 치는 소리가 들려왔다. 대체 저 인간은 뭣 때문에 시도 때도 없이 벽을 쳐댈꼬. 당신은 역정을 내며 중얼거리지만 통증을 참듯 저 소리 또한 견디고 말 거였다.

한숨 눈을 더 붙이고 싶었지만 드러눕기가 겁났다. 다시 잠에 붙들리면 사나운 들짐승을 타고 눈앞에서 사라진 막내아들이 이 집을 향해 달려들 것만 같은 생각이 들었다. 그러고 보니 막내아들은 이 집에 딱 한 번 와 보고는 발길을 하지 않았다. 마지막으로 본 막내아들의 모습은 그 어느 때보다 자신감에 차 있었다. 어머니, 조금만 더 기다리세요. 외롭지 않게 해드릴게요. 말치레에 불과하다는 걸 알면서도 당신은 아들에 대한 기대와 헛말이라도 아들이 주는 희망을 믿고 싶었다. 당신은 아무래도 좋았다. 어차피 얼마 남지 않은 인생, 당신이야 아무도 몰래 죽어서 시체가 썩어가든 말든 그게 무에 대순가. 당신은 당신 속으로 낳은 자식이 세상 사람들에게 제대로 된 사람 소리 듣게 부디 개과천선해서 살아준다면 더 이상 바랄 게 없었다.

이번 추석에는 큰아들만 당신을 찾아왔다. 며느리는 두 아들을 데리고 친정으로 갔다는 얘기를 들었을 뿐 손자들의 얼굴도 보지 못했다. 큰아들은 당신이 마련한 몇 가지의 소찬에 밥만 한 끼 먹고 돌아갔다. 당신은 큰아들이 사라져가는 골목길에 넋 놓고 섰다가 그날 오후도 종일 방에 드러누워 있었다. 그래도 말이나마 살갑게 붙여주고, 엄마, 하고 애틋하게 불러준 건 딸밖에 없었다. 당신이 딸과 특별히 친밀했던 사이는 아니었다. 맏이로 태어나 중학교를 겨우 졸업하고 공장에 다니면서 저 혼자 힘으로 벌어서 결혼한 딸은 어미에 대한 연민과 안타까움은 있었으나 제 삶이 고달파 그랬는지 서운한 투정이 많았다. 그래도 딸은 마지막 가는 길에 당신에게 고백하듯 말했다. 사랑해, 엄마. 그 말은 가슴이 미어져 눈물 없이 차마 들을 수 없었지만, 원망의 말이 아니어서 고마웠다. 폐암이 발병한 걸 안 지 석 달 만이었다. 딸에게는 열한 살, 아홉 살짜리 두 딸이 있었지만, 딸이 죽은 뒤 몇 차례 왕래한 뒤에는 연락이 아주 끊겨버렸다. 사위가 두 딸을 데리고 재혼한다는 소식을 들은 게 십 년이 훨씬 넘었으니 외손녀들은 어엿한 성인이 되었을 거였다. 그 애들을 죽기 전에 한번 봤으면 좋겠다는 소망을 품어보기도 했지만, 그 애들이 찾지 않는 이상 당신이 발 벗고 나서서 찾을 여력은 없었다. 그러고 보면 인생에서 필연적으로 오게 되어 있는 말미, 죽음이란 것이 들이닥치는 순간까지 생은 크고 작은 감정을 선택해야 하는 기로에 서는 일이라는 생각도 들었다. 그래야 하는지 말아야 하는지, 혹은 이것이 옳은 것인지 그른 것인지. 욕망이 사그라지면 그땐 문득 삶도 끝나는 것이리라.

당신은 점심시간이 지나면서부터 문 두드릴 소리에 신경을 곤두세우고 있었다. 옆방에 누가 다녀갔나, 바깥을 한 번 살피고는 줄곧 방 안에만 있었다. 옆방 출입문에 걸렸던 검정 비닐봉지는 보이지 않았고, 누군가 함부로 사나운 물건을 통로에다 던져놓은 흔적도 보이지 않았다.

일주일에 한 번, 여자는 오후 세 시쯤 당신의 집을 방문했다. 지역 복지관에 소속된 자원봉사자인 여자는 간단한 밑반찬과 이야기보따리를 들고 왔다. 세상사 돌아가는 거야 텔레비전에서 떠들어대는 소리로·대충 알고는 있지만, 여자가 전하는 세사(世事)는 텔레비전에서도 들을 수 없는, 바로 당신이 살고 있는 동네에서 일어나는, 혹은 당신과 비슷한 처지에 놓인 사람들의 이야기였다. 당신은 여자의 조근조근한 목소리에 고개를 끄덕이기도 하고 당신이 젊었을 적 자식들을 키우며 한 고생스러운 이야기들도 꺼내놓았다. 옛일은 나이를 먹을수록 돌올해서 여자와 마주 앉으면 평생 자식들에겐 꺼낸 적도 없는 당신의 어린 시절 이야기도 술술 풀려나왔다. 아직 부모 슬하에 있을 때의 세상 근심과는 멀찍했던 어린 날의 봄날과 한여름과 가을, 겨울의 기억들. 가난했지만 따뜻한 밥상에 둘러앉았던 형제자매들의 요란한 웃음소리가 그리웠다.

쉰이 넘었다는 여자에게는 당신 연배의 친정어머니가 고향집에서 살고 있다고 했는데, 당신은 여자를 볼 때마다 딸이 살아 있으면 벌써 저 나이가 됐겠구나 생각했다. 식구라고 다 마음이 맞고 성격이 맞는 건 아니지만, 성격이 모나고 마음이 어긋나더라도 돌아서면 안타깝고 그리운 것이 핏줄이었다. 하지만 아쉬움과 서러움이 목젖까지 적셔도 당신은 자식들 얘기만은 가급적 하지 않았다. 딸 얘기가 나오면 덩달아 큰아들과 막내아들 얘기가 나올 것이고, 그러다 보면 당신의 속주머니를 여자에게 까발리게 될까 봐 두려웠다. 잠시의 위로와 동정은 받을 수 있겠지만, 결국은 남일 수밖에 없는 사람이었다. 당신에게 등을 보이며 돌아서는 순간, 당신은 여자에게 또 한 입 건너의 이야깃거리밖에 안 될 게 분명했다. 그러니 마음을 터놓되 소문의 빌미가 될 만한 이야기는 하지 않는 게 좋았다.

세 시가 조금 지나자 문 두드리는 소리가 났다. 당신은 문 쪽으로 다가가며 누구요? 하고 물었다. 뿌연 간유리에 어리비치는 얼룩이 바싹 다가서며 할머니, 저예요. 하는 소리가 들려왔다. 여자는 천으로 된 손가방과 밑반찬을 싼 보자기를 들고 집 안으로 들어섰다. 당신이 여자의 짐을 받아들려 하자 여자는 고개를 흔들며 만류했다. 관두세요, 갑자기 힘쓰시면 몸에 무리가 가요. 여자가 부엌 개수대 앞에 내려놓은 반찬통은 다른 때보다 크고 묵직해 보였다. 김치가 오는 날이었다. 저번에 가져온 오이소박이와 배추 겉절이도 아직 반도 먹지 못하고 남았다. 김치는 뭘라 자꾸 가져 와. 이도 선찮아서 많이 먹지도 못하는데. 당신은 미안한 마음을 잔뜩 담아 말했다. 손님이 올 수도 있잖아요. 배추 값이 워낙 비싸서 김치 봉사하시는 분들이 애쓰세요. 점심은 드셨죠? 여자는 보자기를 풀어 김치통과 반찬통을 냉장고에 넣었다. 당신은 점심을 걸렀다. 바깥에 나가 볕을 쬐고 들어온 후에 밥 한 술 뜬 것이 도무지 속이 개운하게 내려가질 않았다. 입맛이 떨어지면 근력이 떨어지고, 근력이 떨어지면 입맛도 없었다. 입맛 없이 사는 게 어디 하루 이틀인가. 혼자 먹는 밥이 서럽다는 생각은 생뚱맞게도 여자가 올 때마다 당신의 가슴을 훅 치고 지나갔다. 그러고 보니 당신은 석 달 이상 당신의 집에 드나든 여자와는 밥 한 끼 먹지 않았다. 여자가 일부러 점심시간을 피해 왔고, 당신은 밥 먹는 모양을 여자에게 보이고 싶지 않아 여자가 오기 전에 후딱 해치우곤 했다. 점심은 드셨냐는 여자의 말에 당신은 대충 고개를 끄덕이고 방으로 들어왔다.

할머니! 방으로 따라 들어온 여자가 당신의 무릎 앞으로 당겨 앉으며 소리죽여 당신을 불렀다. 저기, 옆방에 이사 온 양반 말예요. 혼자 산다고 하잖았어요? 그랬지. 식구도 없는 것 같고, 일도 나가지 않고 집에만 있는 것 같던데. 당신은 대답 끝에 벽 치는 소리가 들린다는 말을 할까 하다가 말았다. 희한한 것은 여자가 당신을 찾아올 땐 한 번도 벽 치는 소리가 들린 적이 없었다. 낮이건 밤이건 새벽이건, 아무 때고 불쑥 벽을 쳐대던 소리가 유독 여자가 있을 때는 들리지 않았다는 걸 당신은 이제야 깨달았다. 말 트고 지내세요? 여자가 호기심 가득한 얼굴로 물었다. 뭐, 서너 번 맞닥뜨리긴 했는데, 말은 못 섞어봤어. 당신은 왜 그런 걸 묻느냐는 듯 여자를 빤히 쳐다보다 다시 입을 열었다. 요즘 세상에 이웃이 어딨어. 제 집 문 걸어 잠그면 각자 세상인데. 시큰둥한 표정의 당신을 빤히 쳐다보던 여자는 할머니! 하고 다시 한 번 은근한 목소리로 당신을 불렀다. 당신 연배의 어머니가 있는 여자는 당신을 꼬박꼬박 할머니라는 호칭으로 불렀다. 서운할 건 없었다. 여자의 자식들이 여자의 어머니를 할머니라 부르듯, 당신에게도 손자가 있다는 걸 알기에 그렇게 부르는 것이리라. 요즘 세상 험악한 거 아시죠? 참 세상이 어찌 된 게 이젠 바로 코앞에 있는 사람도 믿지 못할 세상이라니까요. 그러곤 여자는 히죽 웃었다. 말해놓고 보니 당신 코앞에 바싹 다가앉아 있는 사람이 바로 여자 자신인 걸 의식한 듯했다. 묻지도 않고 무작정 사람한테 칼부터 휘두르는 세상이잖아요. 저번에 대로에서 길 가던 젊은 애가 느닷없이, 그것도 벌건 대낮에 칼에 찔려 죽었다잖아요. 세상에, 그런 뉴스를 볼 때마다 얼마나 살이 떨리는지. 당한 애가 만약 내 새끼라고 생각하면 정말 끔찍하잖겠어요? 납치 살해도 빈번하고 더구나 성폭행은 또 어떻구요. 사람이 사람 같아야지, 그런 짓을 하는 놈들은 죄다

거죽만 사람이지 짐승만도 못하죠. 범죄를 저질러 놓고 반성도 안 하는 놈들은 아예 세상 구경 못하게 평생 풀어놓질 말아야 한다니까요. 그런 놈들한테도 버젓이 부모가 있겠죠? 여자의 말이 어디까지 흘러갈지, 당신은 듣고 있기가 거북했다. 당신은 쉴 새 없이 열리는 여자의 입을 멍하니 바라보았다. 여자의 입에서 줄줄 흘러나오는 말들이 모두 당신의 막내아들을 겨냥하고 있는 듯한 착각이 들었다. 어쩌면 여자가 당신이 고통스럽게 품고 있는 막내아들의 이야기를 다 알고 있는 건 아닐까, 의도적으로 작정하고 당신 앞에 느닷없이 이런 얘기를 풀어놓는 게 아닌가, 하는 의구심이 들 정도였다. 아이구, 나는 좀 누워야겠네. 갑자기 어지럼증이 일어서…. 당신은 등을 돌리고 앉아 베개를 만지작거렸다. 내 정신 좀 봐. 오늘은 청소를 좀 해드리고 간다고 앞치마까지 준비해 왔는데. 그러더니 여자는 거실로 나갔다.

당신은 여자가 빨리 이 집에서 나가줬으면 했다. 혼자 조용히 있고 싶었다. 여자의 말이 그른 거 하나 없다고 생각하면서도 하나도 인정하고 싶지 않았다. 여자의 말대로라면 막내아들은 감옥에서 죽을 때까지 나오지 말았어야 할 종자였다. 어디서 뭘 하고 있는지, 어미가 모르는 동안 어떤 사람들과 어울려 어떻게 사는지 당신은 막내아들에 관해 아는 게 없었다. 막내아들은 당신 앞에서 공손했다. 어머니에 대한 걱정이 깊고 말이 따스운 아들이었다. 제 마누라와 자식새끼한테 전전긍긍하느라 어미한테 볼멘소리만 해대는 큰아들과는 달랐다. 세상사람 다 손가락질한다고 해도, 당신은 당신 뱃속으로 낳은 막내아들을 원망은 할지언정 매정하게 부인할 수는 없었다.

당신이 누워 있는 동안 여자는 집안일을 해나갔다. 화장실도 박박

닦고 며칠 묵은 빨래도 세탁기에 돌려 건조대에 널었다. 창문을 열고 는 가을 날씨가 참 좋죠? 목소리를 높이며 이런 날은 바깥바람 쐬러 멀리 소풍이나 갔으면 딱 좋겠는데, 하고 말했다. 당신은 처음으로 여자를 집에 들인 걸 후회했다. 어차피 혼자 살다 죽어도 아무도 아 쉬워하거나 서러워하지 않을 것을. 이러나저러나 복된 것이 아무것 도 없는 늘그막이 뭐가 달라진다고.

할머니! 일을 마친 여자가 당신을 깨웠다. 너무 많이 주무시면 밤 에 못 주무세요, 저도 갈 시간이 됐구요. 당신은 깊이 잠들었다 깬 사 람처럼 부스스 일어나 앉았다. 올 때마다 늙은이 살림 살아주느라 고 생 많았네. 다음부턴 오지 않아도 된다는 말이 혓바닥 끝에 들러붙었 으나 그 말은 차마 입이 떨어지지 않았다. 가기 전에 차 한잔할 시간 은 있어요. 여자는 가스레인지에 찻물을 올렸다. 당신에게 등을 보이 고 선 여자의 둥근 어깨선이며 두둑한 엉덩이엔 늙은이가 가질 수 없 는 윤기가 흐르고 있었다.

여자는 커피 한 잔과 둥굴레 차 한 잔을 들고 와서 당신과 마주 앉 았다. 뜨겁고 구수한 찻물 한 모금이 군입 속에서 맴돌았다. 여자는 커피를 한 모금 마시고 당신을 빤히 바라보며 옆방 말이에요, 하고 말문을 열었다. 다른 때는 신경도 쓰지 않던 옆방 남자 얘기를 여자 가 다시 꺼내놓았다. 불편했던 심기를 겨우 눌러두었던 당신은 여자 를 빤히 바라보았다. 아까도 말했지만 할머니, 어떤 사람인지 도통 모른다는 말씀이죠? 글쎄, 모른다니까. 여자의 말이 떨어지기 무섭 게 당신은 무뚝뚝하게 말을 막았다. 여자의 표정이 일그러지듯 흔들 리는 걸 당신은 놓치지 않았다. 할머니, 그게요. 할머니가 걱정이 되네요. 세상이 무섭잖아요. 저 가고 나면 문단속 잘 하세요. 늘 혼자 계시잖아요. 여자는 무슨 말인가를 더 하려다 커피를 후루룩 마셨다. 당신은 여자의 앞뒤 맥락이 와 닿지 않는 말을 입속으로 굴리며 생각했다. 옆방 남자가 궁금한데, 세상이 무서우니 문단속을 잘 하라는 건가? 늙은이 혼자 냄새피우면서 들어앉은 이 집구석에 쳐들어올 놈이 누가 있다고. 여자는 방 한구석에 놓아뒀던 가방에서 편지봉투 하나를 꺼냈다. 할머니, 돋보기 꺼내서 나중에 이거 한 번 훑어보세요. 저희 집도 좀 떨어져 있긴 하지만 구역이 같잖아요. 여기 1동 주민들한테는 다 배달이 된 것 같던데. 할머닌 혹시 못 받으셨어요? 여자가 내민 편지봉투를 받아들고 겉봉을 훑었지만 눈이 흔들려 글자가 잘 보이지 않았다. 이게 뭐여? 난 못 받았는데. 당신은 봉투를 앞뒤로 뒤집어보는 시늉만 하고 내용물은 꺼내보지 않았다. 봉투는 이미 뜯어져 있었다. 여성복지부에서 보낸 신상정보 고지서라는 건데, 아마 집집마다 다 갔을 거예요. 그럼 전 이만 가볼게요. 여자는 가방을 들고 일어섰다. 당신은 출입문 앞까지 따라가 여자를 배웅했다. 다리도 불편하신데 나오지 마세요. 문 잘 잠그시고요. 여자는 문 앞에서 인사하고 빠른 걸음으로 통로를 빠져나가 계단을 휘적휘적 올라갔다.

당신은 큰아들에게 전화를 걸기 전에 막내아들에게 전화를 걸어보았다. 신호는 갔지만 여전히 전화를 받을 수 없다는 안내 말이 흘러나왔다. 새삼스러울 것이 없다고 생각해버리면 그만인데, 한번 무엇엔가 마음이 붙들리자 불안감이 스멀거리며 불어났다. 이 애가 또 잘못을 저질러서 몸을 숨기고 있는 건 아닌가. 밥은 제대로 먹고, 잠은 제대로 자는가. 그러고 보니 추석에도 그 며칠 전에 못 가서 죄송하다는 전화만 왔을 뿐, 당일에는 전화조차 없었다. 명절날조차 전화할 수 없는 형편이라는 게 뭔가. 나쁜 생각들이 꼬리를 물었다. 이제껏 막내아들은 큰아들 말대로 뜬구름 잡는 식의 헛말들만 늘어놓았고, 막내아들이 내뱉은 말들이 실행된 건 하나도 없다는 데 생각이 미쳤다. 큰아들 말이 옳았다. 하지만 당신은 믿고 싶지 않았다. 당신은 큰아들의 전화번호를 눌렀다. 어디 아프세요? 대뜸 전화기를 통해 들려오는 큰아들의 목소리는 딱딱했다. 당신은 그만 기가 팍 꺾이는 느낌이었다. 괜찮다. 그날그날이 다 똑같지 뭐. 근데 넌… 당신이 채 말을 다하기도 전에 지금 바쁜 일이 있으니 이따 밤에 다시 전화 드린다며 큰아들은 일방적으로 전화를 끊어버렸다. 작은애와 통화를 해봤냐는 말은 꺼내보지도 못하고 무참하게 싹둑 잘려버렸다. 밤에 전화를 걸어온다는 말도 믿을 수 없었다. 다시 전화를 하겠다고 하고 큰아들이 제때에 전화를 한 적은 한 번도 없었다.

저녁 생각도 없이 누워 있던 당신은 문 두드리는 요란한 소리에 천천히 몸을 일으켰다. 불을 켜지 않아 집 안은 어둠침침했다. 방문을 열고 출입문 쪽을 쳐다보았다. 당신의 집 문을 두드리는 소린 줄 알았는데 옆방 문을 두드리는 소리였다. 알루미늄 새시 문이 흔들리는 소리가 심상치 않았다. 집이 통째 흔들리는 것처럼 요란스러운 소리였다. 이놈아, 이놈아! 당신은 방문을 닫으려다 출입문께로 천천히 다가갔다. 출입문 잠금 꼭지를 풀고 문을 한 뼘쯤 열었다. 손바닥만큼 벌어진 틈으로 통로에 서 있는 노인네의 옆모습이 보였다. 뚱뚱하고 키가 작은, 머리가 하얗게 센 노인네였다. 노인네가 다시 문을 두드리자 1층 계단 쪽에서 고함소리가 들려왔다. 아니, 할머니. 동네 시끄럽게 왜 그래요? 모습은 보이지 않지만 깡깡거리며 소리 지르는 것이 주인여자의 목소리였다.

잠시 문 두드리는 소리가 멈췄다. 그 사이 주인여자가 슬리퍼를 짤짤 끌며 아래로 내려오는 소리가 들렸다. 방 비우라고 몇 번이나 말해요. 할머니가 저하고 계약했으니까 할머니가 알아서 방 빼세요. 꽃무늬가 진한 홈드레스를 입은 주인여자의 파리한 얼굴이 얼핏 드러났다 가려졌다. 아니 뭣을? 뭣을 보고 나가라 마라여. 우리 아들이 뭣을 잘못했다고, 뭣을? 노인네가 강파른 목소리로 악을 썼다. 아니, 이 할머니 정말 말귀를 못 알아들으시네. 복비는 우리가 물 테니까 일단 방부터 빼라구요. 아드님하곤 한마디도 말 섞을 생각 없으니까! 바깥 사정 돌아가는 꼴을 보니 골머리가 지끈거려 당신은 더 듣고 있을 수가 없었다. 저 노인네도 신간이 어지간히 괴로운 양반이네. 혼잣말로 중얼거렸을 뿐이었다.

방으로 들어온 당신은 그제야 방의 형광등을 켰다. 당신이 누웠다 빠져나온 이부자리 발치에 여자가 두고 간 편지봉투가 보였다. 당신은 봉투에서 내용물을 꺼내고 텔레비전 옆에 올려뒀던 돋보기를 걸쳤다. 종이를 펼치자 남자 얼굴 사진이 툭 튀어나왔다. 정면을 보고 있는 표정 없는 사진이었다. 사각 얼굴에 눈매와 코, 입 언저리의 선이 뚜렷했고 밤송이처럼 짧게 깎은 머리를 하고 있었다. 당신은 어디서 본 듯한 남자를 한참 들여다보다 그 밑에 적혀 있는 굵은 글자들을 읽어 내려갔다. 16세 미만의 여자 청소년을 강제 성추행하여 1년 8개월 형을 살고 출소했다는 내용이었다. 그 밑에 남자의 주거지가 적혀 있었다. 당신이 살고 있는 집과 주소가 같았다.

　당신은 우편물을 들고 멍하니 고개를 쳐들어 천장을 바라보았다. 다시 문 두드리는 소리가 들려왔다. 집이 흔들리는 게 아니라 당신의 몸이 흔들리는 것 같았다. 당신은 서랍장 귀퉁이에 몸을 의지해 자리에서 일어났다. 방문턱을 넘어 거실로 나가는 사이에 문 두드리는 소리는 잠잠해졌다. 당신은 출입문 고리를 잡고 한참을 서 있었다. 울음소리 때문이었다. 처음 벽 치는 소리를 들었을 때처럼 울음소리가 어디서 들리는지 당신은 거실을 두리번거렸다. 울음소리는 당신의 몸 안에서 울려나오는 듯도 했고, 당신의 등 뒤에서 들리는 듯도 했다. 당신은 떨리는 손을 진정시키며 힘을 주고 살며시 출입문을 열었다. 어두운 통로를 막고 앉은 뭉클하고 두꺼운 그림자가 보였다. 당신은 문설주를 짚은 채 스르르 미끄러져 앉았다. 거기 앉아 있는 검은 뭉치의 노인네가 방 한구석에 웅크리고 있는 당신의 환영인 듯싶었다.

마순희

마 순 희

"제 이름은 마순희예요. 마, 순, 희."

마순희의 목소리는 소리가 모이지 않고 사방으로 흩어졌다. 높낮이가 울렁거렸고 결이 찢어진 듯 음파가 매끄럽지 않았다. 마순희는 마른 몸에 얼굴이 조막만 했고, 키도 자그마했다. 개구리처럼 툭 튀어나온 안구 때문인지 독특한 인상이었는데, 둥글게 모여 앉은 사람들의 눈을 피해 어딘가를 바라보듯 시선을 멀리 두고 말했다.

"저는 청각장애 2급입니다. 듣지 못하지만 잘 보고 따라할 수는 있어요. 저 때문에 다른 사람들이 피해를 보지 않았으면 좋겠습니다."

그녀의 목소리는 처음보다 훨씬 파동과 굴곡이 심했다. 아마도 조금 더 긴 문장이었을 테고, 감정이 들어간 때문이라고 생각했다.

몸테라피는 매주 수요일 저녁마다 있었다. 총 10회차로 열다섯 명이 신청했다. 지역자활센터에서 회원들을 대상으로 실시하는 문화활동 중의 하나로 강제성도 없고 회비를 내는 것도 아니어서 등록된 회원보다 참여자는 적었다.

소개가 끝나자 박수가 터졌다. 마순희에게 박수는 소리가 아니라 모양일 것이다. 청각장애 2급이면 바로 옆에서 징을 세게 쳐도 새털이 살짝 날리는 것 같은 울림이 느껴질 정도라고 했다. 그녀에게 소리의 세계는 듣는 것이라기보다 보는 것에 가까웠다. 짧은 대화는 상대의 입을 보고 나누는 것이 가능했지만 어디까지나 상대가 마순희를 배려했을 때의 얘기였다. 그녀가 듣고 말하는 부분에서 정상적인 사람들과 다르다는 걸 부정할 수는 없다. 하지만 세상은 그녀가 가진 장애를 그녀의 모든 것으로 해석했다. 그래서 기옥에겐 그녀가 첫 느낌부터 남달랐는지도 모른다. 안타까우면서도 불편하고 신경이 쓰이면서도 눈을 감고 싶은 감정 사이, 그게 무엇인지 콕 집어 말할 수 없었다. 기옥은 될수록 마순희의 곁에 다가가지 않으려고 했다. 그녀가 눈앞에 보이면 일부러 거리를 벌렸고, 그녀가 기옥을 의식한다는 걸 느낄 때면 뭔가를 들키기라도 한 듯 기옥 쪽에서 몸을 오므렸다. 마순희를 만나지 않았다면 기옥을 스쳐간 어떤 풍경 하나는 다시 재생되지 않았을지도 모른다.

*

그날 기옥은 아이와 함께 오랜 이웃이었던 지인의 집을 방문했다가 혼자서 돌아오던 길이었다. 아이는 그 집의 동갑내기인 친구와 하룻밤을 같이 자겠다고 했다. 마침 겨울방학이 시작된 지 얼마 안 된 때였고, 지인도 맡겨두고 가라고 했다. 기옥에게도 하룻밤 묵어가길 권했지만 아이가 우정으로 그 집에서 묵는 것과 기옥이 묵는 것은 의미가 다른 이야기였다.

아이들이 방에서 컴퓨터로 웹툰 만화를 보며 낄낄대고 놀 때 기옥은 지인과 둘이 식탁에서 맥주를 마셨다. 지인의 남편은 연말 모임에 가서 새벽에나 들어올 거라고 했다. 기옥은 술을 좀 하는 편이었고, 지인은 맥주 한 병 정도가 정량이었다. 기옥은 술이 당겼지만 집으로 돌아가야 한다는 생각 때문에 술을 자제했다. 그런데도 술기운 탓인지 전동차에 올라 자리에 앉자마자 꾸벅꾸벅 졸기 시작했다.

12월의 밤늦은 시간이었고, 전동차 안은 드문드문 자리가 비어 있었다. 기옥은 졸면서도 긴장의 끈을 풀지 않았다. 환승역을 지나쳐 전동차를 갈아타지 못하면 집으로 가는 마을버스 막차를 놓칠 수도 있었다. 졸음에 빠진 의식을 비집고 무언가가 무거운 눈꺼풀을 스치는 게 느껴졌다. 기옥은 눈을 뜨고 맞은편을 바라보았다. 똑같은 스타일의 검은 코트를 입은 두 여자가 앉아 있었다. 생머리를 커트한 여자와 풀린 파마머리를 묶어 올린 여자 모두 머리칼이 희끗한 게 육십은 된 듯 보였다. 그녀들은 반쯤 몸을 튼 채 서로 마주 보고 수화로 얘기를 나누고 있었다. 마치 아무도 없는 곳에서 둘만이 전적으로 대화에 몰입한 듯 거침없는 동작들이 오갔다. 눈과 코와 입술, 얼굴의 잔 근육까지 실룩이며 손가락을 펴고 구부리고 두드리고 돌리는 격렬한 동작들은 소란스러웠다. 그녀들은 무슨 얘기 끝엔가 호탕하게

웃기도 했다. 두 손을 맞부딪치며, 혹은 무릎을 쳐가며. 그러곤 소곤
거리듯 끊임없이 손을 놀렸다. 기옥의 귀가 다 간지러울 지경이었다.
수화를 한마디도 알아듣지 못하면서도 기옥은 그녀들에게서 눈을 뗄
수 없었다. 마침내 커트머리가 기옥의 얼굴을 정면으로 빤히 쳐다보
며 오른쪽 검지로 자신의 관자놀이를 콕 눌렀다가 떼고 검지와 중지
로 자신의 눈을 가리켰다. 그제야 기옥은 시선을 내리깔았다. 그날
기옥은 내릴 정거장을 놓치는 바람에 환승을 하지 못했고, 집으로 가
는 마을버스도 놓쳤다. 기옥은 집으로 가는 택시 안에서 깨진 거울
앞에 웅크리듯 앉아 있던 자신의 모습이 떠올라 눈을 질끈 감았다.

　신혼 두 달째로 접어들 때였고, 기옥은 임신 중이었다. 식을 올리
기 전에 임신이 된 걸 알았고 신혼여행을 다녀온 뒤에는 본격적인 입
덧이 시작되어 습식 장애를 앓는 사람처럼 아무것도 먹지 못했다. 저
녁 시간이 훨씬 지나서야 늦는다고 전화를 한 남편은 자정이 될 때까
지 들어오지 않았다. 구역질을 해가며 겨우 차려놓은 저녁 식탁을 치
우고 그녀는 소파에 누워 잠이 들었다. 문을 따고 들어온 남편이 그
녀를 내려다보며 야, 일어나 봐, 하고 소리를 쳤을 때야 겨우 눈을 떴
다. 기옥은 남편의 커다란 체구 뒤 벽면에 걸려 있는 시계를 쳐다보
았다. 새벽 두 시가 지나고 있었다. 밥 줘. 그가 말했다. 기옥은 천천
히 몸을 일으켰다. 그러곤 그의 말을 무시한 채 주방이 아니라 안방
을 향해 걸어갔다. 밥 달라니까. 그가 소리쳤다. 기옥은 방문 손잡이
를 잡은 채 뒤를 돌아보았다. 기옥을 향해 몸을 돌린 그와 눈이 마주
쳤다. 그 순간 그가 소파 앞 테이블에 놓여 있던 미니 화분을 집어 던
졌다. 벽시계 밑에 걸린 기다란 거울이 그대로 바닥에 떨어졌다.

기옥은 다음 날 남편이 퇴근할 때까지 거실에 흩어진 유리와 화분 조각들을 치우지 않았다. 소파에 눕거나 일어나 앉은 채 깨진 거울 속에서 이상한 몰골로 야윈 자신의 모습을 들여다보며 하루를 보냈다. 기옥은 그가 주사를 부린다는 걸 결혼 전에는 몰랐었다. 단지 술을 좋아하고, 평소엔 하지 않는 괴팍한 행동으로 기옥을 걱정시킨 적은 있지만, 술을 마시면 반복적으로 드러나는 습관화된 패턴인 줄은 인식하지 못했다. 기옥은 그의 속에 든 또 다른 짐승이, 악마가 그녀가 보지 못한 진짜 모습이 아닐까 생각했다.

그런 일들은 출산 후에도 주기적으로 나타났다. 그런 일이 있고 난 뒤면 기옥은 자신의 내부에서 들끓는 분노와 의문이 가라앉을 때까지 말을 하지 않았다. 그가 출근하고 없을 때도, 그가 집으로 돌아왔을 때도 마찬가지였다. 혼자 있을 땐 세면실 거울을 빤히 바라보고 서서 입만 벌려가며 자신을 향해 말을 걸었다. 목소리는 나오지 않았다. 남편에게 화가 났다는 걸 인지시키기 위한 연기는 그녀 자신에게도 적용되었다. 자신의 선택에 책임을 가하는 형벌이었다. 남편은 직접적으로 그녀에게 폭력을 휘두르지 않았지만 물건을 집어 던지거나 자해를 가하는 식의 간접적인 폭력을 행사했다. 술 때문에 회사에서도 문제를 일으켰다. 회식 자리에서 만취 상태였던 그는 술집의 테이블을 뒤집어엎고 동료들에게 폭언을 퍼부어 시말서를 쓰기도 했다.

저러다간 오래 못 가지.

기옥은 생각했다.

그는 나쁜 일이 생기면 술로 해결하려 들었고, 술로 인해 다시 나쁜 일이 반복되었다. 그녀는 긴장을 놓을 수가 없었다. 평온한 날들이 길어질수록 그녀의 불안은 증폭되었다. 언제 어떤 식의 폭력이 자행될지 알 수 없었다. 아빠의 퇴근이 늦어지고, 그녀의 몸에서 불안의 냄새가 풍길 때면 아이는 경직된 표정으로 물었다.

"엄마, 오늘도 아빠 술 마시고 들어올까? 엄마는 또 붕어가 되는 거야?"

'엄마는 또 붕어가 되는 거야?' 유치원에 다니던 아이의 목소리가 또렷이 살아나서 기옥은 감은 눈을 떴다. 전동차 안에서 만난 두 벙어리 여자들이 표정으로, 온몸으로 나누던 몸의 대화는 감히 기옥이 흉내 낼 수 없는 거였다. 그것은 그들의 언어였고, 그녀가 남편에게 취했던, 아이가 말한 붕어가 된 소리 없는 말은 자학에 다름 아니었다.

*

강좌가 진행되는 공간은 오래된 공중목욕탕 건물 사층에 있었다. 재래시장을 끼고 복잡한 골목 안쪽으로 한참 들어가야 했다. 한 가지 생각에 사로잡히면 길눈이 어두워지는 기옥은 강좌가 끝날 때까지 여러 번 길을 둘러가기도 했고, 바로 코앞에 두고도 길을 묻는 해프닝을 겪기도 했다.

미끈한 마룻바닥으로 된 공간은 제법 널찍했다. 벽면 한쪽을 차지한 전면 거울의 착시효과로 공간이 두 배는 넓어 보였다. 조그만 사무실 공간이 하나 딸려 있는 것 말고, 내부에는 별다른 장식이나 기물이 없었고, 바닥에는 걸터앉을 수 있는 공간 박스 몇 개가 소품처

144

럼 편안하게 놓여 있었다. 늘 조용하고 느린 음악이 낮게 흘러나왔
다. 삼십 대 중반쯤으로 보이는 강사는 잘록한 허리에 군살이 없고 키
가 늘씬했다. 긴 생머리를 장식 없는 고무줄로 헐렁하게 묶고 가벼운
소재의 운동복 차림으로 수강생들을 맞았다. 고전무용을 전공했다는
이력은 몸테라피를 지원하는 자활센터의 홍보 포스터에서 보았다.

"우리는 우리의 몸이 뭘 원하는지 제대로 알지 못하고 지낼 때가
많아요. 내 몸이 보내는 소리를 제대로 못 듣는 거죠. 내 몸을 내가
사랑해주지 않으면 누가 사랑해주나요."

강사의 목소리는 나긋나긋했다. 천성적으로 목소리가 들뜸이 없
고 차분한 듯했다. 흘러내린 몸의 자태나 동작 하나하나에서 풍기는
이미지와 목소리가 딱 들어맞는다고나 할까. 강사가 입을 벌릴 때마
다 마순희는 강사의 얼굴을 뚫어져라 쳐다보았다. 강사도 마순희를
의식하는 듯했다. 수강자들은 마순희가 하는 말을 어렵게나마 알아
들을 수 있지만 마순희는 그들의 이야기를 듣지 못했다.

"좀 더 천천히 얘기할까요?"

강사는 마순희에게 묻곤 했다. 마순희는 괜찮다는 듯 손을 저었다.
강사의 몸놀림을 보고 따라할 때는 분위기가 훨씬 부드러워졌다. 마
순희는 잘 웃었다. 놓치는 동작 없이 열심히 따라하려고 노력했다. 수
줍음도 없어 보였고, 원천적으로 그 몸에서 활기가 느껴졌다. 기옥은
마순희를 볼 때마다 어느 날의 늦은 밤 마치 꿈인 듯 지나간 두 여자
의 소란스러웠던 수화 풍경이 떠올랐다. 마순희의 웃음소리는 듣기가
곤혹스러울 때도 있었는데, 거위 울음 같은 소리가 섞여 나왔다.

기옥의 몸은 좀체 풀리지 않았다. 강사는 기옥에게 몸을 놓는 법

을 모른다고 지적했다. 어깨와 등, 심지어 허벅지까지 심하게 경직되어 있다고 했다. 이혼은 사 년 전의 일이었다. 그때는 생계 따윈 염두에 두지 않았다. 남편의 덫에서만 벗어나면 살 것 같았다. 기옥은 자신의 몸을 언제부터 저만치 떨어뜨려두었던 걸까. 이혼 후 남편을 상대로 늘 긴장해 있던 정신이 느긋해지고 마음이 평화로워지는 듯했지만 덫은 삶의 곳곳에 있었다. 아이와 둘이 느긋하게 걸으며 상처를 가라앉히고 나자 생활이 바닥이었다. 물질적인 것들이 피폐해진 상태. 그것은 더 이상 긴장의 끈을 놓을 수 없는 새로운 고난에 처했다는 말과도 같았다.

자활센터를 통해 기옥이 얻은 일자리는 특설매장의 점원이었다. 도심에서 뚝 떨어진 관광특구지역이라 출퇴근길에 연계되는 버스의 배차 간격이 길었다. 특근 수당이 조금 붙긴 했지만 관광특구지역의 성격상 토요일과 일요일, 공휴일 근무가 필수였고, 평일의 하루를 선택해 쉬는, 2인 1조 근무였다.

하는 일은 없었다. 정말이지 그곳에서는 시간을 팔고 있다고 해야 하나. 관광공사에서 지방 관청이 할당받은 부스는 관광지 한구석에 뚝 떨어져 있었다. 그나마 볕이 잘 드는 남향받이라 부스가 초라해 보이지는 않았다. 두 평 남짓한 부스는 전면이 유리로 되어 있어 햇볕을 고스란히 빨아들였다. 벽걸이 선반엔 생활도자기와 값싼 이미테이션 장식품들이 차지하고, 관광지 이름이 박힌 손수건, 바람개비 등속의 아이들 장난감이나 캐릭터 인형 상품들은 부스 밖 가판대에 펼쳐놓았다. 팔려나간 수량을 일지에 기록하고 재고를 파악해서 보고하는 일, 그리고 손님을 기다리는 일이 부스 담당자들이 할 일이었다. 호객을 할 이유도, 필요도 없었다. 임금은 부스를 관할하는 소속 구청으로부터 받고, 이익을 창출하는 것은 어디까지나 구청 담당자의 소관이었다.

기옥은 한때 이런 삶을 꿈꿨다. 소비를 줄이고 최소한 몸을 지탱하는 수준의 생활을. 쓸데없는 분쟁과 소란이 없고, 낭비와 과욕이 없는 일상을. 아이와 단출하게 살아가기엔 그 정도 수입으로도 괜찮다고 생각했다.

교육을 받고 인터뷰를 통해 일을 배정받을 때, 기옥은 그들이 지정해주는 곳에 이의를 달지 않았다. 공공기관 청소나 조경관리 업무, 무엇이든 몸으로 할 수 있는 일이라면 마다하지 않을 작정이었다. 누군가는 기옥에게 운이 좋다고 했다. '일 없이 시간만 때우면 돼'라고 했다. 하지만 사계절 내내 특설매장의 좁은 부스 안에서 시간을 때우는 일은 기억 속에 가라앉은 상념을 일깨우는 데 일조하기 딱 좋았다.

기옥은 정말이지 몸을 어디에 놓으면 좋을지 몰랐다. 사지를 움직여 몸을 둥글게 말고 몸의 안팎을 끌어안는 동작을 할 때는 신음이 튀어나왔다. 강사는 예의 나긋나긋한 어조로 동작에 관한 팁을 주면서 슬쩍슬쩍 기옥의 몸을 건드려주기도 했다. 프로그램 참여자 모두 여자들이었다. 자활센터를 통해 일자리를 얻고 사회 구성원의 한 사람으로서 자립을 꿈꾸는 사람들.

기옥은 3회차에 마순희와 짝이 되었다. 서로 마주 보고 앉아 다리를 쭉 뻗고 손을 맞잡았다. 팽팽하게 힘을 준 채 서로를 자기 앞으로 끌어당기는 동작. 힘이 약한 자가 끌려오지 않도록 강약을 조절하며 버티기. 그런 다음 한쪽씩 손을 놓은 채 서로 엇갈리게 골반을 틀어

몸을 꼬는 동작. 우스꽝스러운 동작에 킥킥거리는 웃음소리가 터지기도 했다. 자기도 모르게 괄약근이 풀려 방귀가 터지자 참고 있던 웃음들이 폭발했다. "나이 먹어봐. 쉰이 넘으면 내 몸도 내 몸이 아닌 거야." 방귀 소리에 이어 괄괄한 목소리가 마룻바닥을 흔들었다. 수강생들은 배꼽을 잡고 웃었다. "왜 웃는 거예요?" 마순희가 기옥에게 물었다. 이 무람없는 상황을 어떻게 설명해야 할까? "내 방귀는 소리만 요란하지 냄새가 없어. 그러니까 염치는 있는 거지 뭐." 방귀 주인의 입담에 웃음소리가 그치지 않았다. 마순희도 따라 웃었지만, 기옥은 그녀의 기묘한 웃음소리 때문에 더 이상 웃을 수가 없었다.

기옥은 수업이 끝난 뒤에 휴대폰 메모지를 열어 메모한 것을 마순희에게 보여줬다. 문장으로 옮겨진 그 상황의 짧은 요약은 불필요한 부기였는지도 모른다는 생각이 뒤늦게 들었다. 그런데 문장을 다 읽은 마순희가 웃기 시작했다. 정말로 웃겨서 못 견디겠다는 듯한 그녀의 웃음소리는 거칠고 가팔랐다.

마순희는 강좌의 구성원들을 모두 언니라고 불렀다. 그녀가 친밀감을 드러내는 한 방식일 수도 있었다. 76년생인 마순희가 가장 어렸고, 최고 연장자인 옥자 아줌마가 58년생이었다. 자기에게만 다정하게 구는 특별한 호칭이 아니란 걸 알면서도 기옥은 마순희가 가까이 다가올까 봐 두려웠다. 내심, 기옥은 그녀의 눈에 띄지 않게 피해 다녔으니까.

마순희는 기옥과 짝이 한 번 된 뒤부터 눈에 띄게 기옥을 찾았다. 기옥은 5회차 때 강좌에 가지 못했다. 비번이어서 점심쯤 슈퍼에 장

을 보러 다녀온 뒤로는 줄곧 집에서만 뒹굴었다. 출근하지 않는 날에
는 머리를 감거나 화장을 하는 일이, 옷을 챙겨 입는 일이 귀찮았다.
특별한 일이 없는 한 늘 그랬듯이 그날도 기옥은 소파에 누워 리모컨
을 들고 애꿎게 티브이 채널만 돌려댔다.

　언니, 아직도 안 오고 뭐해요?

　마순희에게서 문자메시지가 왔다. 지금쯤이면 수강자들이 모여 앉
아 오늘의 프로그램을 시작하겠구나 싶은 시각이었다. 기옥은 몸이
아프다고 둘러댔다.

　오머, 많이 아픈가요? 잘 챙겨 먹고 몸조리 잘하세요. 근데 언니가
없으니 순희는 허전 허전.

　'허전'이라는 글귀가 반복되고, 그 옆엔 눈물을 주룩주룩 흘리는
이모티콘까지 붙어 있었다. 기옥은 멍하니 마순희가 보낸 문자메시
지를 바라보다 다음에 봐요, 짧은 답을 하고 휴대폰을 꺼버렸다. 마
순희의 목소리가 들리는 듯했다. 그러자 속이 뭉친 것처럼 기분이
무겁게 가라앉더니 오래 묵힌 뭔가가 치받듯 기분이 묘했다. 기옥은
그 느낌을 알았다. 새로운 사람과 관계를 맺을 때 멈칫거려지는 기
운. 그걸 뭐라고 표현해야 할까. 살아오는 동안 기옥이 맺은 관계들
이 허물어지거나 뒤틀릴 때마다 묘하게 남는 피폐의 감정들까지 되
살아났다.

*

    거의 오 년이나 한 아파트 같은 층에 살면서 아이들끼리 단짝으로 지낸 지인에게도 기옥은 자신의 이야기를 온전히 털어놓지 못했다. 이혼의 유책사유가 남편에게 있다고 말했지만 그의 폭력에 대해서는 부언하지 않았다. 기옥은 통속적인 세상의 눈이 두려웠다. 값싼 동정의 위로가 언젠가는 그녀를 비난하는 부메랑이 되어 돌아올 수 있다는 두려움, 앞뒤가 다르고 겉과 속이 다른 세상의 눈을 신뢰할 수가 없었다.

    지인의 집에 아이를 두고 혼자 돌아온 날, 기옥은 부엌 벽에 붙여놓은 작은 사각 식탁에 앉아 홀짝홀짝 소주를 마셨다. 지인의 집에서 먹다만 듯한 술이 당기기도 했지만, 아이 없이 오롯이 혼자 있기는 처음이었다. 좁은 베란다 창으로 배게 들어선 앞 동의 긴 복도가 훤하게 보였다. 분양된 지 십오 년 된 임대아파트는 모두 여섯 동이었고, 층간 소음과 주차 공간 부족으로 크고 작은 말썽이 끊이지 않았다.

    기옥은 아이와 둘이 숨죽인 듯, 조용히 살았다. 아니, 그렇게 살아갈 작정이었다. 출입문을 잠그고 난 뒤에 내 집 안에서 보장되는 고요가, 긴장감이나 두려움 없이 맞는 밤이 그녀가 바라던 것이었다. 기옥은 소주잔을 내려놓고 잔을 잡았던 손을 무심히 쳐다보았다. 음식을 자르던 가위로 펄펄 살아 있는 나뭇가지를 무자비하게 잘라냈었다. 그녀는 엄지와 검지를 벌려 가위질을 하듯 천천히 손가락을 움직여 보았다. 툽툽하게 자란 벤자민 가지가 가윗날에 잘려나갈 때 들어가던 손아귀의 힘이 새삼스럽게 되살아났다. 그날 기옥은 나뭇가지를 잘라낸 게 아니라 자신의 손가락을 잘라낸 기분이었다. 기분에 취해 술을 마시고 지인의 집에서 하룻밤을 묵었다면 기옥은 이런 얘 길 쏟아내는 실수를 저질렀을지도 몰랐다.

그날, 남편은 밤늦게까지 들어오지 않았다. 아이는 1박 2일 현장 체험학습을 가고 없었다. 밤이 깊어가고 있었다. 자정이 지난 뒤에도 기옥은 거실 소파에서 남편을 기다리고 있었다. 기다리는 마음을 스스로도 납득할 수 없었다. 아이가 현장학습을 떠나기 이틀 전에, 남편은 거실 소파를 뒤집어엎었다. 폭력적인 행위 뒤에, 숙취에서 깨어난 그가 늘 하는 말은 세상의 모든 주정뱅이들이 습관처럼 내뱉는 말이었고, 반성의 시간은 아무런 의미가 없다는 걸 기옥은 알고 있었다. 기옥이 대면하고 있는 그 밤의 고요는 그녀의 것이 아니었다. 그 무렵 남편은 업무 실적 부진으로 위기에 몰려 있었다. 스스로에 대한 실망과 분풀이로 남편의 자학은 더 심해졌다. 기옥이 보는 앞에서 식칼로 입고 있는 와이셔츠 단추를 쭉 그어 내리기도 했다. 그럴수록 그녀는 더욱 입을 굳게 다물었다.

이혼하자.

기옥은 왜 이 말을 단 한 번도 입에 올리지 않았는지 새삼 자신이 의심스러웠다. 남편의 반성과 다짐이 습관적인 거짓말이라는 것을 알면서도 참아온 자신이 경멸스러웠다. 이대로도 시간은 흘러가고 아이는 커갈 것이라고 생각하자 끔찍했다. 자정을 지난 벽시계의 초침 소리가 틱, 틱, 틱, 유난히 크게 들렸다. 시계를 쳐다보던 그녀의 눈길이 거실에서 주방으로 이어지는 코너에 자리 잡은 벤자민 화분에 머물렀다.

가지가 무성하게 뻗은 어른 키만 한 벤자민은 커다란 고무화분에 심겨져 있었다. 아파트에 입주할 때 남편이 직접 화원에 들러 주문한 것이었다. 조그만 빌라 전세에서 신혼 생활을 시작해 보증금을 올려 주며 살았던 터라 비록 융자금을 많이 끼긴 했지만 남편은 자신의 명의로 된 집을 가진 것에 자축하고 싶었을 것이다. 이놈 몇 년만 키우면 그늘에 돗자리 깔고 앉아 삼겹살을 구워 먹어도 되겠네. 남편이 농담을 하며 히득히득 이상한 소리로 웃었다. 남편의 말대로 벤자민은 해를 더해갈수록 더욱 풍성하게 자라, 정말로 그 그늘에 앉아 삼겹살 파티를 해도 손색이 없을 정도였다.

기옥은 불현듯 그동안 남편의 손에 걸리지 않고 온전히 자리를 지키고 있는 건 벤자민뿐이라는 생각이 들었다. 그 순간 느닷없이 등짝에서부터 뜨거운 열기가 치솟았다. 부엌 싱크대로 달려간 그녀는 가위를 찾아 들고 넓적한 이파리를 달고 쭉쭉 뻗은 가지들을 잘라내기 시작했다. 가위를 쥔 엄지와 검지 사이의 손아귀가 아프게 조여들었다. 그녀는 가위질을 멈출 수 없었다. 마침내 이파리가 한 잎도 남지 않게 잔가지까지 모두 잘라낸 뒤 그녀는 어지럽게 널린 가지들 위에 주저앉았다. 가위를 쥔 손아귀가 벌겋게 부풀어 올라 있었다.

나무는 가지를 모두 잘리고도 고요했다. 그날 새벽녘에 집으로 돌아온 남편은 어이없다는 눈으로 기옥을 바라보았다.

이혼하자.

그녀의 입에서 신음처럼 그 말이 흘러나왔다. 그녀는 남편의 눈을 피한 채 둥치만 흰하게 남은 나무를 쳐다보았다.

뿌리가 남은 나무는 어떤 식으로든 가지를 뻗고 이파리를 틔울 것이다. 어떤 식으로든 삶은 이어질 거라는 믿음은 잔인한 희망의 다른 이름이었다. 아이가 자라는 만큼 그녀는 점점 타성 속으로 도태되어 갈 것이다. 기옥은 더 이상 결혼 생활을 이어갈 자신이 없었다.

*

몸테라피는 처음 시작한 인원들이 점점 떨어져 나가 아홉 명이 남았다. 마순희는 한 번도 결석이나 지각을 하지 않은 우등생이었다. 기옥이 한 주 빠지고 그다음 주에 나갔을 때 마순희는 유난스럽게 친밀감을 나타냈다.

기옥은 천장을 보고 똑바로 누워 사지를 활짝 펼쳤다. 등 밑으로 물이 흐르는 것처럼 볼륨감이 느껴지지 않는 바이올린 선율이 몸속으로 퍼져 들었다. 이열종대로 바닥에 누운 수강생들은 강사가 시범을 보인 동작을 천천히 따라했다. 바닥에 붙은 몸을 온전히 한 바퀴 굴렸다가 다시 반대로 굴려 반듯하게 눕는 동작은 단순하지만 가슴을 완전히 바닥에 밀착했다가 다시 돌리는 데 기술이 필요했다.

"천천히, 호흡을 깊디깊게, 순하게, 몸의 움직임을 의식하지 않은 상태로 뱀처럼 스르르."

강사의 언어는 리듬과 박자 감각이 있었다. 듣는 것만으로도 몸이 이완되는 듯했다. 마순희는 이따금 목에 힘을 주어 고개를 들어 올린 채 다른 사람들의 동작을 살폈다. 한 벌씩 같은 동작을 몇 번 반복하자 뻣뻣하던 몸이 풀리고 땀이 나기 시작했다. 마순희가 오늘은 꼭 나올 거죠? 하고 문자메시지를 보내지 않았다면 기옥은 중도에서 포기했을지도 몰랐다. 가시가 돋친 듯한 몸에서 독이 빠져나가는 걸까. 잠깐이지만 호흡을 단전 아래로 내릴 때 뭉근한 열기가 퍼져나가는 게 느껴졌다.

마순희의 문자메시지는 글이 아니라 말이었다.

못 듣는 거랑 청소하는 게 무슨 상관이 있다고!

마순희는 일터에서 기옥에게 문자메시지를 보내오기도 했다. 공공장소에서 청소 일을 하는 마순희는 자활센터를 통해 일하기 전에는 가사 도우미를 했다. 마순희의 '말'에 일일이 답을 보내는 것도 고역이었다. 말보다 손이 빠른 마순희는 기옥이 미처 답을 보내기도 전에 메시지를 보내오기도 했다.

언니, 오늘은 무슨 일이 있었는지 알아요? 글쎄 어떤 공무원이 나보고 청각장애인이라면서 왜 이렇게 말이 많냐고 하더라고요. 내가 다른 말은 몰라도 그 말은 알아들었어요. 눈을 부릅뜨고 그 사람을 쳐다보고 있었거든요. 그러니까 말인즉슨, 농아인 주제에 말까지 할 줄 안다고 비꼬는 거 맞죠?

마순희의 말에 장단을 맞추어주다 보면 언제까지나 이어질 것 같아 기옥은 될수록 짧게 호응하며 감정을 조절해야 했다. 외로움의 발로이든, 신뢰가 바탕이든 먼저 다가온 사람이, 혹은 자신의 얘기를 많이 털어놓는 사람일수록 떠날 땐 더 미련 없고 냉정하다는 걸 기옥은 적잖이 경험했다. 자신이 원하는 만큼 호응을 받지 못한다고 생각될 때, 상대자는 본의 아니게 나쁜 사람이 될 수도 있었다.

"언니는 너무 자기 얘기를 안 해. 나는 생기는 대로 다 말하고 싶은데. 그럴 때 순희가 좀 섭섭한 거 알죠?"

강좌가 끝난 다음에 봅시다, 하고 인사를 나누는 자리에서 마순희가 불쑥 말했다.

"내가 그랬나?"

기옥의 말을 알아들은 마순희가 고개를 끄덕였다.

"난 특별한 이야기가 없어서 그렇지 뭐. 하루하루가 다 그저 그렇고. 특별한 일이 일어날까 사실 두려운 거지."

마순희가 눈을 더 크게 뜨고 기옥을 쳐다보았다. 기옥은 그 순간, 아차 했다. 쉽고 편하게 마순희와 대화를 주고받을 수 없다는 것을.

"언니, 지금 한 말 여기 찍어줘요."

마순희가 휴대폰을 내밀었다. 기옥은 뜨악한 눈으로 쳐다보았다.

"아니. 뭐 별 말은 아니었어."

기옥이 손사래를 쳤지만 마순희가 고집을 부렸다. 기어코 기옥이 뱉어낸 말을 문장으로 찍어 달라는 말이었다. 기옥은 마순희의 손에 들린 휴대폰을 끝내 받지 않았다. 그리고 또박또박 말했다.

"별, 말, 아, 니, 야. 그냥, 쉬, 고, 싶, 다, 는, 말, 이, 었, 어."

기옥이 먼저 등을 돌려 계단을 내려왔다. 남성 전용인 이층 목욕탕 입구에서 쌀뜨물 같은 습기가 확 끼쳐왔다. 미끈하게 닳은 오래되고 낡은 계단 턱에 구두 굽이 걸려 머리끝이 쭈뼛할 정도로 정전기가 일었다. 기옥은 계단 난간을 붙들고 멈춰 서서 놀란 숨을 가라앉혔다. 마음이 무언가에 부딪쳐 흔들리고 있을 땐 자주 발목을 삐거나 넘어졌다. 기옥은 긴 호흡으로 숨을 다듬은 뒤 천천히 계단을 내려왔다.

9회차 강좌가 끝난 날 뒤풀이를 하기로 했다. 퇴근 무렵의 스산함을 안고 강좌에 참여했던 이들은 강좌가 끝나자마자 뿔뿔이 흩어지는 것에 늘 아쉬움을 품고 있었다. 마지막 한 회차가 남았지만 말 나온 김에 시장통 끝자락 파전집에 자리를 잡고 앉았다.

"오늘은 왜 떨어져 있어?"

음식이 나오기 전에 옥자 아줌마가 물었다.

"우리가 맨날 붙어 다녔어요?"

기옥이 농담조로 되물었다.

"여태 붙어 다녀놓고는 뭔 딴말이여?"

"무슨 말 하세요?"

마순희가 물었다.

"아니, 둘이 왜 떨어졌냐고. 요렇게 이렇게."

마순희는 기옥과 마주 보고 앉은 옥자 아줌마 옆에 앉아 있었다. 옥자 아줌마가 손으로 기옥과 마순희를 각각 가리켰다.

"내가 언니를 너무 귀찮게 했나 봐요."

옥자 아줌마는 마순희의 말에 크게 귀를 기울이지 않았다. 파전과 동동주, 두부김치가 두서없이 나왔다. 기옥은 동동주 두 잔을 거푸 마셨다.

"술 잘 마시네. 술이라곤 한 방울도 못 마실 것처럼 새치름하게 생겨가지고는."

옥자 아줌마가 작은 나무 국자로 동동주를 기옥의 잔에 떠주며 놀렸다.

"쭈욱, 한 잔 더 들이켜. 그냥 속이나 화악 풀어지게."

그러곤 마순희의 잔에도 술을 떠주며 쭉, 쭉 들이켜라고 추임새까지 넣었다. 마순희는 술을 겨우 한 모금 마시고는 제가요, 하고 말문을 뗐다.

"술을 못 배웠어요. 술까지 마시면 정말로 병신이 육갑한다고 그럴까 봐."

이런저런 얘기들로 시끄럽던 자리가 갑자기 조용해졌다. 다들 마순희의 말이 귀에 걸린 모양이었다.

"왜 그런 말을 해. 누가 순희 씨더러 병신이라고 그래?"

기옥의 입에 든 말이 밥알처럼 튀어나갔다. 좌중의 시선이 기옥에게 집중되었다. 왜 그토록 사나운 말이 튀어나갔는지 모를 일이었다. 기옥은 마순희와 시선을 부딪치지 않으려고 술잔을 들어 고개를 숙였지만, 분위기는 이미 수습할 수 없을 정도로 싸하게 가라앉았다.

11월의 밤바람은 찼다. 기옥은 고작 동동주 석 잔을 들이켰을 뿐인데 무릎이 허전하게 휘둘렸다. 추렴한 돈으로 파전집에서 계산을 하고 난 뒤에 가게 앞에서 인사를 나누었다.

마순희는 기옥과 좀 떨어져 옥자 아줌마와 걷고 있었다. 기옥은 꼭꼭 내딛던 발걸음을 늦이며 마순희와 거리를 유지했다. 밤의 시장통 골목은 발소리가 유난히 공허하게 울렸다. 옥자 아줌마가 종종걸음으로 멀어지자 마순희가 주변을 두리번거리더니 뒤를 돌아보았고, 이내 몇 걸음을 폴짝거리며 기옥의 곁으로 다가와 얼른 팔짱을 끼었다.

"언니, 우리 어디 가서 차 한잔하고 가요. 네?"

마순희의 목소리가 파도처럼 울렁거렸다. 그녀는 기옥을 끌고 찻집이 보이는 방향으로 걸음을 틀었다. 기옥은 순순히 끌려가주어야 마음이 편할 것 같아 마순희가 낀 팔짱을 풀지 않았다.

마을버스 정류장 근처에 있는 조그만 커피 전문점으로 들어갔다. 테이블이 네 개밖에 안 되는 좁은 가게였다. 밤 열 시가 넘은 시각이었고, 손님이 없었다. 마순희와 출입구 쪽에 있는 테이블에 자리를 잡고 앉았다. 지갑을 꺼내는 마순희를 말리고 기옥이 찻값을 계산했다. 마순희는 차가 나올 때까지 왜 계산을 언니가 했느냐고 투덜거렸다. 음악이 나오고 있었지만, 마순희는 듣지 못할 거였다. 음악 소리가 좀 높다 싶었지만 차라리 그게 나을 것 같았다.

"언니, 나는요…."

마순희가 서두를 꺼냈을 때 기옥은 파전집에서의 그 일이구나 생각했다. 기옥은 자신도 모르게 이맛살로 주름이 모였다. 기옥이 한 말 때문에 마순희의 심경이 어지러웠다면 사과하고 얼른 집에 돌아가 쉬고 싶었다.

"열심히 살면서 다른 사람한테 피해 주고 싶지 않았어요. 나 때문에 사람들이 불편하다면 그곳엔 가고 싶지가 않았고요."

"미안해. 오해는 하지 마. 순희 씨한테 짜증을 낸 게 아니라 나한테 화가 났던 거야."

기옥은 되도록 천천히, 입 모양을 정확하게 해가며 말했다. 뜨거운 녹차라떼를 한 모금 마시고 나서 알아들었느냐는 듯 마순희의 얼굴을 똑바로 쳐다보았다.

"고마워요."

마순희가 말했다.

그날 마순희가 기옥에게 하고 싶었던 이야기는 따로 있었다. 기옥은 마순희의 애기를 듣는 동안 한눈을 팔 수 없었다. 마순희의 성대에서 파생되는 '말'은 시선의 집중이 필요했고, 느리고 시간이 오래걸렸다.

나는 초중고를 농아학교를 다녔지만 정상인과 결혼했다. 남편과는 삼 년 연애했다. 그 사람이 내가 자원봉사자로 일하고 있던 단체에 오게 되었는데, 나 때문에 열심히 참여했다고 고백했다. 키도 훤칠하고 유머도 있는 남자였다. 우리는 잘 어울린다는 소리를 들을 만큼 사이도 좋았다. 연애 기간에도 남편은 나를 사람들 앞에서 부끄러워한 적이 없었다. 나를 위해 짧은 수화를 구사해가며 웃겼고, 세상의 소리들과 사람들의 말을 들려줬다. 나는 남편을 만나기 전부터도 구화를 익혀 오고 있었지만 사랑하는 사람을 위해 더 열심히 노력했다.

결혼 생활은 남들과 다를 바가 없었다. 아이가 태어났을 땐 아무런 장애도 갖지 않고 건강하게 태어난 게 더없는 축복이었다. 나는 아이에게 동화책 읽어줄 때가 가장 행복했다. 졸린 아이 옆에 앉아토끼와 거북이의 이야기를, 구름이 솜사탕으로 변하는 이야기를, 돌돌돌 물이 흐르는 계곡과 숲의 이야기를 들려줄 때 나도 행복했고 아이도 행복한 얼굴로 잠들었다. 남편에게 부족한 게 있다면 경제력이 떨어지는 거였다. 그러니까, 나는 출산 후 몇 달을 빼고는 돈벌이를 쉬어본 적이 없었다. 가사 도우미를 간 집에서 성미 고약한 노인의 저녁 수발을 시켜도 군말 없이 했다.

우리 아버님은 옆에 사람이 있어야만 식사를 하세요. 식사가 끝날 때까지 옆에 꼭 붙어 있어주세요.

주인여자는 들어오겠다는 약속 시간을 넘겨 문자메시지로 알려왔다. 퇴근할 시간이 훌쩍 지나 있었다. 밥 한 술, 국 한 술, 반찬 하나. 광대뼈가 불거진 노인네가 수저질을 할 때마다 퀭한 눈으로 나를 한 번씩 빤히 쳐다봤다. 마치 내 얼굴을 뜯어서 씹고 있는 듯이. 밥을 먹는 데 삼십 분이 걸렸다. 나는 주인여자가 들어오기만을 기다렸다. 노인네의 저녁 식사가 끝나자 주인여자에게서 다시 문자메시지가 왔다.

페이는 더 줄 테니까, 한 가지만 더 부탁해도 되죠? 설거지는 안 해도 돼요. 부엌일은 두고 아버님 방에 들어가서 드레싱하는 거 좀 도와주세요. 늘 혼자서 하시긴 하는데 요새는 수전증이 심해져서 혼자 하다간 약을 옷이랑 이불에 다 묻혀요. 아버님이 자리에 누우시면 불 꺼주고, 퇴근하시면 돼요.

당뇨 합병증을 앓고 있는 노인네는 오른쪽 엄지발가락에 괴사가 시작되어 한쪽 다리를 절름거렸다. 나는 그런 일도 마다하지 않았다. 싫다는 말이 목구멍까지 올라왔지만, 페이를 더 준다지 않는가. 까짓 것 노인네의 노려보는 듯한 눈초리, 썩은 상처를 소독하는 일 따위 힘들 것도 없었다. 시간이 늦어져 밤늦게 버스를 타고 돌아갈 때는 아이 생각에 발을 동동거렸다. 그런 날들조차 행복하게 받아들였다.

마순희의 목소리는 언덕을 오르며 가쁜 숨과 함께 뱉어지는 듯 굴곡이 많았고, 때로는 늘어난 감열 테이프에서 흘러나오는 듯 단어가 사라져 들리지 않을 때도 있었다.

　말을 마친 마순희는 담담한 표정으로 식어버린 녹차라떼를 한 모금 마셨다.

　"그런데 남편이랑 헤어졌어요. 이 년 전에요."

　기옥은 "왜?"라고 짧게 물었다. 간단한 물음이 그녀에게 혼란을 주지 않는다는 걸 깨달은 것도 얼마 되지 않았다.

　"내 소리가 듣기 싫대요."

　마순희는 픽 웃었다. 무슨 말인지 납득이 가지 않는 얼굴로 기옥은 이번에도 "왜?"라고 물었다. "그게 좀 말하기가 창피하긴 한데." 마순희가 얼버무린 후 말했다.

　"섹스할 때 내는 소리가 견딜 수 없대요. 어느 날은 내 얼굴에 이불을 뒤집어씌웠어요."

　마순희는 사레들린 것처럼 캑캑거리며 웃었다. 그녀의 눈초리에 눈물방울이 맺혔다.

　"언닌 그 모멸감, 모를 거예요."

　마순희는 기어코 울음을 터뜨렸다. 사랑이, 사람이 그렇게 더럽게 변할 수도 있다고 말해주고 싶었지만 기옥은 가만히 그녀의 등만 어루만졌다.

　기옥은 다음 날 아침 출근길에 마순희의 문자메시지를 받았다.

　언니, 어젠 고마웠어요. 다음 주에 얼굴 보는 거죠? 순희는 벌써 그날이 기다려져요.

　기옥은 마순희가 보낸 문자메시지를 멀거니 쳐다보았다.

*

　기옥이 전동차 안에서 만난 두 여자는 기옥을 오해했다. 기옥은 수
화로 격렬하게 이야기를 주고받던 그녀들을 부럽고 놀라운 눈으로
쳐다보고 있었다. 그녀들이 뿜어내는 신기한 열기와 활력에 기옥이
매료되었다는 걸 알 수 없었을 테니까. 기옥이 본 그녀들은 거리낌이
없었고, 한편으론 더없이 비밀스러운 자기들만의 기쁨을 나누고 있
는 것처럼 느껴졌다. 마순희를 처음 만났을 때 기옥이 느꼈던 부담스
러움과 거리감, 한사코 그녀와 거리를 가지려 했던 것이 어쩌면 기옥
이 도저히 흉내 낼 수 없는 마순희만이 가진 낯선 활기 때문이었는지
도 모른다.

　마순희와 헤어져 집으로 돌아온 그날 밤, 기옥은 냉장고에서 먹다
남겨두었던 소주병을 꺼냈다. 김이 빠진 소주는 맹맹했다. 베란다 창
으로 앞동의 복도를 걸어가는 사람이 보였다. 잠시 후 검은 베란다
창에는 기옥의 모습이 오롯이 떠올랐다.

　'왜 빤히 쳐다보는데?'

　격렬한 동작으로 수화를 주고받던 두 여자 중의 하나가 기옥에게
한 동작은 바로 그 말이었다. 매우 직접적이고도 단호한 동작으로
기옥을 가리켰던 손가락을 자신의 눈으로 가져갔을 때 기옥은 그녀
가 하는 수화를 또렷이 알아들었다. 그러나 기옥은 입속에 고인 말
들을 삼켰다. "당신들이 부러워서 그래. 내가 당신들 보다 못한 게
뭐야. 내가 잘못한 게 뭔데 나는 이것도 저것도 아닌 이런 삶을 사는
거지?" 그때 기옥의 얼굴이 붉어졌고 정신을 차릴 수 없어 내려야 할

162

정거장을 놓쳤고, 그녀들의 눈빛을 슬그머니 피한 채 바보처럼 앉아 있었다. "이 바보야, 넌 한 번도 네 삶과 싸워본 적이 없잖아. 그걸 꼭 말로 해줘야 알아?" 수화를 쓰던 여자 중의 하나가 기옥의 귓속에 대고 또박또박한 목소리로 비꼬아대는 소리가 환청으로 들리는 듯했다. 기옥은 귀가 간지러워 귀를 후벼 팠다. 그러자 갑자기 흐흐흐, 웃음이 터졌다. 흐물거리던 웃음은 마침내 걷잡을 수 없이 용량이 커지면서 울음소리와 웃음소리가 뒤섞인 기묘한 형태로 변했다. 식탁에 이마가 닿을 정도로 등을 구부리고 웃음을 막기 위해 배에 힘을 주었는데도 그쳐지지가 않았다. 기옥의 뺨으로 미끈하게 눈물이 흘러내렸다.

해피크리닝

해피크리닝

그는 담배를 물고 세탁소 밖으로 나오면서 그늘 속에 들어앉은 여자를 보았다. 여자는 골목 맞은편의 꺾어진 건물 모퉁이에 겨우 생겨난 모난 그늘 속에 들어앉아 있었다. 건물 축대 아래쪽에 톡 튀어나온 턱에 엉덩이를 걸치고. 그가 가끔씩 담배를 피우기도 하던 자리였다. 그 자리에 앉으면 꺾인 모퉁이에 가려져 세탁소 출입문 반쪽의 '크리닝'만 보였다. 무심한 눈으로 'ㄹ'이 탈자된 유리문을 보고 있자면 왠지 모가지가 잘린 듯한 참담한 기분이 들기도 했다.

처음 보는 얼굴인 듯한데 완전히 낯설지는 않았다. 본 적이 있다고 확신할 수도 없는 묘한 인상이어서 그는 출입문 앞에 서서 담배를 피우면서 여자 쪽을 흘끔거렸다. 여자는 그를 못 본 듯했다. 여자의 시선이 머문 곳이 어딘지는 알 수 없지만, 자기 속의 한 생(生)을 비위내고 껍질만 앉아 있는 듯한 자세였다.

해는 여전히 그의 이마를 찔러댔다. 오후 서너 시가 되면 서향인 그의 가게 정면으로 넘어온 해가 멀리 보이는 단층짜리 아파트 단지 뒤로 꺼질 때까지 그의 다림질대를 노려보았다. 올여름도 그는 힘겹게 건너왔다. 오전부터 속도를 내는 날은 또 그런 날대로, 오후에 속도를 내야지 하고 다그침을 하는 날도 가게 안의 온도가 올라가면 당해낼 재간이 없었다. 더구나 해가 넘어오면 눈앞에서 타오르는 뜨거운 태양과 사투를 벌이듯 헐떡였다. 슬슬 일에 진력이 날 때이기도 했다. 그에겐 마의 시간대였다. 그의 인생도 아마 이쯤에 다다랐지 싶은 지점이었다.

여자가 가게 안으로 들어온 건 그가 와이셔츠 두 장과 남방셔츠 세 장을 연거푸 다리고 났을 때였다. 출입문 열리는 소리에 어서 오십시오, 하고 인사를 하며 손에 들고 있던 남방셔츠를 소리 나게 탁탁 털어 옷걸이에 걸었다. 여자는 출입문 끝자락에 서서 다리미대를 바라보고 있었지만, 그의 짐작대로 비어 있는 시선이었다. 귀가 드러나도록 짧게 다듬어진 헤어스타일 때문인지는 모르겠지만 표정이 메마르고 몹시 초췌해 보였다.

"혹시 여기에 옷이 있나 해서 찾으러 왔어요. 초원빌라 4동…, 한번 찾아봐주실래요? 기억이 잘 안 나서 그러거든요."

자신 없어하는 빛이 역력한 말투였다.

"언제 맡기셨는지는 기억나세요?"

그는 표정을 부드럽게 펴며 물었다.

168

"그러니까… 4월인가, 5월? 봄에 입었던 옷들인데… 와이셔츠랑 양복이 두 벌인가, 세 벌인가…."

그는 두툼한 장부의 4월분 내역부터 뒤적였다. 찾아간 옷들엔 횡으로 두 줄이 그어져 있고, 연락을 해야 하거나, 해도 안 찾아간 옷들엔 짧은 체크 표시가 되어 있었다. 4월분 내역엔 없었다. 자, 보자…, 그는 두 장을 더 넘겼다. 봄 내내 입었던 옷들을 여름 들어 맡기고는 가을에 찾아가는 경우가 꽤 많았다. 5월 12일에 초원빌라 4동, 여자가 더듬던 호수에 짧은 체크 표시가 더블로 되어 있었다. 찾아가지도 않고 전화를 했는데도 받지 않았다는 표시였다.

"여기 있네요. 양복 두 벌에 와이셔츠가 세 장입니다."

그는 장부를 손가락으로 짚은 채 여자의 얼굴을 쳐다보았다. 그때 잠깐 여자와 눈이 마주쳤는데, 깊게 팬 동공은 탁하고 어두웠다.

그는 돌아서서 보관걸이대 안쪽으로 들어갔다. 천장에 빽빽하게 걸어둔 옷 사이로 그의 상체가 잠겼다.

"저기요."

여자가 그를 불렀다. 초원빌라 꼬리표가 붙은 옷이 눈에 막 띄었을 때였다. 그는 늘어진 옷들 사이에서 고개를 돌려 여자를 바라보았다: 발뒤꿈치를 든 여자가 옷 속에 파묻힌·그를 빤히 바라보았다. 마치 사나운 짐승에게 쫓기듯 초조하고 불안한 기색이 담긴 여자의 눈동자가 붉었다.

"죄송하지만, 그 옷… 다음에 찾아가면 안 될까요?"

기껏 옷을 찾으러 와선 다음에 찾아가겠다니. 맥이 빠졌지만 묘하게도 불쾌하지는 않았다. 여자의 목소리에선 어떤 간절함이, 피치 못할 사정이 느껴졌다.

"아, 네. 어디 볼일이 있으신가 봅니다."

그는 다림질대 앞으로 나오며 말했다.

"계산은 먼저 할게요."

여자가 서둘러 지갑을 꺼냈다.

"그럼 들어가는 길에 찾아가세요. 여덟 시까지 문 열고 있습니다."

여자에게 거스름돈을 건네주며 말했다.

여자는 보일 듯 말 듯한 목례를 남기고는 가게를 나갔다. 그는 펼쳐놓은 장부에서 '초원빌라 4동'에 두 줄을 그을까 망설이다가 짧은 체크 표시에 동그라미를 해두고 옷은 보관대 앞쪽으로 빼두었다. 그가 다시 다림질대 앞으로 돌아왔을 때 블라인드의 벌어진 횡을 따라 촘촘히 쪼개진 햇발이 여전히 그의 이마를 쏘고 있었다. 흰 광목 보를 씌운 다림질대 위에 조각난 햇살이 물무늬처럼 일렁였다. 여자의 모습은 보이지 않았다.

그날 여자는 상가의 같은 라인에 있는 팜므헤어에서 머리를 잘랐다. 그가 퇴근 무렵 팜므헤어에 들렀을 때, 팜므헤어가 대뜸 우리 미용실서 커트하고 간 머리 짧은 여자, 거기 왔었지? 하고 물었다. 초원빌라 4동 여자를 얘기하는 것 같았다. 짧은 커트머리 여자가 세탁소에 찾아온 건 그 여자뿐이었다. 왔었지. 그는 무심하게 대꾸했다.

"근데 그 여자, 자기가 보긴 어때?"

팜므헤어는 어느 정도 친분이 형성되면 성별을 불문하고 '자기'라고 불렀다. 그도 처음엔 적응이 되지 않았지만 친분을 과시하기 위한 팜므헤어의 방식이려니 했다.

"글쎄올시다. 내가 보기엔 뭐….."

그는 대답을 얼버무리며 미용의자에 편안히 등을 기대고 눈을 감았다. 팜므헤어는 궁금한 게 많은 모양이었다. 그는 여자가 다녀간 일을 얘기하고 싶지 않았다. 입이 헤픈 팜므헤어의 눈에 띄거나 귀에 들어간 얘기는 묘기를 부리듯이 형태와 골격을 달리해가며 상가 사람들에게 퍼졌다. 머리카락을 잡는 팜므헤어의 손길이 느껴지고, 가윗날 소리가 들렸다. 나른했다. 무겁게 내려앉는 눈꺼풀 위로 여자의 모습이 잠깐 스쳐갔다.

"이 동네로 봄에 이사 왔다대. 낯선 얼굴이어서 내가 물어봤지. 서울에서 삼 년 전엔가 남편 직장 따라 내려와서 율도 사거리에서 살다가 이사를 왔다는데 아직도 동네가 낯설어서 적응이 안 된다나."

잰 손놀림처럼 팜므헤어의 말도 거침이 없었다.

"모발 한번 탐나데. 마흔 줄이라는데 부들부들한 게 영양 상태도 좋고, 탐스럽고 오지더라고. 머리카락 깊숙이 손을 넣어 흩뜨리는데 내가 다 흥분되더라니까. 이 아까운 머리를 왜 자르느냐고 물었더니 그냥 짧게 잘라달라고만 하더라고. 깡말라서 얼굴도 뾰족해 보이는데 파마 말면 생기도 나고 분위기도 확 살 텐데. 옛날 같으면 가발쟁이들한테 팔면 딱이겠더라. 저기 저 가발들 다 가난한 나라에서 수입해온 것들이거든."

팜므헤어는 손가락 두 개로 그의 턱을 잡고 살짝 왼쪽으로 방향을 틀었다. 그 바람에 그는 눈을 떴다. 거울 속에서 기형적으로 긴 팜므헤어의 얼굴이 보였다. 전형적인 말상에다 질겨 보이는 턱, 입을 벌릴 때마다 진한 연분홍색 루주가 번들거리는 두툼한 윗입술이 말려 올라가면서 잇몸이 드러났다.

"근데, 그 여자가 우리 세탁소에 온 건 어떻게 알고 물어보는 거야?"

그는 다시 눈을 감으며 물었다.

"아 참, 맞다. 내가 그 얘길 빼먹었네. 암튼 커트하고 나서 샴푸할 때 요 근처 세탁소에 옷을 맡긴 것 같은데 이 골목인지 저쪽 골목인지 확실하게 기억이 안 난대. 하긴 미용실이나 세탁소가 골목마다 좀 많아. 세탁소 이름이 해피, 뭐라고 중얼대기에 내가 그랬지. 요기 같은 라인 코너에 해피크리닝이 있는데 거기 가보라고. 거기 사장님이 홀애빈데 세탁 솜씨도 좋고 인기도 좋다고. 이 골목에 '해피' 세탁소가 자기네뿐이잖아."

팜므헤어가 깰깰거리며 웃었다.

"그 여자가 옷 맡긴 거 맞어?"

그가 미장원을 나올 때 팜므헤어가 문을 열고 큰 소리로 물었다.

그는 대답하지 않았다.

오래전에 그는 한 여자와 반년 남짓, 짧게 산 적이 있었다. 이상한 얘기일지 모르지만 그는 그녀가 오래 머물지 않을 거라는 걸 알았다. 그가 결혼 사 년 만에 이혼하고 몇 년을 떠돌다 겨우 마음을 잡고 소읍의 빈집을 얻어 임시방편으로 고쳐가며 살 때였다. 돌아갈 거처가 있다는 것이 물 위에 뜬 것 같은 마음을 잡아주리라는 걸 몇 년의 떠돌이 생활 끝에 깨달았다. 평온했다. 대단한 것을 바라지 않았으므로 여기가 끝이라면 더 이상 떨어질 곳도 없겠구나 생각했을 때야 그는 겨우 마음을 잡았다.

쥐들이 들락거리는 굴뚝과 반쯤 허물어진 뒤란의 광을 손질하고, 풀이 우거진 마당을 다듬고, 창문 없는 벽에 창문을 달고, 담벼락의 구멍을 메우면서 언제 떠나게 될지 알 수 없지만 사는 날까지는 가질 수 없는 건 버리고 얻을 수 있는 최소한의 것만 가지려 했다. 그 집에 사람을 들이려는 욕심을 부렸다면, 아예 집을 갖지도 않았을 것이다.

그녀는 무언가를 새롭게 해보려던 그가 세탁 일을 배울 때 세탁 공장에서 만난 여자였다. 하루에도 수백 벌의 빨랫감들이 들어왔다. 분류한 세탁물의 오염을 제거한 뒤 빨고, 건조기 돌리고, 프레스 치고, 다리는 일련의 과정들이 되풀이되었다. 세탁의 일단계가 빠는 것이라면 다림질이 완성 단계였다. 그는 다림질 파트에서 건조한 옷을 마네킹에 입히고 프레스 치는 법부터 배웠다. 프레스에 입힌 옷에 스팀이 자동으로 분사돼 주름을 대충 잡아주면 최종적으로 섬세한 다림질은 눈썰미와 힘의 조절이 필요한 기술자의 몫이었다.

그녀는 그가 양복을 완벽하게 다리게 되었을 때 그를 보조하며 다림질을 배웠다. 감각이 둔한 건지, 이 일을 끝까지 해보려는 자세가 없었던지 자주 다리미를 놓쳤고, 울음을 물고 떨었고, 주저앉았다. 고생이라곤 해보지 않은 여자였다. 웬만한 옷은 세탁소에 맡기고 살림 걱정 없이 돈으로 모든 걸 해결하고 살았던 여자는 그가 떠돌았던 길바닥의 멸시와 외로움을 몰랐다.

그는 다리미를 들고 허둥대는 여자에게 차분차분 일렀다. 봐요, 어깨선엔 둥그렇게 돌아가면서 박음선이 있습니다. 어깨선이 다려지면 나머지는 쉬워져요. 그는 남방셔츠의 어깨 부분을 우마에 끼우고 다리미를 쥐고 있는 여자의 얼굴을 살폈다. 이 박음선을 양쪽으로 잡고 당기면 펴지죠. 그가 어깨선을 반듯하게 당기며 말했다. 세탁을 하면 원단은 줄어들지 않지만 재봉할 때 사용하는 면사는 줄어들어요. 그러니까 그 부분이 울어서 주름이 많이 잡히는 겁니다. 자, 여기 어깨선을 돌려가면서 다려 봐요. 그는 그녀가 쥔 다리미를 다림질감 가까이 대주었다. 여자가 머뭇거렸다. 손목 힘을 조절하지 못해 허둥거렸다. 왼쪽 어깨선을 다리고 앞판으로 돌아와서 다려주고, 오른쪽도 그와 같은 방식으로 다리고 그다음에 양쪽 팔과 등판을 다려주고, 칼라를 다리면 완성됩니다. 여자의 손목을 잡고 같이 다림질을 하면서 몇 번이고 설명했다.

거의 폐차 가격에 산 골동품 스텔라에 여자를 태워 집으로 돌아오는 일이 잦았다. 그때 그는 잠시 꿈꾸었다. 이 여자와 뒤란에 나란히 앉아 군불을 때고 마루의 홑유리문을 이중문으로 바꾸고, 구멍 뚫린 벽의 마감을 새로 하고, 텃밭에 과수나무를 심는 꿈을. 길모퉁이에 작은 세탁소를 열어 그가 배달을 가면 그녀가 다림질을 하며 기다리고, 걸려오는 전화를 받아주고, 라면을 끓여 냄비째 놓고 참을 먹으면서 옛얘기를 하며 늙어갈 수 있을 거라고.

어느 날 밤, 촛불을 켜놓고 식탁에 마주 앉아 맥주를 홀짝이며 그가 고백했을 때, 그녀는 웃으며 말했다. 나는요, 세탁 일 배우는 게 끔찍해요. 이걸 평생 하고 살 자신이 없어요. 당신이 옆에 있어서 좋지만 인생이 이렇게 단순하게만은 끝나지 않을 거라고 생각해요. 그녀는 의자 위에 두 다리를 세우고 앉아 질긴 음식을 씹듯이 또박또박, 천천히 말했다. 그녀를 끌어안고 미친 듯이 뒹굴었던 밤들은 두 개의 꿈, 혹은 다시 붙여 쓸 수 없는 거울 같은 것이었나? 그녀는 그가 줄 수 없는 것을 원했다. 그녀가 원하는 것이 병처럼 깊어서 그 낡은 집에서 그를 기다리기만 할 수 없는 여자였다. 그가 그녀를 집으로 처음 들이던 날의 열렬했던 감정은 병든 자들이 가진 상처의 다른 이름이었을 뿐이었다. 세상에서 가장 가볍고도 무거운 게 뭔지 알아요? 그녀가 두 다리 사이에 깊게 머리를 묻은 채 물었다. 그녀의 긴 목덜미가 드러났다. 한참 후에 고개를 든 그녀가 그를 바라보며 말했다. 마음. 사람의 마음이라는 거. 그는 그녀의 말을 다 이해할 수 없었지만, 그녀는 그의 '마음'이 뭔지 충분히 보여주기도 전에 떠나버렸다. 그녀와 함께 나눈 것은 생활이 아니라 서로가 놓쳐버린 꿈, 어쩌면 죽을 때까지도 찾지 못할 꿈이라는 걸 그녀가 떠나기 전에 알았다.

여자가 가게를 다시 찾은 건 일주일 만이었다. 그동안 혹시나 여자가 가게 앞을 지나가지 않을까 그는 다림질을 하다가도 창밖을 내다보곤 했다. 가게 밖으로 나와 담배를 피울 때도 여자가 앉았던 자리를 유심히 보았고, 그 자리에 앉아 가게 쪽을 쳐다보기도 했다. 그가 할 수 있는 일은 기다리는 일밖에 없었다.

금요일 저녁 무렵이었다. 저녁 배달을 하고 돌아오는 길엔 관공서의 관복을 수거해 와야 했다. 일 년째 매주 금요일마다 하는 일이었다. 금요일엔 셔터를 내려놓고 사십 벌이나 되는 관복의 상의와 하의를 분류해 세탁을 하고 건조까지 친 뒤에야 퇴근했다. 그래야 토요일에 다림질을 끝내고 그날 해야 하는 다른 작업에 손을 댈 수 있었다. 들락거리는 사람 없는 시간에 혼자 세탁에만 열중할 때 그는 비로소 자신에게로 돌아온 듯 차분해졌다.

어느새 해가 지고 있었다. 아파트 단지 너머 해넘이 부근이 봉숭아 붉은 꽃잎을 뭉개놓은 듯 노을이 져 있었다. 쉽게 꺼지지 않을 듯 맹렬했던 여름 뒤끝이 허망하게 느껴졌다. 여자가 가게 안으로 들어선 건 그가 막 다림질대를 정리하려 할 때였다.

그는 여자를 금방 알아보았다. 옷에 붙어 있던 꼬리표도 동시에 떠올랐다. 어서 오세요, 인사를 하면서 그가 보관걸이대 쪽으로 돌아서려 하자 여자가 그를 불렀다.

"저기, 부탁이 있어서 왔어요."

"네?"

그는 여자의 말을 잘못 들은 것 같아 다시 물었다.

"사정을 얘기하기가 좀…. 퇴근 준비하는 건가요?"

"아닙니다. 배달 나갔다가 들어오는 길에 세탁물을 수거해 와야 해서요."

"… 기다려도 될까요?"

삼십여 분쯤 기다릴 수 있겠냐고 하자 여자는 조용한 눈으로 고개를 끄덕였다.

그가 돌아왔을 때 여자는 어항을 들여다보고 있었다.

어쩌자고 머리는 저렇게 짧게 치깎았을까.

어항을 향해 동그랗게 몸을 말고 쪼그려 앉은 여자를 보자 불현듯 그런 생각이 들었다. 여자는 그를 힐끔 돌아보았다가 다시 어항을 골똘히 들여다보았다. 구피 몇 마리가 깝죽거리며 물풀 사이를 헤집고 다녔다. 남은 구피들이 죽으면 어항도 치워버릴 참으로 가게 한쪽 구석에 방치해둔 거였다. 청소를 하지 않아 녹조가 끼기 시작한 수조는 수조에 달린 형광등 불도 들어오지 않아 더 탁해 보였다.

"여기 어항이 있는 걸 못 봤어요. 참 희한하죠. 바로 옆에 있었는데 보이지 않았다니."

여자는 여전히 어항 속을 들여다보며 말했다.

"저도 가끔 잊어버리고 있는데요 뭐."

그러게요. 알 듯 모를 듯한 말을 웅얼거리며 여자는 자리에서 일어났다.

"커피 한잔 하실랍니까?"

여자가 없었다면 그는 저녁을 먹을 참이었다. 그는 세탁실 안쪽의 숨은 공간으로 들어가 커피포트에 물을 올렸다. 중형 냉장고와 한 칸짜리 싱크대가 달린 작은 찬장, 싱글 침대 크기로 돋운 마룻바닥이 있는 좁은 골방이 가게에서 쉴 수 있는 유일한 공간이었다. 여름엔 천장에 매달아둔 선풍기를 켜놓고, 한겨울엔 전기장판을 깔고 잠깐씩 낮잠을 자고 일어났다. 다림질대 앞에 서서 두 시간씩 연속으로 다림질을 하고 난 날이면 온몸에 골병이 든 것처럼 피로했다. 세탁소를 하면서 한쪽 다리에 하지정맥류가 생기고, 발작적으로 손발이 저리는 직업병에 시달리는 그에겐 조청처럼 끈끈하게 엉기는 피로를 풀어주는 잠깐의 휴식은 가장 필요한 시간이기도 했다. 골방은 아무도 들어온 적이 없는 그만의 공간이었다. 세탁소 안엔 그런 공간이 하나 더 있었다. 드라이클리닝 기기와 건조기 뒤쪽에 숨은 조그만 사각 공간으로 일명 빨래터였다. 약품으로 오염을 제거해야 할 것, 찌든 때를 빼야 하는 애벌 작업이 빨래터에서 이루어졌다.

"일하시는 데 방해해서 미안해요."

그가 종이컵에 탄 커피를 건네자 여자가 말했다.

"아닙니다. 저도 잠시 쉬었다 할 생각이었습니다."

"아직도 일할 게 남았나 보죠?"

"방금 전에 수거해 온 관복은 오늘 밤에 작업해야 합니다. 직원들이 월요일 아침에 출근해서 입을 수 있게 하려면 토요일 오후에 배달을 해야 하니까."

여자가 고개를 끄덕였다. 그 고갯짓이 의미 없이 무심하기도 한 게 여자의 눈빛은 그 어디에도 닿아 있지 않았다. 사람의 눈빛이라는 건 생각이 모여 만들어진 게 아닌가 그는 종종 생각하곤 했는데, 여자가 초점이 흐린 눈으로 사물을 바라볼 때는 무슨 생각을 하고 있는지 도무지 알 수 없었다. 불현듯, 여자가 옷을 찾아가지 않은 이유가 궁금해진 것도 그 때문이었다.

"제가 저번엔 말이에요."

마치 그의 속을 읽기라도 한 듯 여자가 먼저 입을 열었다.

"경황이 없었어요. 세탁소를 찾느라, 아니 머리를 자르느라…."

여자는 횡설수설했다. 그는 잠자코 여자가 말하기를 기다렸다.

"아직도 받아들여지지 않아서요. 옷을 찾아가야 하는데, 찾아가서 어째야 할지도 모르겠고. 죄송하지만 그 옷들, 사장님이 처리해주시면 안 될까요? 필요한 분에게 주시든가, 아니면…."

여자가 동의를 구하듯 그를 쳐다보았다. 여전히 눈동자는 비어 있었지만 간절한 무언가가 있는 듯이 느껴졌다. 그가 여자를 기다리면서 품은 묘한 감정 때문인지도 몰랐다. 뭐라고 말하기 어려운, 말 그대로 묘한 감정이 일게 하는 여자였다.

"제 얘기가 이상하게 들리겠지만…."

여자가 말을 하다 말고 심하게 도리질을 쳤다. 그 바람에 여자의 손에 들려 있던 종이컵 속 내용물이 출렁거렸다. 세탁소를 십여 년 해오면서 이런 일은 처음이었다. 세탁물 주머니에서 틀니 같은 생뚱한 물건이 나오기도 하고, 정액이 그대로 말라붙은 콘돔까지 온갖 추접스러운 물건도 보았지만 여자의 경우처럼 세탁비를 지불한 옷을 마음대로 처분하라니. 여자에겐 감정을 가라앉힐 시간이 필요한 듯했다.

그는 수거해 온 빨래거리를 들고 빨래터로 들어갔다. 그다지 질감이 좋지 않은 관복들은 오래되어서 찌든 때도 쉽게 빠지지 않았다. 어깨에 붙은 견장과 박음질된 이름표 때문에 다림질할 때도 신경이 쓰였다. 그래도 관복과 달세탁이 들쑥날쑥하는 수입에 도움이 되었다. 달세탁은 모두 아홉 가구로 직장 생활을 하면서 혼자 사는 남자들이 주고객이었다. 한 달에 팔만 원이면 일주일에 한 번 수거를 하고 배달하는 일까지 모든 빨랫감을 그가 책임졌다. 달세탁을 몇 건 더 늘리면 좋겠지만 그렇게까지 일에 묶이고 싶지는 않았다.

그가 오염 제거한 빨래를 드라이클리닝 기기에 넣고 나왔을 때 여자는 어항 앞에 바싹 다가앉아 있었다. 구피들은 검정색 점박이뿐이었다. 어항도 애초 그의 것이 아니었다. 달세탁 단골이 다른 지방으로 이사를 가면서 주고 간 거였다. 그는 애완동물이든 물고기든 키워

본 적이 없었다. 뭐든 옆에 두고 오래 들여다봐야 하는 것이 두려웠다. 사 년간의 결혼 생활이 실패한 후에도 그랬지만 그의 곁에 짧게 머물렀던 여자가 떠난 후 그는 오래 두고 정을 붙이는 것에 자신이 없었다. 때로는 일신의 호구지책 따위조차 던져버리고 낭인처럼 떠돌고 싶기도 했다. 세상의 질서와 맞춰 살아갈 수밖에 없다면 넘지 말아야 할 최후의 보루 같은 것, 그 경계에서 아슬아슬하게 헤맬 때면 마음은 반쯤 허공에 걸린 채였고, 생은 늘 타협해야 할 무엇이었다.

"남편이 출장을 간 다음 날 사고가 난 거예요. 사고다발 구역에서 확률적으로 일어나기 쉬운 교통사고였어요. 곡면에 설치된 폐쇄회로 화면에 사고 당시의 상황이 고스란히 담겨 있었어요. 평일 오후였고, 국도는 한적했어요. 블랙박스에도 사고 순간이 담겨 있었는데 누가 봐도 명백한 사고였어요."

여자는 한동안 그 자세 그대로 어항 앞에서 움직이지 않았다. 드라이클리닝 기기로 급유되는 소리가 들릴 만큼 가게 안은 고요했다.

그는 여자가 부탁한 두 벌의 양복과 와이셔츠 세 장을 일단 보관 걸이대 안쪽 깊은 데로 몰아두었다. 다른 손님의 옷을 찾다가 그 옷들이 눈에 띄면 묘하게 난해한 상황에 얽힌 기분이었다. 내키지 않으면 연락을 달라고 여자가 말했지만 전화를 걸지는 않았다.

여자는 그다음 토요일 저녁 무렵에 다시 찾아왔다. 여자의 손에는 비닐봉지 두 개가 들려 있었다. 젤리 덩어리처럼 말캉한 비닐봉지에는 화려한 빛깔의 구피 여러 마리가 금방이라도 튀어나올 듯 활발하게 움직이고 있었다.

"방해하지 않을게요."

여자는 처분해달라고 부탁한 옷 따위는 상관없는 듯한 태도였지만 그가 이해할 수 없는 건 여자의 태도가 아니라 여자의 마음이었다.

"필요하면 댁에 가져가셔도 됩니다. 어차피 나도 키울 생각이 없으니까."

"아뇨. 아뇨."

여자가 심하게 도리질을 쳤다.

그날, 그는 관복 와이셔츠를 다리면서 여자가 하는 일을 틈틈이 도와주고 이야기를 들어주었다. 우선 어항 속에 있는 녀석들을 옮겨놓을 작은 그릇이 필요했다. 여자는 녀석들의 숫자를 하나씩 세며 플라스틱 볼에 옮겼다. 뜰채를 사용하는 여자의 손놀림이 무척 진지했다. 그냥 여기 와서 녀석들이 노는 걸 보는 건 괜찮겠죠? 그를 쳐다보며 동의를 구하고, 손가락으로 어항에 낀 물때를 문질러 보고는 생각보다 쉽게 닦이지 않겠네요, 하고 말할 땐 짧게 웃음을 흘리기도 했다. 웃고 있는 여자의 눈빛이 붉었고, 그 붉은 눈빛이 그의 마음을 흔들었다. 돌연 그는 여자를 한번 깊이 안아주고 싶었다. 여자에게 위로가 된다면, 난해한 생을 건너가기가 그토록 힘들다면 따뜻하게. 한때는 그에게도 그런 위안이 간절한 때가 있었으니까.

가로 60센티에 세로 45센티 되는 어항 속의 물은 생각보다 많았다. 여자는 바가지로 몇 번 물을 퍼내다 그에게 도움을 요청했다. 어항의 무게도 만만치 않았다. 그는 다림질을 멈추고 여자와 어항을 맞잡아 들었다. 어차피 어항을 닦으려면 빨래터를 공개할 수밖에 없었다. 다림질대와 보관걸이대 사이의 좁은 공간을 통과해 빨래터로 들어섰을 때, 여자는 어, 하고 짧은 감탄사를 냈다.

"이런 공간이 있을 줄은 몰랐어요."

"세탁소들은 대부분 숨은 빨래터가 있어요. 드라이클리닝 하기 전에 특별한 오염 처리를 하거나 찌든 때 빼는 걸 손님들에게 내보일 수는 없으니까."

두 사람이 맞잡은 어항의 물을 쏟아버린 다음 그는 수세미에 주방 세제를 묻혀 사각 유리를 꼼꼼히 닦아야 물때가 빠진다고 일러주었다.

"구피, 이전에도 키워봤나요?"

그는 밖으로 나와 다리미를 잡으면서 큰 소리로 물었다.

"아뇨."

여자도 큰 소리로 대답했다.

"오늘 생전 처음 수족관에 가봤어요. 저기 사거리에 은성수족관이 있는데 물풀도 사고, 고장 난 어항 형광등도 샀어요. 투명한 비닐봉지 속에 든 구피가 블루테일, 네온테일, 레오파드라는데, 구피 종류가 많다는 것도 오늘 처음 알았어요."

그는 와이셔츠를 다리고 여자는 어항을 닦았다. 여자는 수세미에 주방 세제를 잔뜩 묻혀 사각의 유리 안에 낀 녹조를 닦아내고 어항 바닥에 깔았던 알록달록한 자갈들을 빨래다라에 넣고 세제를 풀어 씻었다. 자갈을 치대는 소리가 간간이 들려왔다. 여자가 허밍으로 반복해 부르는 노래의 한 소절이 들려왔을 땐 잘못 들은 건가 싶었다. 그가 들어본 적이 없는 노래였다. 자갈에 밴 세제거품을 빼자면 꽤 여러 번 물을 갈아야 한다. 거품이 남으면 구피들이 살지 못한다고 한 그의 충고 때문인지 여자의 손놀림은 제법 분주했다. 어느 순간 여자의 허밍 소리가 발랄하게 높아지기도 했다. 스팀 열기를 잘못 쐰 그의 얼굴이 붉게 달아올랐다. 좀체 없던 실수였다.

그날 여자는 새로 사 온 구피를 어항에 넣지 못했다. 뽀득뽀득 맑게 닦인 어항에 자갈을 깔고 수돗물 받는 걸 도와주며 그가 말했다.

"하루 정도 수돗물을 가라앉혔다가 녀석들을 넣어야 제대로 살 수 있어요."

그건 기본적인 상식이라고 덧붙이려다 말았다. 여자도 그 정도는 알고 있을 것이다.

여자가 돌아간 뒤 그는 셔터를 내린 가게 안에 오래도록 혼자 남아 있었다. 단단하게 굳어 있던 무언가가 균열을 일으키며 그를 조용히 치고 지나갔다. 여자는 그렇게 벌어진 그의 틈 속으로 한 발씩 들어왔다. 다시는 겪고 싶지 않은 감정의 혼돈, 한때의 그녀가 사라졌던 그 시간 속으로.

여자가 만들어놓은 어항은 화려했다. 뾰족한 맞배지붕을 가진 모형 하우스와 낙엽 빛깔의 키다리 야자수, 모를 하나씩 꽂아놓은 듯한 녹색 수초들이 이룬 숲 사이로 꼬리와 등 무늬가 화려한 구피들이 활발하게 유영했다. 조용한 시간이면 어항의 여과기에서 보글보글 물방울 솟는 소리가 들렸다. 그가 기다리는 여자는 그의 세탁소에서 어항 속의 구피를 키우는 여자였다. 한낱 농담이거나 꿈같은 일은 그의 인생에서 한 번이면 족하다고 생각했다. 오래전에 잃어버린 꿈처럼, 불현듯이 떠오르는 순간은 어쩔 도리가 없지만 어느 날 갑자기 말 한

마디 없이 사라져버린 그녀의 행동까지 납득한 건 아니었다. 그냥 그런 채로 굳어져버렸다. 살다보면 느닷없이 당하는 폭력처럼 지나가는 그런 인연도 있는 거라고.

"내가 뭘 잘못했을까. 그 생각을 하기 시작하면 잠을 잘 수가 없어요. 내 잘못이 아닌데도 그 벌은 왜 내가 받아야 하는지."

여자의 목소리가 젖어 있었다. 여자는 엄지와 검지로 먹이를 집어 어항 수면에 살살 뿌렸다. 먹이통 옆에 가느다란 숟가락이 있는데도 여자는 매번 먹이를 손가락으로 집어 흩뿌렸다. 구피들이 물풀 사이에서 먹이를 좇아 수면 가까이까지 떠올랐다.

"남편이 죽고 속옷과 양말, 넥타이, 벨트, 손수건 한 장까지 모두 없애면서 지난여름을 건너왔어요. 남은 것들도 모두 소용없다는 걸 알았을 땐, 이상한 배신감 때문에 견딜 수가 없었어요. 그 사람은 일을 마치고 왜 집으로 돌아오지 않고 다른 길로 갔을까요? 직원들이 쑥덕거리는 소리를 들었어요. 지들끼리 모여서 낮은 소리로, 팀장님의 개인적인 알리바이는 정말 완벽했는데…. 남편의 개인적인 알리바이라는 게 뭐였을까요? 세상엔 감쪽같이 사라져버리는 일도 있잖아요. 완벽한 알리바이를 갖추고, 정말이지 감쪽같이. 그래서 그들이 뻔히 알고 있을 남편의 알리바이를 물어볼 수가 없었어요. 그래야 숨을 쉴 수 있으니까. 젊은 나이에 남편을 잃은 참담함이 얼마나 크겠소, 하는 얼굴로 대하는 조문객들에게 그저 의심의 여지없이 참담하기 그지없는 얼굴을 보여줄 수밖에요. 명백한 사실은 그 사람이 죽었다는 것, 그것뿐이었으니까요."

어항 앞에 쪼그려 앉은 여자는 마치 뭔가에 대치하고 있듯 주먹을 꼭 쥔 채 말했다. 완강하게 등을 구부린 여자의 어깻죽지가 떨렸다.

그는 담배를 들고 밖으로 나왔다. 여자를 처음 봤던 건물 모퉁이에 앉아 자신의 가게 출입문을 바라보았다. '크리닝'이라는 글자가 그을린 듯 검게 보였다. 상가 사람들은 여자가 그의 가게에 드나드는 것을 눈치채지 못했다. 여자가 있을 때면 그는 셔터를 반쯤 내리고 공간의 반쪽만 형광등을 켰다. 전에도 그런 상태로 마무리 작업을 했었으니까. 여자를 팜므헤어나 상가 사람들의 심심풀이 입방아에 올리고 싶지 않았다.

여자가 어항에 집착하는 건 비어버린 생의 어느 한 부분을 채우려는 욕망 때문일지도 몰랐다. 어항 앞에서 여자는 어린 계집애처럼 생기를 띠었다. 이틀이나 사흘 못 본 사이에 불어난 깨알 같은 새끼들을 좇느라 야윈 등을 곱사등처럼 불룩하게 하고 넋을 빼고 있었다. 구피는 먹이와 새끼를 구별 못해요. 자기 입으로 들어갈 만한 것은 다 먹이인 줄 알고 잡아먹지, 하고 그가 말했을 땐 이맛살을 찌푸리며 난처한 표정을 짓기도 했다. 여자가 오는 날은 대중없었다. 주로 그가 일을 끝내갈 무렵에 와서는 그가 다림질하는 걸 물끄러미 지켜보기도 했고, 골방으로 들어가서 인스턴트커피를 타다가 그에게 건네기도 했다.

그는 가게의 공간 반 이상을 차지하고 있는 보관걸이대 안쪽으로 들어갔다. 지난봄에 들어온 무거운 옷들이 천장에 설치된 봉에 빽빽하게 걸려 있었다. 두 계절을 이곳에서 묵히고 입을 때가 되어야 찾아가는 옷들이 태반이었다. 해를 묵은 옷들 중엔 일이 년이 넘은 옷도 있었다. 세탁소를 하면서 그는 한 번 자리를 옮겼다. 삼 년 전 이쪽으로 오기 전에 있던 세탁소를 정리할 때, 출입문에 한 달 동안 안내문을 써 붙이고 묵은 옷을 찾아가도록 했지만 남은 옷들 때문에 꽤 골머리를 앓았다. 맡긴 지 한 달 이내에 찾아가도록 세탁법상 규정되어 있으므로 처분해도 그의 잘못은 아니었지만 세탁업도 단골손님을 상대하는 일이라 쉽지 않았다.

그는 난감한 숙제 앞에 섰다. 여자가 맡긴 옷 중에 셔츠 한 장은 겉옷을 걸치지 않고도 무난하게 입을 수 있는 세미 스타일이었다. 175센티 이상의 키에 슬림한 몸매를 지녔을 100사이즈의 남자. 그는 옷에 붙은 꼬리표를 만지작거리다가 손목에 힘을 주어 꼬리표를 떼어냈다.

여자는 그동안 세탁소를 드나들면서 부탁한 옷에 대해선 한마디도 묻지 않았다. 어항을 들여다볼 때와는 달리 그가 다림질하는 모습을 물끄러미 쳐다볼 때 여자는 더없이 무심해보였지만, 여자의 입에서 어떤 말이 나올지 가슴이 조마거렸다.

"다림질 잘해요?"

한번은 여자의 상념을 깨우고 싶어서 물었다. 여자는 희미하게 웃으며 고개를 흔들었다.

"세탁의 기본이 뭔 줄 알아요?"

이번에도 여자는 고개를 흔들었다.

"세탁에서 가장 중요한 기술은 다림질입니다. 다림질이 서툴면 세탁 기술자라고 할 수 없죠. 세탁소로 들어오는 모든 빨래는 다림질을 마쳐야만 손님에게 갑니다. 내 손에 들어온 빨래는 양말까지 다 다려요. 세탁 일이라는 게 다림질만 완벽하게 할 줄 알면 나머지는 몇 가지 노하우만 배우면 할 수 있어요. 한번 해볼래요?"

내친 김에 그는 체크무늬 남방셔츠를 들어 보이며 싱긋 웃었다. 여자가 머뭇거리며 그의 곁으로 다가왔다. 여자의 호흡이 비로소 가까이서 느껴졌다. 깊고 긴 호흡이었다. 여자의 귓불에 귀고리를 달았던 옴폭 팬 흔적을 그때 처음 보았다. 여자는 한 번도 귀고리를 달고 온 적이 없었다.

"겁내지 말고 해봐요. 망치면 내가 다시 하면 되니까."

그가 부드러운 목소리로 말했다.

"다림질은 생각보다 어려워요. 할 때마다 깔끔하게 된 적이 없어서."

그가 다리미를 쥔 여자의 손목을 잡았다. 가느다란 손목에 미세한 파동이 일고 있었다.

"생각보다 재밌어요. 나야 뭐 재미로 하는 일이 아니지만."

그는 여자의 긴장감을 풀어주기 위해 과장된 소리로 웃었다. 그가 설명하는 대로 여자는 남방셔츠의 어깨와 팔을 우마에서 돌려가며 다렸다. 단추가 박힌 앞판을 다리고 등판의 넓은 면적을 꼼꼼하게 다렸다. 심장이 등 쪽에 달린 듯 여자의 불규칙한 호흡이 그의 가슴에 부딪쳤다. 그는 여자가 진정 원하는 것이 뭔지 궁금했다. 이 볼품없는 환경 속에서 여자에게 구원이 될 만한 것이 과연 무엇인지, 정말로 여자는 남편의 흔적이 타인의 손에 의해 깨끗이 사라지기를 원하는지.

언젠가 그는 떨어지는 해를 오래도록 바라본 적이 있었다. 더위가 폭력처럼 느껴지던 한여름의 어느 날이었다. 풀어진 달걀노른자처럼 흐물거리는 저녁 빛이 한낮의 정점보다 더 위협적으로 느껴졌다. 등이 축축하게 젖을 정도로 땀이 흘러내렸다. 그 시간을 버티지 못하면 아무것도 해낼 수 없을 것만 같아 그는 다리미를 쥔 손아귀 힘을 풀지 않았다.

힘겨웠던 여름을 무사히 건너왔지만 그는 알고 있었다. 자신이 또 한 번 생의 고비를 넘고 있다는 것을. 알면서도 그는 여자를 위해 자신이 해야 할 일이 있다고 생각했다.

그는 낡은 드럼통을 가게 뒤쪽 공터로 옮겼다. 상가가 호시절일 때만 해도 걸핏하면 상가 사람들이 모여 드럼통 위에 철망을 걸고 삼겹살이나 생선을 구워 먹던 고물이었다. 그는 여자가 부탁한 옷과 석유가 든 1리터짜리 기름통을 들고 나왔다. 오늘 밤 여자가 올지는 알 수 없었다. 구피의 개체수가 터무니없이 늘면서 어항에 녹조가 끼기 시작했다. 어항 좀 닦아야겠어요. 며칠 전 여자가 한 말이 온종일 머릿속에 남아 있었다. 그거 압니까? 구피의 성별이 온도에 의해서 나뉜다는 거. 설마요, 여자가 어림도 없다는 듯한 표정으로 말했다. 맞다니까요. 그런 동물이 몇 종류 되는데 오래전에 텔레비전에서 보고 잊어버려서 그렇지, 구피는 확실해요. 그는 좀 짓궂은 표정을 지어 보였는데 여자는 매몰된 자기 안에서 문득 벗어난 듯한 순전한 표정이었다.

그는 드럼통 깊숙이 구겨 넣은 옷들 위로 석유를 끼얹었다. 담뱃불을 붙여 물고 검게 그을린 드럼통 속을 들여다보았다. 그가 정성들여 빨고 다린 두 벌의 양복과 세 장의 와이셔츠는 한때 여자의 일상이 깊이 밴 것이라는 걸 부인할 수 없었다. 아무런 감정의 이입 없이 그것들을 무연한 눈으로 바라볼 수가 없었다. 늘 어항 앞에 쪼그리고 앉아 입을 꼭 다문 채 천천히 몸을 흔들던 여자의 동그랗게 말린 몸이 떠올랐다. 이게 여자에게 해줄 수 있는 최선일까. 그는 반쯤 타들어간 담뱃불을 드럼통 속으로 던져 넣었다. 스파크가 일듯 짧은 순간 한 줄기의 불꽃이 튀어 올랐을 때 그는 흠칫 몸을 떨었다. 그러고도 몇 초가 더 흐른 뒤에야 불꽃과 함께 연기가 피어오르기 시작했다.

그는 천천히 뒷걸음질을 치다가 퍼뜩 정신을 차렸다. 독하고 매운 연기가 주변으로 퍼져 나가자 소각하기엔 마땅치 않은 장소라는 생각이 들었다. 군데군데 빈 가게들이 있는 상가는 거의 대부분이 영업을 끝냈지만 섬유가 내뿜는 지독한 냄새까지 다 감출 수는 없었다. 그는 불부터 꺼야겠다는 생각에 급히 가게로 돌아왔다.

여자가 와 있었다. 그가 자리를 비우고 없는데도 여자는 어항을 닦기 위해 어항 속의 구피들을 뜰채로 건져 대야에 옮기고 있었다. 어디 다녀오세요. 여자의 목소리는 거리낌 없이 자연스러웠다. 그는 빨래터로 들어가 환기팬부터 틀고 들통에 물을 받았다. 냄새가 가게 안까지 들어올지도 몰랐다. 그가 들통을 들고 나갈 때 여자가 물었다. 이상한 냄새가 나는 것 같지 않아요? 머뭇대던 그는 여자에게 조용한 목소리로 대답했다. 쓰레기 좀 태우려 했는데 안 되겠어요.

그가 잰걸음으로 드럼통이 있는 곳으로 갔을 때 불은 꺼져 있었다. 우그러들 듯 뒤엉킨 옷들이 타다 만 채 연기만 피워 올렸다. 냄새도 독했다. 그는 물을 끼얹고 작대기로 내용물들을 뒤적였다. 덮을 만한 뚜껑을 찾았지만 근처엔 그만한 것이 보이지 않았다. 그는 고개를 절레절레 저었다. 미친 짓이었어. 미친 짓. 그가 자조 섞인 한탄을 내뱉을 때 어둠속에서 다가와 서 있는 여자가 보였다. 여자는 드럼통 가까이 천천히 다가가 속을 들여다보았다. 몇 초간 동요 없이 서 있던 여자는 몇 걸음 물러서다 발부리에 뭔가 걸리기라도 한 듯 그 자리에 주저앉았다.

여자의 울음은 깊고도 고요했다. 소리를 악물고 깊이 자기 안으로 울음을 밀어 넣고 있는 모습이 처음 봤을 때의 그 자세와 같았다. 그가 다가가 여자의 등을 어루만졌다. 울어요, 크게 소리 내서 울어도 돼요. 여자의 몸이 흔들리면서 그의 품으로 들어왔다. 오랫동안 잠을 못 잤어요. 밤과 낮이 어떻게 흘러가는지도 모르고 견디다가, 겨우 수면제에 의지해 눈을 붙여도 불현듯이 잠이 깨요. 안간힘을 쓰며 버티다가 겨우 여기까지 와요. 누군가 한 사람은 내 얘기를 들어줄 것 같아서. 여자의 말은 혓바닥이 잘린 듯 끊어졌고, 말의 상간엔 울음이 치고 올라와 몸을 떨었다.

퀭하게 꺼져든 여자의 눈은 깊게 가라앉아 있었다. 골방에 눕힌 여자에게 홑이불을 덮어주었다. 집으로 돌아가야 한다고 몸부림치던 여자는 순순히 그에게 업혔었다. 여자에겐 이보다 더한 시간이 필요할지도 몰랐다. 어디까지나 그가 여자의 고통을 대신해줄 수는 없으니까. 여자가 놓지 못하고 있는 의혹과 불안, 지독한 모멸이 무엇인지 그는 묻지 않았다. 그 답은 여자만이 알고 있을 테니까.

그는 스팀을 올렸다. 스팀 보일러 돌아가는 소리가 나고 물통의 물이 보글거리며 작게 끓는 소리가 났다. 관복 바지를 우마에 끼우고 허리돌리기를 할 때 여자의 울음소리가 들렸다. 쉭쉭, 뿜어져 나오는 스팀 소리를 누르고 귀를 기울이던 그는 여자가 있는 골방으로 들어 갔다. 그의 안에 내재된 불이 그를 한곳으로 밀어붙였다. 언젠가 그랬듯이, 방황하는 여자를 붙들어 앉히고 거칠게 그녀의 몸을 향해 돌진했던 것처럼. 그 당시에 그는 그 감정이 강렬하게 찾아온 사랑의 감정이라 생각했다. 하지만 그녀가 떠난 오랜 뒤에야 그건 단지 욕망이었을 뿐이라는 걸, 그녀 역시 자기 안에 타오르는 욕망과 사랑을 분별하지 못했다는 걸, 그녀가 괴로워했던 게 그것이었다는 걸 깨달았다.

여자는 울음을 그치고 넝쿨처럼 두 팔로 그의 몸을 감싸 안았다. 섹스는 어둡고 슬프기도 했다. 뜨겁게 달아오른 여자의 몸에서 순간순간 냉기가 느껴졌다. 여자는 죽은 남편의 허상을 껴안고 뜨거운 여름을 건너왔을 것이다. 그가 이마를 쪼는 불볕의 사양을 힘겹게 건너왔듯 어쩌면 여자가 견딘 것도 그와 다르지 않을 것이다. 그것이 어떤 세부와 이유를 가졌든 때때로 이 삶이 내 것인가 순간순간 의심하고 불안했던 것처럼, 그는 오랫동안 혼자의 시간을 견디며 이 순간까지 다다랐다.

사랑한다는 말은 해줄 수 없지만, 그는 여자를 깊이 안았다. 그리고 더 뜨겁고 순전하게 욕망의 끝을 향해 빠져들었다. 어느 순간, 이것이 환영이 아닐까 싶을 땐 여자의 목을 조르고도 싶었다.

미친 시간들은 몇 번이나 생을 치고 지나갈까. 아직도 그런 시간들이 내게 남아 있었던가. 격정이 그를 휩쓸고 지나간 뒤에 그는 온몸의 힘을 빼고 여자 옆에 널브러졌다. 마르고 작은 여자의 몸은 아

무런 동요도 없었다. 구피가 어항 속 물의 온도에 따라 성별이 바뀐
다고 했죠? 이해할 순 없지만 믿고 싶어요. 세상엔 내가 알고 있거나
믿고 있는 일보다 내가 모르거나 믿을 수 없는 일들이 더 많으니까
요. 잠에 빠져들려던 그는 몸을 돌려 여자를 안았다. 이런 파멸은 아
니었어요. 모두가 안녕하는 결말, 그런 따뜻한 이별이 준비되어 있을
줄 알았어요. 우리 인생이 거짓말이거나 가짜는 아니니까요. 반듯이
누워 중얼거리듯 말하던 여자는 그의 품속에 들어와 입을 다물었다.
어쩌면 여자가 바라는 그런 안녕은 없을지도 모른다. 이 세상을 다녀
가는 삶들은 모두 원하는 바대로 흘러가지만은 않을 테니까. 그러나
그는 입 밖에 내어 말하지 않았다. 여자는 충분히 그 시간을 앓으면
서 건너가고 있는 중이다. 여자의 등을 어루만지며 그는 점점 더 깊
은 잠 속으로 빠져들었다.

너무 멀리 가지 마

너 무 멀 리 가 지 마

그가 누운 십층 병실에선 병원 건물 뒤쪽으로 펼쳐진 야산 풍경이
고스란히 들어온다. 병원 외곽을 두른 철책 사이에 난 좁은 후문을 빠
져나가면 외딴 공중화장실 한 채와 경사로의 산비탈을 평탄화해서
만든 배드민턴장, 그 위로는 젖무덤 같은 야트막한 능선이 이어진다.
능선을 넘어보자, 늘 다짐하지만 나의 발길은 그의 시선에서 그리 멀
리 벗어나지 못한다. 그에겐 등을 보일 수밖에 없는 걸음을 떼어놓을
때마다 너무 멀리 가지 마, 당부하는 그의 연약한 목소리가 들려오는
듯해서다.

그가 보는 창밖 세상은 고요하고 평화로울 것이다. 대장 외벽에 들
러붙은 종양을 제거하고 고통스럽게 한고비를 넘긴 그의 마음은 끓
는 물의 온도가 낮아지듯 서서히 잦아드는 듯했다. 너, 무, 멀, 리,

가, 지, 마…. 걸음을 뗄 때마다 그의 목소리가 들려오는 듯했다.

유독 눈이 많은 겨울이었다. 하늘은 대체로 무거운 잿빛이었고, 잿빛 속엔 검은빛이 섞여 있었다. 한 낱씩 눈발이 날리다 말 것 같던 하늘이 삽시에 펑펑 함박눈을 쏟아붓던 날도 있었다. 해가 질 무렵까지 끊이지 않고 내려대는 날에도 나는 눈을 뚫고 외딴 화장실 건물까지 기어코 걸어가곤 했다.

그곳은 아늑했다. 일정한 온도에 맞춰진 라디에이터에서 뿜어져 나오는 열기가 소리 내어 웃음을 터뜨린 적이 없던 미지근한 내 어머니처럼 느껴지는 공간이었다. 동파 방지를 위해 적정 온도를 설정해 놓은 공중화장실의 여유로움이라니.

두 칸짜리 화장실은 늘 내가 처음이거나 두세 번째이거나 했을지도 모른다. 화장실 구석에 놓인 파란 플라스틱 쓰레기통엔 휴지 한 조각 들어 있지 않을 때가 많았다. 어쩌다 한 사람씩 찾아올 뿐인 공간인데도 화장실 칸막이 안으로 들어가면 잠금 꼭지를 걸고 재래식 변기에 쪼그려 앉아서 들고 온 책을 펼쳤다. 어느 날은 책장을 후루룩 넘기는데 아래쪽이 삼각형으로 살짝 접힌 부분이 손끝에 탁 걸렸다. 고통을 피하려는 건 인간의 본능이라고, 그러므로 때로는 고통을 피하려고 스스로 죽기도 한다*는 문장이 미늘처럼 내 눈을 낚아챘다. 내가 접어둔 부분이 아닌 걸 보면 그가 접어둔 부분일 것이다. 그것

---

*김연수의 단편소설 「케이케이의 이름을 불러봤어」(『세계의 끝 여자친구』, 문학동네, 2009) 중에서

도 아니면 구립도서관 서가에서 이 책을 빌려올 때부터 누군가가 접어두었던 부분일지도 모른다. 문맥의 맥락과는 상관없이 이 문장이 내 눈에 띈 순간, 그도 이 문장을 눈여겨보았을 거란 생각이 들었다. 어느 한순간 생을 포기하고 싶었다던 그의 말이 떠올랐다. 하지만 그는 지금, 그 순간을 지나 조용히 자신의 삶을 응시하고 있었다. 자기 앞에 닥친 고통을 순하게 응시할 수 있기까지, 그의 번민은 내가 도저히 헤아릴 수 없는 영역일지도 모른다. 그와 나 사이에 놓인 이 삶의 간극은 무엇으로 메울 수 있나. 온몸에 정전기가 오른 것처럼 발이 찌르르 저릴 때까지 책장을 넘기던 나는 겨우 자리에서 일어났다. 순간 내 몸에 뿌리박힌 무언가가 기우뚱 흔들리는 느낌이었다.

나는 다만, 조용히 그가 누운 병실로 돌아와, 그의 머리맡에 책을 되돌려놓고 잠에 빠진 그의 얼굴을 오랫동안 들여다보았을 뿐이다. 그의 얼굴은 온화해 보였다. 잠든 얼굴이 사악해 뵈는 인간은 아마 없을 것이다. 살아오면서 담긴 희로애락, 이기심과 물욕, 사투와 절망과 변명들조차도 하나로 버무려져 그야말로 잠든 시간일 테니까.

"나를 보는 두 개의 시선이 있었어. 아주 나쁘게 보거나 아주 좋게 보거나."

"어떤 사람들이 아주 좋게 보는데?"

"시장에서 장사하는 아줌마들이 대체로. 인상이 너무 좋아서 딸을 주고 싶다던 단골 반찬가게 아줌마도 있었어."

"그럼 어떤 사람들이 아주 나쁘게 보는데?"

"당신은 어땠어?"

"글쎄…. 당신이 총각 때 살던 그 집 생각나? 연애할 때 가끔 내가 찾아가곤 했던 계단 많던 동네의 꼭대기 집. 당신 첫인상은 거기 블록 담벼락에 쭉 붙여놓았던 지명수배자 몽타주 속 한 사람 같았는데…."

우리는 때로 오래된 이야깃거리를 꺼내 속닥거리곤 했다. 컨디션이 좋을 때 그는 옴폭 꺼진 양쪽 볼에 장난스럽게 바람을 넣으며 웃었다. 이상하게도 그 순간 알싸하게 뭔가가 살갗을 베고 지나가는 느낌에 나는 순간적으로 눈을 감았다 떴다. 더 이상은 우리에게 아무 일도 일어나지 않겠지. 입속의 말을 꿀꺽 삼켰다.

그는 종양을 제거한 후 인공항문을 만들었다. 퇴원해서 집으로 돌아온 그는 짜고 매운 양념과 조미료를 뺀 심심한 생선조림으로 밥 반 공기를 겨우 먹은 날 밤에 복통과 구토, 설사 증상을 일으켰다. 앉아 있을 수도 누워 있을 수도 없어 했다. 장이 꼬이는 느낌을 그는 죽고 싶다는 말로 표현했다. 인공항문을 한 후에 장 협착증으로 실려오는 환자들이 간혹 있다고 했다. 수술을 위해 입원했다 퇴원한 지 일주일 만에 응급실을 통해 다시 입원했을 때, 5인실에서 함께 있었던 환자들은 거의 찾아볼 수 없었다. 그는 누군가를 찾는 듯했다. 초조하고 불안한 기색이 언뜻언뜻 스쳐 지나갔다.

"왜 남의 병실은 기웃거려?"

"그 형님 생각나?"

"누구?"

"세 번째 입원했다던, 저기 천안에서 온 택시운전사."

죽었겠지, 하는 소리를 순간적으로 막느라 나는 굵은 숨을 삼켰다.

"그 사람은 왜 찾는데?"

"혹시나 아직까지 있을까 싶어서."

수액과 영양제, 비타민 링거가 주렁주렁 매달린 폴대를 천천히 밀면서 그는 나직한 목소리로 말했다. 그는 아마 천안의 택시운전사가 아직 이 병원에 남아서 '죽음과 싸우고' 있는가 확인하고 싶었을 것이다. 그 사람이 집으로 돌아갔다면, 아마도 무언가를 정리할 시간이 필요해서일 것이다. 하지만, 무엇을?

과연 그런 게 있다면 그건 무엇일까.

빤들빤들한 알머리의 택시운전사. 병실에서도 도톰한 털모자를 벗지 않았던 그를 우리는 도토리아저씨라 불렀다. 삼 년 전, 간암 수술을 받고 퇴원한 그는 숲에서 살았다고 했다. 숲에서 하루 종일 도토리만 주워오는 거예요. 얼마나 바지런히 돌아다녔으면 도토리를 담은 부대가 마루에 쌓였었다니까요. 그래서 제가 그랬어요. 다람쥐들이 당신 욕하겠다고. 온 동네 사람들을 불러다 도토리묵 잔치를 하고, 끼니때마다 도토리만 먹고 살다가 다시 들어왔지 뭐예요. 도토리아저씨의 아내는 남의 얘기하듯 했다. 대장과 폐까지 전이가 돼 수술조차 할 수 없었던 도토리아저씨는 밤마다 조용조용 앓았다. 비상등만 밝힌 병실에서 도토리아저씨의 아내도 조용조용 움직였다. 배선실에서 퍼온 얼음을 수건에 싸서 고열에 시달리는 남편의 얼굴과 몸을 닦고, 해열제와 진통제를 투여하는 일로 밤을 샜다. 아침 식사가 들어와 딸그락거리는 수저질 소리를 낼 때, 그들 부부는 조용히 깊은 잠에 빠져 있었다. 이 양반이 손님들한테는 어땠을지 모르지만 무뚝뚝하고 고집이 세요. 한번은 부부싸움을 하고 부아가 나서 가방을 싸서 집을 나왔는데 나를 데리러 친정집까지 먼 길을 달려왔더라고요.

장거리로 뛰는 손님이 있었다는데, 아마 거짓말이지 싶은 생각이 이제야 들어요. 절대로 그럴 사람이 아닌데 그땐 무슨 생각으로 그랬는지…. 그게 아프기 한 달 전쯤이었어요. 미터 꺾지 말고 가요. 내가 요금 낼 테니. 옆자리에 타자마자 그랬죠. 그랬더니 이 사람이 글쎄 빙긋 웃으면서 뭐랬는 줄 아세요? 이대로 쭉 달리면 천당이고 지옥이고 끝까지 같이 갈 텐데 어떻게 미터기로 계산을 하냐고. 그래서 내가 그랬죠. 나는 싫으니까, 당신 혼자 가슈. 여자들한테 물어보세요. 천당이라도 죽어서까지 남편과 같이 가고 싶은 여자가 몇이나 되는지. 도토리아저씨의 아내는 입술까지 씰룩거려가며 목소리를 높였고, 도토리아저씨는 뜰 듯 말 듯 감은 눈을 가느다랗게 떨어가며 조용히 미소를 지었다.

이제는 도토리 같은 거 죽어도 안 먹여요. 배선실 한쪽 구석 식탁에서 도시락을 먹으며 그 여자가 말했다. 그 여자의 여동생이 며칠이나 먹을 수 있게 바리바리 싸온 도시락밥은 찰밥이었다. 흑미를 섞은 찰밥엔 좁쌀과 콩과 대추, 밤까지 골고루 섞여 있었다. 떡진 밥을 한 술 덜어 내 밥그릇에 옮겨주고 그 여자는 반찬엔 손도 대지 않고 한숨을 쉬어가며 밥만 곱씹었다. 국물이랑 같이 드세요. 체하시겠어요. 내 말에 여자가 갑자기 울음을 터뜨렸다. 그 여자의 울음이 내 심장에 고름처럼 고였다. 그 여자처럼 누군가의 매라도 빌려 울고 싶어질 때, 나는 병원 밖, 외떨어진 공중화장실을 찾아가 딸깍, 문을 잠그고 오래오래 앉아 있었다.

고요하고 낯선 화장실에 숨듯이 들어앉아 있다 보면 찔끔 올챙이

국수 같은 똥이 한 가닥 떨어질 때도 있었다. 변의도 없이, 치매기 있는 노인네의 느닷없는 실수 같은 변이 황망했고, 서글픔이 밀려왔다. 그는 인공장루에 배변 주머니를 달아 옆구리에 차고 있었다. 20센티에 가까운 절개를 한 후, 소장을 복부 한쪽으로 빼낸 그의 인공항문에선 끊임없이 변이 흘러나왔다. 미음이나 밥이나 들어가는 대로 길이 끊긴 변은 위장에서 곧바로, 시도 때도 없이, 감각도 없이 흘러나와 고였다. 그는 늘 뒤가 무겁다고 했다. 어떤 때는 서둘러 화장실에 갔다가 실소를 머금으며 돌아왔다. 똥이 마려워서 나도 모르게 간 거야. 바지를 내리려다가 아차 싶어서 그냥 오는 길이라고, 그가 묽은 변처럼 웃음을 흘렸다. 그게 환상통 같은 건가 봐…. 위로의 말을 해주고 싶었지만 글쎄, 그걸 어떤 말로 위로해주어야 하나. 어른 주먹만 한 똥주머니가 가득 차 화장실 변기에 내쏟고 돌아오면서도 그는 뒤가 무겁다고, 똥이 마려운 느낌이 참 더럽다고 했다. 그런 표현은 그의 입을 통해 거의 들어본 적이 없었다. 그는 웬만해선 격한 표현을 쓰지 않는 사람이었다. 그랬기에 그가 세상을 향해 뱉어야 할 욕설들은 내 입을 통해 흘러나왔고, 때로 미워하면서도 그를 떠나지 못하는 이유가 되기도 했다.

그의 인생 3분의 1을 함께 살아오면서 내가 알고 있는 건 그의 5분의 1밖엔 되지 않을지도 모른다. 그 사이에 생긴 오차는 좁힐 수 없는 무엇이지 않을까. 사과를 쪼개듯 몫을 나누어 헤아릴 수도 없고, 아예 쪼개지지도 않는 무엇. 어쩌면 불가항력의 그 오차란 지구의 자전 때문에 생긴 시차와 같은 것일지도 모른다.

그런 생각을 한 건 은수의 얘기 때문이다. 두 시간 거리에 있는 병원에서 집으로 돌아오던 밤이었다. 방학 중에도 학교에 나가는 은수는 면학실에서 공부를 하다 늦게야 돌아오는 길이었다. 그 애는 멀리서부터 나를 보았고, 나는 그 애를 보지 못했다. 엄마, 엄마, 은수가 나를 불렀다는데, 나는 그 소리도 듣지 못했다. 집에 들어가 보일러의 온도를 높이고 편히 눕고 싶은 생각에 앞을, 다른 것을 쳐다볼 염이 없었다.

"그렇게 불렀는데도 안 들려?"

은수가 몇 발짝 뛰어와 팔짱을 꼈다. 집으로 들어가는 긴 골목 입구엔 둥근 가로등이 하나 서 있었다. 조도가 높아서 파랗게 얼어붙은 은수의 뺨이 환하게 보였다.

"엄마, 미국 갔던 친구들이 돌아와서 그러는데, 똑같은 항로였는데 갈 때하고 올 때하고 세 시간이나 차이가 났대. 왜 그런지 알아?"

"글쎄다."

은수는 미국엘 가지 못했다. 성적이 우수한 학생들 열 명을 뽑아 학교에서 체류비와 비행기 삯을 지원해 홈스테이를 경험하게 하는 프로그램이 있었다. 약간의 비용을 자비로 부담하는 거였는데, 은수가 서류를 내밀었을 즈음 그의 발병 사실을 알았다. 그는 보내라고 했다. 같이 어울리는 친구들이 가는 건데 빠지면 서운해 하지 않겠느냐고. 은수도 가겠다고 고집을 피웠다. 안 돼! 나는 단 하루도 더 생각해보지 않고 단호하게 말했다. 왜? 은수가 물었다. 아무튼, 안 가는 게 좋을 것 같다. 미국엔 나중에라도 얼마든지 갈 수 있어.

하지만 그 말 뒤끝엔 지금 이 상황에 미국에 가겠다는 철딱서니 없는 소리가 나오니? 하는 화가 묻어 있었다. 아빠랑 엄마는 미국이 아니라 아직 이 나라 밖을 여행해본 경험도 없는 사람들이야. 너한텐 한심하게 들릴지 모르지만, 그렇게 살았다. 근데? 은수가 다그치듯 물었다. 그냥 그렇다고. 혹시 비행기 사고가 나서 너까지 잃어버리면 안 되잖아. 아빠가 저런 일을 당한 것처럼 앞일은 아무도 알 수 없으니까. 나는 겨우 마음을 가라앉히고 말꼬리를 돌렸다. 뭔가를 생각하는 눈치더니 잠시 후에 은수가 다시 물었다. 그거 진심이야? 그래, 진심이다. 네가 다시 물으니까 더욱 진심이야. 은수는 알지만 속아준다는 눈빛으로 내 말을 받아들였다. 그리고 덧붙였다. 아빠도 아픈데 미국은 다음에 가지 뭐. 거기 열흘 갔다 오면 마음이 흐트러져서 공부 맥도 끊기고 안 좋을 것 같기도 해. 나는 속으로 은수에게 용서를 구했다. 미, 안, 해.

"그건 편서풍 때문이래. 한국에서 갈 때는 바람이 비행 방향과 같기 때문에 바람이 뒤에서 비행기를 밀어주는 거잖아. 근데 올 때는 바람을 맞으면서 와야 하니까 속도도 느려진다는 거야."

은수가 야무지게 설명했다.

"일리 있네."

내가 미심쩍게 얼버무리자 답답하다는 표정이었다.

"엄마, 지구가 둥글잖아. 근데 비행기는 직선거리로 날잖아. 편서풍은 지구의 자전 때문에 생기는 바람이잖아, 한쪽 방향에서만."

내가 잠자코 반응을 않자 은수는 조금 더 열을 냈다.

"그럼 그 오차는 줄일 수 없다는 거야?"

은수는 조금 생각한 끝에 대답했다.

"그렇지 않을까? 지구가 자전하는 한은 비행기만의 노력으로는 갈 때와 똑같아질 수 없다는 거지."

그렇구나, 안 되는 거구나…, 중얼거리면서 차가운 은수의 손을
꽉 잡았다.

그의 오른손 중지는 한 마디가 잘려나간 채 끝이 오그라들어 있고,
약지는 손톱이 두 개였다. 기술을 배운 지 삼 년째 되던 해, 목재 재
단을 하는 기계톱에 잘려나간 상흔이었다. 약지는 으스러진 손톱의
반을 살리고 나서 한참 후에 다시 손톱이 생겨났다고 했다. 육손이처
럼 엉뚱하게 붙은 분홍빛 손톱을 볼 때마다 나는 내가 알지 못하는
그의 젊은 날을 짐작해보곤 했다.

"그땐 기술을 배워야 산다고 했었지. 공부는 나중에라도 때가 되
면 할 수 있다고."

고향집을 떠날 때 가난했던 그의 아버지는 아들의 가방 속에 뒤란
뜰에서 딴 똘배 세 개를 넣어주었다. 가다가 목이 마르면 참으로 먹
거라. 그는 서울로 오는 버스 안에서 똘배 세 개를 다 먹어치우고 캄
캄한 밤, 버스가 서울로 진입할 때까지 잠에 곯아떨어졌다. 그의 두
번째 인생은 거기서부터 시작이라고 했다. 신림동에 있는 제법 큰 공
방에 들어간 그는 아침저녁으로 연탄을 갈고, 청소를 하고, 선배들의
빨래를 하고 담배와 술심부름을 하느라 정작 기술다운 기술은 배우
지도 못했다. 제2차 석유파동으로 온 나라가 떠들썩할 때 주인인 소
목장이는 작업장의 가구들을 모두 실어내고 드럼통을 들여 석유를
사다 쟁였다. 소목장이는 골치 아프게 직원들 밥 먹이고 월급 주면서
자잘한 소품을 만들어 파느니 석유로 떼돈을 버는 게 낫다고 생각했

다. 그는 상계동 마찌꼬바로 옮겨갔다. 청소와 심부름만 하다가 기술도 제대로 못 익힌 그에게 기계는 무겁고 리듬감은 더뎠다. 부지런히 땀 흘리며 뛰어다니면, 이를 악물고 열심히만 하면 다 되는 줄 알았던 그는 손가락 두 마디를 기계에 먹히고서야 요령을 터득했다.

한 청년공동체에서 그를 처음 만났던 이십여 년 전, 그는 새까만 가죽가방을 한쪽 어깨에 메고 있었다. 가구장이라고 자신을 소개했다. 연장이 들어 있을 줄 알았던 까만 가방 속엔 그의 꿈이 들어 있었다. 몇 권의 책과 두툼한 노트와 필기도구…. 검정고시로 고등학교 졸업장을 따고 대학 진학의 꿈을 포기한 그는 그 무렵엔 칵테일을 배우기 위해 사설학원을 다니고 있었다. 멋 부리면서 살고 싶은가보죠? 내가 빈정대며 물었다. 저는 술을 한 모금밖에 못 마셔요. 돌아온 대답은 의외였다. 꼭 술을 마실 줄 알아야 배우는 건 아니에요. 그 대신 술 먹는 사람들을 즐겁게 하면 나도 폼이 좀 나지 않을까, 멋 부리고 싶어서 그럽니다요. 그는 농담으로 나의 빈정거림에 응수했다. 똑같은 농담이라도 그가 하면 촌스럽도록 진지하게 들렸다. 그런데 그는 몇 년을 보았어도 일곱 살이나 아래인 나에게 언제나 존댓말을 했다. 껄렁거리면서 그가 반말을 지껄이고 농담을 찍찍 늘어놓았다면 아마도 일찌감치 내 마음의 저변에서 사라졌을지도 모른다. 하찮은 것에서도 대접을 받고, 존중받고 있다는 느낌. 촌스럽지만 그가 내게 준 첫인상은 그랬다. 사실은 그만큼이나 나 역시 진부하고 재미없는 여자였다는 걸 깨닫는 데 오랜 시간이 걸린 셈이었다.

"이거 되게 멋쩍은 말이긴 한데, 부부 인연은 따로 있다고 합디다. 겁을 몇 바퀴나 돌아야 만날 수 있는 게 부부연이라던데… 나는 그 말을 믿어요."

그가 내게 청혼할 때 썼던 멘트가 그랬다. 나는 그의 말에 픽 웃었다. 웃기고 있네. 당신은 절대 내 타입이 아니거든. 속으로야 그렇게 생각했지만 결국 그로부터 일 년 뒤에 나는 그와 결혼식을 올렸다. 뭘 믿고 그런 말을 했대? 나중에야 내가 물었을 때 그가 대답했다. 당신의 첫인상이 몹시 추워 보였다고. 그래서 평생 저 여자를 내가 따뜻하게 지켜줘야겠다는 생각부터 들더라고.

추워 보이는 나를 평생 따뜻하게 지켜줘야겠다던 그는 담요를 두 겹이나 덮고 병상을 지키는 환자가 되어 있다. 나는 집과 병원을 오가다 지치면 접이식 보조침대를 펴고 그의 곁에서 잠이 들었다.

암병동에서 가장 더디게 가는 시간은 오후 세 시쯤이었다. 그때쯤이면 밀폐공간처럼 공기의 밀도가 낮아진 병실은 숨이 좀 버겁게 느껴졌다. 창가의 라디에이터에서 뿜어져 나오는 열기 때문인지 맑은 창 너머 외딴 건물을 감싼 고요한 눈밭 풍경이 더욱 시리게 와 닿았다. 기어코 저 야산의 능선을 넘어봐야지, 길을 나서고픈 마음이 동하곤 했다.

비어 있는 그의 옆자리에 새 환자가 들어왔다. 오후 세 시 무렵의 지루함이 압착된 시간에 바퀴가 달린 커다란 여행용 트렁크를 끌고 불쑥 들어선 남자는 오십 대 후반쯤으로 보였다. 안녕하세요. 병실에 있는 네 개의 침상을 향해 고루 인사를 돌리는 그의 어투는 이쪽 억양이 아니었다. 동글납작한 얼굴에 생글생글 웃음 띤 표정과는 달리 피부는 거무튀튀했다. 낯선 억양의 인사가 생급스럽게 들렸음에도 낯을 찡그릴 수 없었다. 설핏 낮잠에 빠져 있던 그가 일어나 앉았다. 트렁크아저씨는 우선 침대에 걸터앉아 한쪽 손에 들고 온 환자복을 무릎에 내려놓고 짐짝 같은 트렁크를 어떻게 해야 하나 궁리하는 듯했다. 갑작스럽게 휘저어졌던 공기가 일순 다시 제자리로 돌아간 건 트렁크아저씨가 무슨 생각인가를 하고 있던 그때 잠시뿐이었다.

그가 누운 병실에는 다섯 개의 침상이 있었다. 항암주사를 맞기 위해 들어온 육십 대 초반의 남자, 수술 후 회복기에 들어선 오십 대 중반의 남자, 그의 맞은편 창가 쪽엔 머리 허연 노인네가 수술을 기다리며 누워 있었다. 암병동 십층의 서른 개가 넘는 병실 풍경은 이와 비슷할 터였다. 연령대도 사십 대부터 팔십 대까지 골고루 분포돼 있었다. 인생의 절반을 지나왔거나 거의 고비에 이르렀거나…. 그럼에도 모두에겐 현재 진행형일 수밖에 없는 삶들이 병상에 묶여 있었다. 종양을 제거하기 위한 수술이 하루에도 수십 건씩 이루어지고 장시간의 수술을 끝낸 환자들이 병실로 올라오는 시간마다 복도는 술렁거렸다. 마취에서 깨어나면 무사히 살아 있음을 증명하기라도 하듯 주렁주렁 링거 줄이 매달린 폴대를 끌고 운동을 시작했다. 중앙 엘리베이터 앞에서부터 화살표 진행 방향으로 보행거리 표시를 따라가며 걷는 환자와 엉거주춤 뒤따르는 보호자들의 나직한 대화. 서로 마주 보고 걷다가 아는 이를 만나면 나누는 인사. 그것을 평화의 인사라 불러도 좋을까. 전쟁터라도 나름의 질서가 존재할 수밖에 없는 삶의 순리. 그것은 단순하면서도 복잡하고 질기면서도 연약하게 느껴졌다.

트렁크아저씨는 잠시 골똘한 생각 끝에 트렁크 속에서 짐을 하나하나 꺼내 사물함 속에 빈틈없이 채워 넣고 트렁크의 지퍼를 닫아 사물함 꼭대기에 올렸다. 시커먼 트렁크가 천장까지 꽉 끼게 들어앉았다. 트렁크아저씨의 인사에 무관심했던 사람들도 동시에 사물함 위에 올라앉은 트렁크를 눈여겨보는 듯했다.

"벨 거 없시오. 그저 빈 가방임다. 뭐이든지 다 제자리가 있기 마련인데 딱 좋은 자리에 들어앉았구만요."

트렁크아저씨는 스스로도 마땅하고 흡족하다는 표정으로 환자복을 들고 나가더니 화장실에서 갈아입고 들어왔다. 그러곤 침상에 냉큼 올라가 붙박이 간이 식탁을 펴고 그 위에 두 손을 모은 채 가부좌를 틀고 앉았다.

"아저씬 고향이 어디세요?"

그가 묻지 말아야 할 것을 물어버린 것 같은 느낌은 나만이 아니었을지도 모른다는 생각이 든다. 그의 물음을 계기로 돌처럼 정좌하고만 있을 것 같은 품새의 트렁크아저씨는 말을 쏟아내기 시작했다. 자기는 벌써 한국이 세 번째인데 아내는 비자를 못 받아서 이쪽으로 나올 수 없다는 것, 선양에서 비행기만 타면 지척인데 삼 년째 아내와 자식 얼굴도 못 봤다는 얘기며, 몸이 상해서 짐을 싸고 보니 저기 저 가방 하나밖엔 채울 게 없더라는 얘기, 한국은 병원비가 너무 비싸다는 얘기…, 돈 벌러 왔다가 죄다 꼴아박고 알거지가 될 신세야요, 하고 한숨을 쉬었다. 트렁크아저씨의 말은 우람한 바위 사이를 막힘없이 뚫고 나가는 석화사처럼 거칠지만 역동적이었다.

트렁크아저씨의 얘기에 여기저기서 궁금증을 드러낼 기미를 느꼈으므로 나는 슬그머니 병실을 빠져나왔다. 내 남편이나 트렁크아저씨나 닮고 닮은 삶들이구나, 절로 한숨이 나왔다. 기다려도 좀체 올라오지 않는 엘리베이터 앞에서 나는 조바심에 싸여 신발 앞코로 툭툭 바닥을 차댔다.

그날 오후, 나는 야산의 능선을 넘지 못했다. 마음만 먹으면 쉽게 넘어버릴 것 같은 능선의 오르막에 올라서자 숨이 무겁게 차올랐다. 외딴 화장실은 여전히 고요했다. 눈 묻은 신발 자국 하나 없이 깨끗하고 포근한 화장실에 들어앉아 찔끔찔끔 오줌을 싸면서, 이상하게도 다른 때 같지 않게 잔뜩 긴장하고 있었다. 이 순간의 고요가 거짓말 같았다. 저절로 괄약근에 힘이 들어갔다. 그러면서도 누군가 불쑥 문을 열고 들어와 똑똑 노크를 할 때까지는 일어설 엄두가 나지 않을 것 같았다. 나도 모르게 엄마, 하고 불러보았다.

마흔둘에 혼자되어 삼십 년을 산 친정어머니는 내가 은수를 가져 배가 불렀을 때 뇌졸중으로 쓰러졌다. 엄마 내 아긴 봐야지, 제발 눈 좀 떠봐. 어머니의 병실을 찾아가 의식 없는 어머니에게 내가 한 말은 오로지 그뿐이었다. 어머니는 결국 내가 몸을 풀기 전날 모두 잠들었을 깊은 밤에 숨을 놓았다. 아마도 내가 진통을 심하게 하고 있을 그 시각에 이승의 문을 닫았는지도 모를 일이었다. 나는 내 옆에서 꿈틀거리는 생명이 그래서 징그러웠다. 내가 기억하는 한, 어머니는 한번도 소리를 내어 크게 웃어본 적이 없는 사람이었다. 영정 속의 사진도 입매가 야무지게 다물려 있는 것이, 나는 웃을 일 없이 살았다, 마지막까지 웃지 않으려고 작정한 사람처럼 표정이 굳어 있었다.

트렁크아저씨는 입원한 지 나흘 만에 퇴원했다. 뭐 이까짓 것쯤이야, 하는 표정으로 4리터들이의 희뿌연 장 세척제를 거침없이 비워

내던 아저씨는 악성종양, 그것도 말기에 접어들었다는 검사 결과를 듣고 어두운 낯으로 중얼거렸다.

"집사람이 전화를 통 안 받아서리. 이기 무슨 일이 난 겁니다요."

"어떻게 하실 겁니까?"

그가 물었다.

"글쎄요. 조금 생각해봐야 하지 않겠습니까?"

어린 시절의 험난했던 생활과 가난, 배우지 못한 것에 대한 서러움, 한국으로 나와 고생한 얘기들을 펼쳐놓던 트렁크아저씨 입에선 그 시절들을 떠올리는 말이 사라졌고 조금씩 무거워지기 시작했다. 트렁크아저씨로 인해 생뚱한 활기가 흐르던 병실은 오후 세 시의 느리고 무거운 공기 속으로 가라앉아버린 듯했다. 누구도 트렁크아저씨에게 함부로 말을 붙이지 않았다. 동병상련, 비로소 빈 몸으로 무자비한 생의 전쟁터에 던져진 처지에 놓인 사람들이 나눌 수 있는 묵언의 시간들이 조용히 흐르고 있었다. 나는 그 무거움을 견디지 못해 가방을 챙겼다.

"집에 다녀올게. 청소도 하고 빨래도 해놓고 은수 먹을 것도 해놓고, 할 일이 많아. 오늘 밤 혼자 잘 수 있지?"

"응."

"한숨 자. 자고 일어나서 당신도 운동 좀 해. 그래야 밥도 먹지."

그는 여전히 금식 상태였다. 입술에 허옇게 거스러미가 일고, 몸은 바싹 야위었다. 처음 종양 진단을 받았을 때, 그는 '왜 나한테 이런 일이 생기는 거지?'라는 말조차 입 밖에 내지 않았다. 대신 내가 그를 향해 소리쳤다. 왜 우리한테 이런 일이 생기는 거냐고. 그때 그가 붉은 눈으로 웃으며 말했다. 여기 있는 사람들 다 당신과 똑같은 소리를 할 거야. 나라고 왜 그런 맘이 안 들겠어. 하지만 받아들이는 수밖에 방법이 없잖아. 평소처럼 차분하게 내 고함에 대응하는 그에게 왜 그렇게 무작정 화가 치솟았는지 모른다. 아플 땐 아프다고, 억울할 땐 억울하다고 소리 한번 치지 못하는 그의 미욱함에 소리를 질렀지만, 그는 나보다 더 억울하고 아프다는 걸 붉게 젖은 눈으로 말하고 있었다.

수술이 끝나고 여섯 시간 만에 병실로 돌아왔을 때 그는 마취가 덜 풀린 상태에서도 손에 쥐어진 마취제 버튼을 눌러댔다. 고통으로 일그러진 얼굴은 차마 볼 수가 없었다. 자면 안 돼. 눈을 떠야지, 숨을 쉬어. 수술 후 최소한 여섯 시간 이상을 깨어 있는 상태에서 폐활량을 확보해둬야 하는 그의 눈이 스르륵 감길 때마다 나는 그의 뺨을 때리기도 하고 절박하게 소리를 지르기도 했다. 수술이 끝나고 그가 병실로 돌아온 시간은 새벽 두 시였다. 번하게 아침이 밝아올 즈음엔 환자만 지친 게 아니라 나 역시 지쳐서 속이 매슥거리고 눈앞이 노랗게 흔들렸다. 바싹 타들어간 입술에 물 축인 거즈를 대주자 마우스피스를 물듯이 필사적으로 악물던 그는 가느다란 소리로 내게 호소했다. 차라리 죽는 게 낫겠어.

그러던 그가 이젠 응, 하고 아기같이 단순하고도 여리게 대답했다. 원래가 순한 목소리를 가진 사람이었다. 거친 기계 소음에 시달려 한쪽 귀가 거의 들리지 않는다는 걸 알게 된 건 결혼하고 한참 지나서였다. 나는 성질이 나서 '이것'이라고 우기며 이를 악물고 짓씹듯이 뱉었는데 그는 농담처럼 받아 '저것'이라고 사람 복장을 뒤집던 일들이 간혹 있었다. 그가 터무니없는 능청을 떨며 생사람을 잡는다고 은수 방으로 베개를 들고 들어가 며칠씩 얼굴을 보지 않은 적도 있었다. 살면서 부부도 이렇게 멀어지는구나, 소리 없이, 어쩌면 평생 이 서운함은 좁혀지지 않을지도 모르겠구나, 앙심을 품기도 했었다. 사실, 그의 한쪽 귀가 연약하게 내려앉아버린 탓이라고 할 수 없는 부부싸움도 숱하게 많았다.

하룻밤을 집에서 자고 병원으로 왔을 때, 트렁크아저씨의 자리는 말끔하게 비어 있었다. 침상에 앉아 멍하니 창밖을 쳐다보고 있던 그가 주먹을 펼쳐 보였다.

"이건 뭐야?"

"신묘한 자석이 도는 돌이라네."

어두운 자줏빛이 도는 도톰한 밤알 크기만 한 것이었다. 돌? 나는 그의 손바닥에 있는 돌을 쥐고 문질렀다. 맨들맨들한 감촉이 부드러웠다.

"트렁크아저씨가 주고 간 건데, 이 돌로 만병을 다 고친다네. 자기한텐 여러 개가 있다고 하날 주고 갔어."

"피이. 당신은 그걸 믿어? 자석이면 그냥 자석이지 신묘한 자석은 또 뭐야? 이런 게 무슨 만병을 고쳐."

괜스레 심사가 뒤틀린 나는 한껏 쏘아주고, "그 아저씨 왜 퇴원했대?" 물었다.

"고향으로 돌아간대나. 꿈에 돌아가신 할머닐 봤다는데, 너무 멀리 있다고 걱정하시더래."

"정말 그래서 고향으로 간 거야?"

그는 자리에 드러누워 창밖을 바라보았다.

"그래서야 갔겠어. 아내가 있는 곳에 가서 치료를 받아도 받겠지. 혼자 감당할 수 없어서 갔겠지."

나는 그제야 옆 침상의 사물함을 쳐다보았다. 네 개의 바퀴가 달린 커다란 트렁크가 있던 자리가 유독 휑해 보였다. 한국에서 선양까지 비행기를 타고, 공항에서 선양 북쪽 끝에 있다는 고향마을까지 트렁크를 질질 끌면서 걸어가고 있을 트렁크아저씨의 모습이 눈에 보이는 듯했다. 거긴 편서풍의 영향을 받지 않는, 지구의 반대편은 아니니까 다시 돌아올 일이 있다면 가고 오는 거리의 오차는 없을지도 모른다. 은수에게 물어보아야 하나, 그에게 물어보아야 하나. 여보, 하고 불러보았지만 그는 눈을 감은 채 듣지 못한 듯 묵묵부답이었다.

당신이 애를 가졌을 땐 말이야, 죄다 임산부밖에 눈에 안 띄는 거야. 그전엔 정말이지 어딜 가도 안 보였었거든. 은수를 가져 배가 불렀을 때 그가 말했었다. 그건 그 전에 그가 임산부에 관심을 가질 일이 전혀 없었기 때문이지 않았을까. 나도 그랬다. 내가 아이를 가졌다는 사실을 알기 전엔 임산부는 내 눈에 띄지 않았고, 띄더라도 그렇게 특별하게 보이지 않았다. 내게 올 것에 대한 예감과 준비가 없다면 기쁜 일이더라도 얼마나 난감할까. 그의 발병 사실을 알았을 땐 온통 암에 걸린 환자의 얘기밖엔 들려오지 않았다. 죽음이 연루되었을 그 일 역시 어떤 예감과 준비도 할 수 없는 상황이라면 얼마나 참혹할까. 우리나라 인구 중 칠십만 명에 육박한다는 암 환자, 그중에 그도 한 사람일 뿐이라는 사실을 받아들이는 데 그 퍼센티지는 얼마

만큼의 위로가 되었던가?

　오백 원짜리 동전 크기만 한 종양을 떼어내기 위해 종양 근처의 부속물까지 주먹만큼 떼어냈다. 장시간의 수술이 끝나고 수술복 차림으로 보호자를 부른 주치의는 떼어낸 종양을 보여주었다.

　"어려운 수술이었는데 잘되었습니다. 직장과 항문 사이에 미묘하게 붙어 있었어요."

　불그스름한 살덩어리를 핀셋으로 뒤적여 보이며 주치의가 말했다. 뜨뜻한 사람의 몸속에 붙어 있던 살점이라는 것이 실은 잡아서 해체해놓은 돼지의 그것과 다른 것이 뭔가. 살덩어리에 붙어 생명을 갉아먹는다는 종양 덩어리를 물끄러미 바라보면서 손바닥으로 입을 막았다. 다행히 전이는 되지 않았다지만 전이될 가능성은 남아 있다고 했다. 그게 암의 속성이고 무서운 이유입니다, 하고 추치의가 덧붙였다. 그랬다. 인간은 유한한 존재이기에 삶에 끊임없는 의문을 가질 수밖에 없겠지만, 또한 그래서 무력해질 수밖에 없는지도 몰랐다.

　트렁크아저씨가 퇴원하고 난 빈 자리에 다시 새 환자가 들어왔다. 환자가 누운 침상이 병실 안으로 굴러들어왔을 때, 시선들이 조용히 그쪽으로 옮겨 갔다. 종이 가방과 물품들을 들고 따라 들어온 보호자는 귀밑으로 새치가 희끗하게 앉은 중년의 사내였다. 사내는 들고 온 것들을 사물함에 넣을 생각도 없이 보조침대 위에 아무렇게나 놓고 복도로 나가 한참 동안이나 전화 통화를 하고 들어왔다. 사내는 분주한 것 같아 보였다. 통화가 끝나고도 사내는 잠시도 환자 곁에 붙어 있지 못하고 들락거렸다.

　새로 들어온 환자의 머리맡엔 산소호흡기가 더해졌다.

"아직 결혼도 안 한 총각이에요. 나이 쉰이 다 되도록 힘들게 살았는데, 이제 좀 살만 해지니까 이게 뭡니까 그래."

사내는 누구에게랄 것도 없이 중얼거리듯 말했다. 환자는 사내의 동생이라고 했다. 회한이 몰아닥치는 듯 사내는 거푸 거친 한숨을 내리쉬었다. 때문에 그 환자가 들어온 후 병실은 오전부터 오후 세 시처럼 무겁게 가라앉았다.

밤새, 그는 잠을 뒤척였다. 자다가 느닷없이 일어나 보조등이 켜진 옆 침상을 들여다보았고, 기척을 느낀 내가 손을 잡으면 그제야 다시 자리에 누웠다. 옆 침대의 보호자는 두툼한 파카를 뒤집어쓰고 아무렇게나 던져놓은 짐을 베개 삼아 깊은 잠에 빠져 있었다. 뽀글뽀글 산소호흡기 소리가 조용한 병실에 규칙적으로 들려왔다. 그 소리에 익숙해져 잠에 빠졌던가. 어느 순간 뽀글거리는 소리가 잦아드는 걸 느꼈음에도 나는 몰아쳐오는 새벽의 단잠을 물리치지 못했다. 자고 일어나면 괜찮아지겠지. 잠에 빠져 있으면서도 나는 간절히 아침이 밝아오기만을 염원했다.

눈을 떴을 때, 창밖으로 환하게 아침 햇살이 비쳐 들어왔고, 옆 침상에선 고르게 뽀글거리는 소리가 들렸다. 마치 나와 남편이 옆 침상의 환자와 함께 고투의 밤을 보낸 듯한 착각이 들어 안도의 숨을 내리쉬었다. 아침 배식이 시작되자 그제야 일어난 사내는 뒤가 눌린 머리를 긁적거리더니 치약과 칫솔, 수건을 챙겨들고 슬리퍼를 찔찔 끌며 밖으로 나갔다.

"밤엔 통 잠을 못 자는 것 같던데 왜 그랬어?"

내가 묻자 그가 말했다.

"자는데 내 기운이 자꾸 빠져나가는 것 같아서. 옆에서 호흡이 힘겨워지면 나까지 숨이 막히는 기분이었거든."

그는 일어나 앉아 멍하니 옆 침상의 환자를 들여다보았다. 옆의 환자는 아직 한 번도 눈을 뜨지 않은 상태였다. 핼쑥한 얼굴에 씌워놓은 산소호흡기와 퀭하게 꺼져든 감은 눈. 눈을 볼 수 없다면 그 사람의 표정을 무엇으로 읽을 수 있나. 그 사람을 보고 있지만 아무것도 못 본 것과 마찬가지였다. 종양이 온몸으로 전이돼 늑골까지 내려앉았다고, 보호자 사내가 하던 말이 떠올랐다.

아침을 먹기 위해 지하 식당으로 내려갈 때, 그가 엘리베이터 앞까지 따라 나왔다.

"체하지 않게 잘 먹고 와. 멀리 안 갈 거지?"

나는 고개를 끄덕이며 대답했다. 멀, 리, 안, 가.

버릇처럼 고개를 살짝살짝 끄덕여가면서 나는 엘리베이터를 타고 지하층으로 내려와 식권 판매기에 익숙한 동작으로 지폐를 밀어 넣었다. 작동법을 몰라 기계 앞에서 손을 놓고 있는 사람에게 친절하게 식권을 빼주면서도 남들 모르게 고개를 끄덕거렸다. 천천히 아침을 먹고 나서는 엘리베이터 앞에서 잠시 머뭇거리다 일층으로 계단을 타고 올라와 병원 후문으로 걸음을 옮겼다.

너무나 고요하고 맑은 아침이었다. 한쪽으로 치운 눈은 얼어서 빠닥빠닥 빛이 났다. 지그재그로 설치된 통나무 계단을 올라 병원 건물을 빠져나오자 답답하던 호흡이 툭 터졌다. 듬성듬성 서 있는 키 큰 활엽수들이 내장을 다 드러낸 듯 헐벗은 채 눈을 안고 있었다. 외딴 화장실 건물을 향해 걸음을 떼면서 어쩌면 그가 창가에 붙어 서서 내 뒷모습을 보고 있을지도 모른다는 생각에 불현듯 뒤를 돌아보았다. 바닷물 빛 같은 통유리의 병원동 건물은 단지 하나의 거대한 물상일 뿐, 내가 볼 수 있는 건 아무것도 없었다. 멀어질수록 더 또렷이 뵈지만, 그만큼의 개별성을 묵살하고 입을 꾹 다문 건물에 불과할 뿐이었다. 비행기가 항로를 달려갈 때 천천히 돌아가고 있는 지구 역시 그러하겠지. 편서풍이니 하는 바람의 영향이 없더라도 어디에도 오차는 존재하고, 삶과 죽음은 바로 그 오차의 간극이라고, 나는 문득 생각했다.

라디에이터에서 뿜어져 나오는 열기는 여일했다. 마치 한번도 시원스레 웃어본 적 없는 늙은 과부, 내 어머니의 미지근한 품에 안긴 듯했다. 화장실 문을 톡 소리가 나게 잠그고 느긋한 마음으로 기다렸다. 어제 하루, 그리고 오늘 아침 천천히 씹어 삼킨 음식물들이 묵직하게 아래로 내려와 고이는 느낌과 곧이어 오는 쾌감. 그에게도 건강했던 때처럼 배변을 할 수 있는 날이 곧 오리라. 환상통처럼 찾아오던 더러운 기분도 말끔히 가실 것이다.

내가 병실로 돌아왔을 때, 그의 옆자리가 휑하니 비어 있었다. 침대가 빠져나간 자리엔 환자의 것인 듯한 남색 슬리퍼 한 켤레가 남아 있고 보조침대엔 짐들이 아무렇게나 널브러져 있었다. 그새 무슨 일이 일어났나, 물으려는 내게 그가 물었다.

"어디 갔었어?"

"산책 좀 하고 왔지. 멀리 못 갔어. 여기 환자는?"

내가 눈짓으로 빈자리를 가리키며 물었다.

"갑자기 산소호흡기 소리가 들리질 않더라고. 당신이 나간 뒤부터. 첨엔 기계 고장인가 생각했어. 산소호흡기 끓는 소리가 좀 이상했지. 환자는 힘겹게 숨을 쉬고. 뭐가 잘못된 건가 싶어서 간호사를 불렀어. 주치의 선생님이랑 간호사가 들어와서 이것저것 살펴보더니 갑자기 침대를 저쪽 일인실로 뺐어."

어금니가 빠져나간 자리처럼 비어 있는 옆쪽을 바라보는 그의 눈은 텅 비어 있었다. 나는 그의 오른손을 꼭 쥐었다. 끝마디가 오그라든 손가락과 손톱이 두 개인 손가락을 가진 그의 손에서 따뜻한 감촉이 느껴졌다. 아무 말도 할 수 없었다. 그의 눈빛에 서린 공허랄까, 죽음의 순간을 곁에서 지켜본 사람의 마음을 어떻게 다독여야 할지…. 그의 손에서 느껴지는 온기만이 그 순간 내겐 축복이었다. 당, 신, 은, 너, 무, 멀, 리, 가, 지, 마, 아, 직, 은…. 한 음절씩 뜨겁게 고이는 말을 나는 천천히, 천천히 삼켰다.

옆 침대의 보호자가 병실로 들어온 건 한참이 지나서였다. 사내는 보조침대에 있는 짐들을 주섬주섬 챙기다 말고 털썩 주저앉았다. 병실 사람 누구도 사내에게 말을 붙이지 못했다.

"갔어요. 불쌍한 자식. 그렇게 갈 걸 무슨 고생을 그리 했는지. 에이, 아주 순간이더라구요. 말 한마디 없이."

사내는 코를 들이마셔 가며 가버렸다고, 아주 멀리 가버렸다고 넋을 놓은 채 중얼거렸다.

능선을 넘어가려다 돌아온 건, 별다른 이유가 없었다. 굳이 능선을 넘을 이유가 무엇인가. 그 능선 너머에도 이와 다르지 않은 삶들이 이어지고 있을 텐데.

그가 사내를 외면한 채 창밖을 바라보았다. 거기 얕은 능선의 굴곡을 따라 굳은 눈이 새파랗게 반짝이고 있었다.

상처 입은 치유자의 글쓰기

———————————————————————— 고영직 문학평론가

1. 외 로 운 사 람 들

홍명진 소설집 『당신의 비밀』에 등장하는 인물들은 외롭다. 7편의
작품이 수록된 홍명진 소설집 속 인물들은 지금 '고독'한 상태가 아
니라 '고립'된 존재들이라고 확언할 수 있다. 이들이 고립된 존재들
이라고 말할 수 있는 이유는 엄연한 실재로서의 고통을 지금·여기에
서 혹독하게 겪고 있기 때문이다. 그러나 소설 속 인물들은 스스로
고통을 겪으면서 이전과는 전혀 다르게 타인의 고통에 공감하는 존
재들이 되고, 결국 인간의 행복이란 타인으로부터 온다는 점을 깊이
신뢰하는 존재들이다. 다시 말해 홍명진은 '벽을 문으로' 바꾸는 작
업과도 같은 글쓰기를 수행한다고 간주할 수 있다.

홍명진 소설 속 인물들은 지금 철저히 고립되어 있다. 일주일에 사
흘씩 상담봉사를 하는 「사소한 밤들」의 화자는 고독을 호소하는 사

람들과 심야 통신을 주고받으며 상담자들의 하소연을 받아주는 감정 노동을 하고 있고, 서른셋에 민간 자원봉사 단체에서 만난 '모란'과 결혼한 '순조'는 결혼 생활이 계속될수록 자신이 원하던 소박하고 조용한 생으로부터 점점 멀어지는 형국이다. 스물다섯에 실형을 받고 교도소에 2년째 복역 중인 막내아들을 둔 「당신의 비밀」 속 할머니는 옆집 사는 사내가 성범죄자라는 사실로 인해 셋집에서 쫓겨나는 처지가 된 사실이 결코 남의 일 같지 않아 마음을 졸이고 있고, 「너무 멀리 가지 마」의 할머니는 암병동 병실에서 남편을 간호하며 죽음의 순간을 곁에서 지키고 있다.

그러나 홍명진 소설의 미덕은 '고독은 잴 수 없는 것'(에밀리 디킨슨 Emily Dickinson)이라는 사실을 신뢰하며, 고통과 고립에 처한 소설 속 인물들 '곁'에서 그들의 '편(偏)'이 되어주고 끝내는 그들에게 '품'을 내어준다는 점이다. 「해피크리닝」이라는 작품은 그 생생한 실체라고 확언할 수 있다. 소설 속 두 남녀는 서로의 상처를 껴안으며, 서로의 안녕(安寧)을 진심으로 염려한다. 소설의 마지막을 장식하는 문장은 소설집 전체의 주조음을 이루는 '톤 앤드 매너(tone & manner)'의 일종이라고 간주할 수 있는 이유가 여기에 있다. "어쩌면 여자가 바라는 그런 안녕은 없을지도 모른다. 이 세상을 다녀가는 삶들은 모두 원하는 바대로 흘러가지만은 않을 테니까. 그러나 그는 입 밖에 내어 말하지 않는다. 여자는 충분히 그 시간을 앓으면서 건너가고 있는 중이다."(192쪽) 그런 이유 때문일까. 홍명진 소설을 읽는 일은 마치 인생의 비의(秘義)를 전수받는 듯한 착각마저 자아낸다. 재일조선인 강상중이 나쓰메 소세키의 소설의 『마음』(1914)의 현대적 의미를 풀이

하면서 '마음의 상속'을 의미하는 이니시에이션(initiation)이라는 표현을 쓴 것은 그런 이유 때문 아니었을까. 다시 말해 마음의 실질(實質)을 키우고 마음의 힘을 깨달을 수 있다는 나쓰메 소세키『마음』속 전언처럼, 홍명진 소설 또한 마음의 힘을 강조한다고 볼 수 있다. 다른 점이 있다면, 홍명진 소설 속 인물들은 마음과 마음이 나누는 힘을 더 신뢰한다는 점에 차이가 있다고 말할 수 있으리라.

여하튼 홍명진 소설집『당신의 비밀』을 읽으면 우리는 무엇인가 조금은 달라진 자신의 모습을 확인하게 된다. 소설 속 고립된 인물들의 처지를 생각하며, 한 줌의 위로와 한 줌의 용기를 얻게 되는 일종의 '독서처방' 같은 경험을 하게 된다. 독자들 또한 자신이 고립된 존재가 아니라 고독한 존재로 조금은 변신했다는 점을 의식하며, 자기 앞의 인생을 잘 사는 법은 '혼자' 양질의 시간을 갖고, 누군가에게 곁을 내어주는 것이라는 진실과 마주하게 될 것이다.

2. 상처 입은 치유자의 글쓰기

홍명진 소설의 이러한 특징은 「사소한 밤들」에서 여실히 확인할 수 있다. 작품 속 화자는 '희망의전화'라는 상담센터에서 심야에 전화 상담 봉사를 한다. 심야에 센터로 전화를 걸어오는 사람들은 고독을 호소하는 독거노인들이 대부분이다. 쉽게 말해 마음생태학이 깨진 사람들이다. 그들은 도전적으로 물음을 던지지만, 상담이 진행될수록 스스로 먼저 말문을 닫는다. 그들은 자기 내부에 답이 있음을 잘 알고 있었던 것이다. 홍명진 소설은 그런 고립된 상황에 처한 사람들을 위해 일종의 정서적 지원이 필요하다는 점을 문학적으로 입증한다. 우리가 듣고 싶어하는 말은 우리 귀에 속삭이는 인간의 목소리라고 감히 말할 수 있기 때문이다. 여기서 상담(相談)이라는 말이 갖는 의미를 생각해볼 필요가 있다. 이 말은 서로(相) 이야기(言)를 주고받다 보면 마음의 화(火)들이 사라진다는 의미일 것이다. 그러나 나는 지금 사람을 재단함으로써 문제를 더 유발시키고 고착화하는 진단학으로서의 심리상담을 말하려는 것이 아니다. 사회학자 리처드 세넷(Richard Sennett)이 협력의 의례로서 강조하는 '대화적 대화(dialogic conversation)'의 방법으로서 상담을 뜻한다고 이해하면 좋을 것 같다. 홍명진 소설 속 상담이란 말 그대로 서로 얼굴을 마주한 채 생각을 나누고 방안을 강구하며 그 안에서 삶을 나누는 것을 의미하기 때문이다.

그런 점에서 나는 홍명진 소설 속 화자의 이와 같은 위치에 주목하며, 칼 융(Cral Gustav Jung)이 처음 제안한 바 있는 '상처 입은 치유자'(Wounded Healer)라는 면모가 소설집에서 부각된다는 점을 말하고 싶다. '모든 치유자는 상처 입은 사람이다'라는 뜻을 지닌 '상처 입은 치유자'라는 말은 홍명진 소설을 이해할 수 있는 중요한 참조점이다. 「사소한 밤들」, 「해피크리닝」, 「마순희」 같은 작품들에서 일관되게 나타난다. 그리고 나머지 작품들 또한 아직은 치유자로서의 면모는 덜 부각되고 있으나, 지금·여기에서 쓰라린 '상처'의 시간을 관통하며 삶을 견디는 중이라고 할 수 있다. 「아무도 기억하지 않는 시간」, 「당신의 비밀」, 「조용한 생」, 「너무 멀리 가지 마」에 등장하는 인물들이 겪는 고립의 시간은 철저한 격절의 시간이다. 그런 격절의 시간을 다루는 작품들에서 삶은 견디는 것이고, 아픔의 개별성을 이해해야 하는 것이라는 작가의 메시지를 확인하게 된다.

예를 들어 「사소한 밤들」에 등장하는 화자가 심야에만 하는 전화 상담 봉사를 자원한 이유는 다른 데 있지 않다. "가장 힘들고 어려운 순간에 그녀를 가장 힘들게 했던 건 언제나 함께했던 사람들이었다"(16쪽)라는 진술에서 보듯이, 가장 곁에 있어야 할 사람들이 곁에 있지 않은 사실과 무관하지 않다. 이것은 「해피크리닝」 속 '그'의 사정과도 일치한다. 4년간의 결혼 생활이 실패한 후 '그'가 "뭐든 옆에 두고 오래 들여다봐야 하는 것이"(180쪽) 두렵다는 것도 그런 이유 때문이다. 그런 '그'가 남편과 사별한 '그녀'의 슬픔을 품어주고, 「마순희」에서 청각장애 2급인 '마순희'가 작중 화자 '기옥'을 품어주는 모습은 상처 입은 치유자로서의 글쓰기를 잘 보여주는 예다. 다시 말해 홍명진은 소설집에서 누군가의 곁에 있어준다는 것은 상처 입은 치유자가 될 때 가능하다는 점을 말하려 하는 것인지도 모르겠다.

① "(…) 그날이 그날 같아도 다 다른 날들이었어. 암만 죽어라 죽어라 해도 뻥긋 웃는 날도 있었을 것이고. 그러니 여태까지 살아왔을 테고. 이봐, 상담 선생, 내 말이 틀렸수?"

김인순 할머니가 작은 소리로 웃으며 물었다. 그녀도 웃음으로 답했다.

'그러게요, 할머니. 그날이 그날 같아도 분명히 다른 날이겠죠. 이 어둠이 저것과는 다른 어둠이듯이, 이 밤이 지난 것들과는 다른 밤이듯이.'

___「사소한 밤들」 중에서

② 힘겨웠던 여름을 무사히 건너왔지만 그는 알고 있었다. 자신이 또 한 번 생의 고비를 넘고 있다는 것을. 알면서도 그는 여자를 위해 자신이 해야 할 일이 있다고 생각했다.

___「해피크리닝」 중에서

①에서 '그녀'는 임대아파트에 살며 계약직으로 7년을 전전했지만, 어느 날 휴대폰 문자메시지로 해고 통보를 받는다. 그런 상처를 입은 그녀는 전화 상담 봉사를 하며 어떤 관계든 간에 서로가 노력하는 관계가 필요하다는 점을 깨닫게 된다. 작중 '김인순 할머니'와의 심야 상담 과정에서 그녀는 마침내 자기 치유를 하게 된다. ②의 '그'는 교통사고로 남편을 잃은 '그녀'가 세탁소에 맡겨둔 남편의 옷을 다음에 찾아가겠다고 하자 그녀에게 위로를 주는 연대의 손길을 내민다. 구피를 키우는 그녀를 위해 세탁소 한 편에 새 어항을 들여놓고, 그녀가 키우도록 내버려두는 것이다. 죽은 자의 물건(옷)을 처리하지 못하는 그녀를 위해 애도할 수 있는 시공간을 제공하는 것이다. 론 마라스코·브라이언 셔프(Ron Marasco and Brian Shuff)는 『슬픔의 위안』(현암사, 2012)에서 "오랫동안 슬픔에 젖어 지내는 사람들은 큰 고통을 못 느낀다기보다는 큰 기쁨을 느끼지 못한다"고 말한 경우는 이 작품에도 해당된다.

이처럼 홍명진 소설 속 화자들은 상처 입은 치유자로서의 면모를 유감없이 드러낸다. 그러나 치유자라고는 하지만, 소설집 속의 화자들이 위대한 영웅이라는 의미는 전혀 아니다. 오히려 이들은 자기 앞의 인생이라는 출발선에 다시 서서 신발끈을 매고 뚜벅뚜벅 걸어가 겠다고 다짐하는 작은 영웅들에 가깝다. 그리고 그런 작은 영웅의 형 상은 소설 「마순희」에서 하나의 구체적인 형상(eidos)으로 제시되는 듯하다. 「마순희」는 기옥의 시선으로 청각장애인인 마순희의 삶을 드러내는 방식을 취한다. 기옥은 단출한 인생을 꿈꾸었으나 그런 꿈 은 풍비박산났고, 자활센터 특설매장 점원으로 일하며 시간을 팔고 있다. 그런 그녀가 자활센터 몸테라피 수업에서 마순희를 알게 되고, 문자메시지를 주고받으며, 자신의 삶에 조금씩 작은 균열이 발생하 는 것을 실감한다. 섹스할 때 내는 소리가 견딜 수가 없다는 이유로 이혼당한 마순희는 굴욕적인 모멸감을 견디며 자기 자신은 물론 세 상과 싸우며 자기 인생을 충실히 살아가고자 한다.

무엇보다 「마순희」는 마순희라는 캐릭터가 착한 장애인 혹은 어린 아이 취급당하는 장애인이라는 상투성에서 벗어나 자기 앞의 인생을 살아가는 한 사람의 '나쁜' 장애인으로 다루었다는 점에서 주목할 만 하다. 자기 자신의 상투성에 저항하며, "마순희만이 가진 낯선 활 기"(162쪽)를 연출할 줄 아는 마순희라는 캐릭터는 이번 소설집에서 작가 홍명진이 빚어낸 득의의 성취라고 보아도 과히 틀리지 않을 것 이다. 마순희의 낯선 활기는 자기를 돌볼 줄 알고, 세상을 살아가는 지혜를 나눌 줄 아는 능력에서 비롯한다는 점은 말할 나위 없다. 희 망이란 마음의 상태, 마음의 지향이라고 누군가가 말한 것도 그런 의 미와 무관하지는 않을 것이다.

3. 어디에도 오차는 존재한다

　오해는 마시라. 소설집에 수록된 홍명진의 모든 작품이 상처 입은 치유자로서의 글쓰기를 보인다는 것은 아니다. 오히려 작중인물들은 그토록 원했던 '소박하고 조용한 생'(「조용한 생」)이 끝내 종말을 고할 위기에 내몰려 있고, 청소년 성폭행 사실이 알려지면서 셋집에서 쫓겨나는 옆집 사내의 처지를 보며 감옥에 간 막내아들 생각에 존재 자체가 뿌리째 흔들리는 듯한 실존적 위기에 처해 있는가 하면(「당신의 비밀」), 하나같이 "허방 같은 시간"(「아무도 기억하지 않는 시간」, 51쪽)을 견뎌내고 있는 중이다.

　그런 작중인물들에게 과연 삶이란 무엇인가. 작가는 자신도 어쩌지 못하는 사이에 루저(loser)가 되어버린 작중인물들의 흔들리는 내적 갈등을 치밀하게 묘사함으로써 인생의 막막한 비의를 제시하는 데 공을 들인다. 그리고 그런 묘사를 통해 "닳고 닳은 삶들"(208쪽)이라고 해서 자기 앞의 인생을 포기할 수 없는 노릇 아니냐고 항변하는 듯하다. "나는 이 오류 같은 시간을 믿지 못하면서도 또한 믿을 수밖에 없다"(「아무도 기억하지 않는 시간」, 85쪽)라는 문장은 그 실체라고 말할 수 있다. 여기서 내가 항변이라고 쓴 이유는 홍명진의 문장에서 작가적 결기랄까 오기랄까 하는 기운이 느껴지기 때문이다. 다시 말해 홍명진은 적어도 삶에 관한 한 '그럼에도 불구하고 살아가겠다'는 마음의 태도와 습관을 확고히 구축했다고 보아야 할 것이다. 「너무 멀리 가지 마」의 작중화자가 '능선'을 넘으려다 마는 행위(218쪽)는 결국 지금 이 현재의 순간을 담담히 견뎌내야 한다는 현실 인식을 암

시한다. 리얼리스트 작가 홍명진의 면모는 바로 이러한 가치 지향에서 엿보게 된다.

홍명진의 이러한 가치 지향은 「아무도 기억하지 못하는 시간」에 등장하는 시인 지망생 '재섭'의 죽음 이후 그 죽음을 생각하는 동창들의 모습에서 잘 드러난다. 면 소재지 중학교를 졸업한 재섭은 사르트르(Jean Paul Sartre)의 『구토』를 읽고, 시를 쓰며, 인간의 인간됨을 고민하는 삶을 살고자 한다. 그러나 유리공장 노동자로 사는 현실은 팍팍하고, '황미라'와의 연애 또한 종말을 고하며, 느닷없이 사고사를 당한다. 장례식장으로 향하는 중학 동창들도 자신들이 탄 자동차가 도로에 퍼지며 "고립된 조난자의 심정"(82쪽)이 된다. 이 소설은 공고생들의 성장통과 입사(入社) 의식을 다룬 임영태의 『우리는 사람이 아니었어』(1994)와 비슷한 모티프로 '어떻게 살아갈 것인가?' 하는 문제를 제기한다. 작중 재섭이 '나'에게 "시가 도 닦는 건 아닌 줄 알지만, 인간부터 되라고 해라"(70쪽)며 기성 시단을 향해 야유하는 장면이 잊히지 않는다. 누군가의 말처럼, 재섭은 자기에의 배려를 하며 자신의 인생이 '단 한 번도 되어본 적이 없는 자기가 되는 삶'(미셸 푸코 Michel Foucault)을 꿈꾸었지만 그런 꿈은 철저히 좌절된 것이다. 홍명진은 재섭의 죽음 '이후' 옛 중학 동창들의 다양한 반응과 상태에 주목하며 무엇이 진정한 삶이고, 그런 삶은 어떻게 가능한 것인지를 되묻고 있다.

이 점에서 문제적인 작품은 「조용한 생」이다. 작품 속 순조는 소박하고 조용한 생을 꿈꾸며, 민간 자원봉사 단체 한울림에서 만난 모란과 결혼해 아이를 낳고 살아간다. 2년제 대학을 나와 빌딩 배관기사로 일하는 순조가 봉사 단체를 찾은 것은 세상과 고립되었다는 생각 때문이다. "어느 날인가 그는 가장 먼 곳의 십자가 불빛을 찾아가기로 마음먹었다. 세상과의 기이한 단절감과 순전한 외로움이 그를 사로잡고 있었다."(95쪽) 그러나 시간이 갈수록 모란은 냉소적인 사람으로 변하며 한울림 모임에도 나가지 않고, 순조가 하는 쇼핑몰이나 대리운전 같은 일을 무시한다. 순조는 자신의 인생길이 "공허와 결핍을 견디는 삶"(97쪽) 외에는 남아 있지 않다고 생각한다. 소설은 이 대목에서 끝나지만, 순조가 겪는 단절감과 외로움은 좀처럼 해소되지 않고, 자신의 존재감을 느낄 수 있는 곳 또한 어디에도 없다. 순조가 혼잣말로 읊조리는 형식의 다음 진술은 작가 홍명진이 말하고자 하는 메시지 자체라고 간주할 수 있으리라. "그는 모란에게 말해주고 싶었다. 당신에겐 중요하지 않은, 어쩌면 무용할지 모르는 어떤 것이 지나온 내 시간들 속에 잠재해 있다고."(110쪽). 홍명진의 소설집에서 전작들에 비해 특히 '시간'에 대한 사유가 깊어진 것은 삶은 유용(有用)의 시간도 무용(無用)의 시간도 아닌, '새로운 시간'을 사는 것에 달려 있다는 작가의 사유와 깊은 관련이 있을 법하다. 앞서 '혼자' 양질의 시간을 갖는 것이야말로 인생의 진실과 마주하게 된다는 뜻은 바로 이런 의미에서이다. 여담이지만, 나는 이 작품을 보며 스탠리 쿠니츠(Stanley Kunitz)의 「핼리혜성」이라는 시를 떠올렸다는 점을 여기 덧붙인다.

그러나, 그럼에도 불구하고, 홍명진 소설 속 작중인물들이 새로운 시간을 사는 것은 여전히 어렵다. 「당신의 비밀」은 그런 새로운 시간은 누구에게나 골고루 주어지지 않는다는 점을 환기하는 작품이랄 수 있고, 「너무 멀리 가지 마」는 누구나 새로운 시간을 갈망하지만 죽음 앞의 인간이 되어버리는 신세를 면치 못한다는 작가의 전언을 확인할 수 있다. 전자의 늙은 '당신'은 이제는 자식들에게 원망과 짐이 되어 고립무원의 신세를 한탄하고 있으며, 후자의 '그' 또한 병상을 지키는 환자가 되어 죽을 날을 기다리는 처지이다. 「당신의 비밀」은 혼자 살다 혼자 죽어가는 무연(無緣) 사회의 문제를 제기하는 작품이고, 「너무 멀리 가지 마」는 그런 무연의 상태를 벗어나는 길은 누군가의 곁에 있어주는 것이라고 말하고 있는 작품인 듯하다. 과연 무엇이 인간의 인간됨을 말하는 삶이고 죽음일까. 흥미 있는 점은 「너무 멀리 가지 마」에 나오는 '편서풍'에 관한 비유이다. 편서풍의 영향으로 한국에서 미국으로 가는 비행기가 미국에서 한국으로 오는 비행기보다 3시간 정도 단축된다는 작품 설정이 그것이다. 암병동에서 죽어가는 남편을 간호하는 작중 화자가 술회하는 아래 구절은 작가 홍명진이 생각하는 시간에 대한 사유의 핵심을 이루는 것이 아닐까. "비행기가 항로를 달려갈 때 천천히 돌아가고 있는 지구 역시 그러하겠지. 편서풍이니 하는 바람의 영향이 없더라도 어디에도 오차는 존재하고, 삶과 죽음은 바로 그 오차의 간극이라고, 나는 문득 생각했다."(217쪽)

'어디에도 오차는 존재한다.' 홍명진의 이러한 시간관 혹은 운명관은 작품집에 등장하는 작중인물들에게 공통적으로 해당하는 삶의 운명적 조건으로 작용한다. 그리고 그런 오차의 시간을 온몸으로 관통하는 과정에서 상처 입은 치유자로 변신하게 되는 것이 아닐까 한다. 그렇게 탄생한 상처 입은 치유자들은 누군가의 곁에서 누군가를 끝내 품어주려고 한다. '곁에서 품으로' 가는 길이야말로 '생존에서 생명으로' 가는 여정이 아니겠느냐고 나직한 목소리로 호소하는 작가 홍명진의 모습이 언뜻 비치는 것만 같다. 이것은 「너무 멀리 가지 마」의 작중 화자가 죽음 앞의 인간을 응시하며 술회하는 다음 대목에서 잘 드러난다. 홍명진의 소설에서 어떤 '온기'가 느껴지는 것은 그런 이유 때문일지도 모르겠다. "죽음의 순간을 곁에서 지켜본 사람의 마음을 어떻게 다독여야 할지…. 그의 손에서 느껴지는 온기만이 그 순간 내겐 축복이었다. 당, 신, 은, 너, 무, 멀, 리, 가, 지, 마, 아, 직, 은…. 한 음절씩 뜨겁게 고이는 말을 나는 천천히, 천천히 삼켰다."(218쪽) 홍명진의 경우 들음의 인격을 들을 줄 아는 작가이고, 눈이 아니라 귀로 사람을 판단할 줄 아는 작가라고 생각하는 이유가 여기에 있다. 그는 지금 '쓰는 것이 기도하는 것'(프란츠 카프카 Franz Kafka)이라고 생각하며 소설을 쓰고 있는지도 모르겠다. 누군가를 재단하려는 진단학으로서의 상담학/심리학 내지는 종교적 관념에 지나치게 경사되지 않기를 다만 바랄 따름이다. 문학은 끝내 종교적 초월성과는 거리를 두는 문화적 형식이니까.

　『당신의 비밀』은 상처 입은 치유자로서의 작가 홍명진의 면모를 잘 엿볼 수 있는 작품집이다. 그것은 작가 자신이 살면서 겪은 경험들과 무관해 보이지 않는다. 여하튼 홍명진 소설을 읽고 나면 '나'라는 존재(being)가 다른 존재가 되는(becoming) 작은 변신술을 경험하는 것만 같다. 우리는 내가 누구인지 말할 수 있는 사람은 나뿐이라는 사실을 망각하며 살아온 것이 아닐까. 어느 철학자는 "우리는 우리의 자아를 가르친다"(파커 파머 Parker J. Palmer)라고 말했다. 나의 자아와 너의 자아가 만나 유대를 맺는 능력이 중요하고, 서로의 내면을 연결하는 안내자 역할을 하는 것이야말로 교사의 존재 이유라는 것이다. 여기서 교사라는 말 대신에 '작가'라는 말을 넣어도 괜찮겠다고 나는 생각한다. 가난, 질병, 외로움 가운데 가장 무서운 것이 관계의 빈곤이라는 점에서 더욱 그렇다. 상처 입은 치유자로서 글쓰기를 수행하는 작가 홍명진의 소설이 하루하루의 일상을 회의하고 좌절하되 쓰러지지 않는 사람들이 값싼 감상과 가짜 위로에 기꺼워하는 것이 아니라, 끝내 화엄의 바다를 연출하는 소설이 되기를 나는 바란다. 나의 이러한 생각은 순전히 기우일지 모른다. 홍명진은 이 지상의 폐허를 냉정히 응시할 줄 아는 작가이니까.